JN103252

さいごの森のひとりごと

森 雅志

はじめに

僕の父は九十七歳、母は九十三歳である。二人は同じ老人保健施設に入所している。しかも、一つの部屋にベッドを並べて暮らしているのだ。このことはとても幸運なことであり、実に恵まれた老夫婦なのである。

この一月までは、父はこの施設の隣にある病院に入院していた。その頃は、病院と施設のご配慮のお陰で、毎週月曜日に、母のいる施設で逢瀬を重ねるというほほえましい機会を得ていた。その様子を映画『きみに読む物語』のようだとブログに書いたことがある。ニコラス・スパークスのベストセラー小説を映画化した僕の大好きな作品である。年老いて認知症を患い施設に入所している妻に、なんとか二人で過ごした日々を思い出さそうとして、夫も同じ施設に入り、毎日、二人の若い頃からの日々を語り続けるというストーリーである。週一のデートをしていることをとらえて、この映画のようだと評していたのだが、今は二人が同じ施設で、それも一つの部屋にいるのだから、映画そのままの日々を送っているのだ。はたして若い頃の日々を思い出して話題にしているかは分からないけれど…。少なくとも、梨畑のことを案じているに違いない。

二人は若い頃から力を合わせて専業農家を続けてきた。僕が小学生の頃までのわが家は梨だけではなく、多様な作物を作っていた。桃、柿、ブドウ、お茶などを栽培していたのだ。もちろん稲作も。やがて父は、仲間と計らって梨に特化した営農体制にシフトしていったのだった。苦労を重ねながら、いくつもの困難を乗り越えて、呉羽梨のブランド化に挑戦していったのだ。呉羽梨の生産者も世代交代が進み、父たちの当時の取り組みを知る生産者も少なくなってしまったが…。

父と母は、そうやって僕たち兄弟三人を育ててくれた。しかし僕は、専業農家の長男でありながら、この歳までほとんど農作業をしないまま生きてきてしまった。もちろん若い頃から、人口授粉を手伝ったり、収穫作業に加わったりはしてきた。それとても一年の内のほんの数日間のことである。いつかはやらなきゃと思いながら、忙しさを口実に踏み込むことができずに来たのである。そんな僕ではあったけれど、父が九十歳を超えても楽しみながら梨づくりに精を出している様子を見ていて、二年ほど前から、梨づくりの作業を体験していこうと思い至った。もう若くはないのだけれども、自分の原点である「百姓のアンマ（長男）」の暮らしができないかと思うようになったのだ。

僕の人生。あえて四分割にして振り返ってみよう。奔放な自然児のようだった少年期。放蕩の限りを尽くしていた青春期。そこまでの二十五年間を最初の四半期としようか。自分の人生の仕込みの時期だったと言えよう。二十五歳で仕事を始め、家庭を持ち、子をなし、一人前の大人になろうと頑張っていた壮年期。やがて議員という立場になり、一生懸命にその活動にも励んだ。そして四十九歳の時に個人事務所を閉めて、市長という立場にならせていただいた。この期間を第二の四半期と位置付けたいと思う。人生の伸び盛りの時期か。そして今日までの約二十年間を市長職に集中してきた。大変な重責ではあったが、自分としては充実した日々であったと思う。それなりに社会に貢献できたのではないかと思ってもいる。退任を前にした今、実に感慨深いものがある。あえてこの二十年間を第三の四半期と位置付けることとしたい。多くを学び、挑戦し、人の心を考えるような円熟の時期であった。

さすれば、これからの日々が第四の四半期ということになるのだ。そして僕は、これからの四半期を農の心で生きていきたいと思っている。わが家の原点である梨栽培を、父と母の苦労をしのびながら、見習いから始めていくこととしたいのだ。作業中につらいと感じることもあるが、両親はこうやって育ててくれたのだと思うと頑張ることができる。親とは有り難いものだと思う。今は、施設で仲良く暮らしている両親の様子を想像しながら、毎日のように畑に出ている。昨秋からは剪定作業、肥料まき、誘引・枝縛りと一人でこなして来た。これからは防除作業もこなしていくつもりだ。どこまで農の心に触れることができるかは分からないけれど、頑張って人生を昇華させていきたい。（はたしてどんな梨ができるのやら）

さて、市の広報誌に毎月エッセイを投稿するという機会を得てきた。そのエッセイやその他の機会に発表した駄文などをまとめたエッセイ集を、恥ずかしげもなく今までに四冊発行してきた。『森のひとりごと』『こんども森のひとりごと』『やっぱり森のひとりごと』そして『それでも森のひとりごと』の四部作である。タイトルもふざけているが、内容も乱暴な書きなぐりに過ぎない駄文集である。独りよがりに過ぎないことは充分に承知しているのだけれども、あえて四作目以降に書いた駄文を懲りもせずにまとめたものが本書である。これからはエッセイを書く機会も少なかろうと思い、タイトルを『さいごの森のひとりごと』とさせてもらった。今までと同様にホームページ上に書いている「今週の一言」という駄文も載せた。推敲することもせずに、筆にまかせて書きなぐった悪文ばかりである。それでも慰み半分に手にしてもらえる方がいて、ご笑覧いただければ嬉しい限りである。

終わりに、発刊に際して、今度も言葉をいただいた中尾哲雄氏、編集の労を取ってもらった浦奈保美さん、その他お世話になった多くの皆さんに、心からの感謝の意を表します。

令和三年三月

森　雅志

目次

二〇一八年（平成三十年）

二〇一九年（平成三十一年・令和一年）

二〇二〇年（令和二年）

二〇二一年（令和三年）

二〇一六年（平成二十八年）

八月

八月十三日に生まれて

オショウライの話をしたい。お盆の前日、八月十三日の夜に藁（わら）で作った松明（たいまつ）のようなものを燃やす、あのオショウライである。漢字で書くと御精来や御精霊、あるいは御招霊などと書かれるようだ。盂蘭盆（うらぼん）の年中行事の一つで、お盆に、先祖の霊があの世から帰ってくるのを、迎えるために火をつけるものだ。道が暗いと帰ってくる先祖が困るので、明かりを持って迎える、という意味があるとされる。

僕も子どもの頃は、近くのため池の土手で松明様（よう）のものをぐるぐる回していた。そしてこの行事が楽しくてならなかった。なぜならこの日が僕の誕生日だからだ。誕生日の夕方、暗くなるとあちこちで松明が回されているのだから、まるで僕のために特別なことをしてもらっているようで、嬉しかったのだ。先祖を迎えるなどという意味も知らず、誕生日が来て一つ歳を重ねたことを、みんなが非日常的な作業で祝ってくれているかのように感じていたのである。そのせいか、火の粉が周りに飛んでしまうくらいに勢いよく振り回して怒られもしていた。懐かしい思い出である。

　ところがこのオショウライ、県内の全域で行われているものではないらしい。調べてみると富山市、射水市、滑川市、上市町での風習だということが分かった。もっとも若い頃に石川県の温泉地で見たことがあるから、北陸のあちこちにもあるのかもしれないなあ。北陸は浄土真宗の信者が多い地なので、そのあたりが関係しているのだろうか。

　いずれにしてもオショウライは先祖を迎えるための迎え火である。それに対して、例えば京都の五山（ござん）送り火のように、再びあの世に帰る先祖を見送るための送り火という風習もある。ひょっとしたら迎え火も送り火もする地域もあるのかもしれない。同じ仏教に根ざす風習でも、それぞれの地域性があるということなのだろう。ちなみに上市では河原にやぐらを組んだ、大きなオショウライをするらしい。巨大な火が河原のあちこちに出現するのだから見事であろう。

何にしてももう長いことオショウライをしていない。最近はスーパーにオショウライが売っているそうだから、今年は久しぶりにやってみますかな。今はもうため池がなくなってしまったので、どこで火の粉を振り回すことができるのかという課題はあるけれどね。

八月十三日に生まれた者としては、馬齢を重ねたことを再確認する作業にもなるのだけれども、何とかチャレンジしてみたい…。

盂蘭盆の年中行事としては、何といっても墓参りであろう。オショウライはやらなくなっても、さすがに毎年墓参りには行く。お盆の間は先祖が自宅に帰っているのだから、お墓参りは迎え火の前にしなくてはいけないと、聞いた記憶があるけれど、僕の場合はお盆の間に行っている。それも早朝に行くこととしている。暑くなる前にすまそうという魂胆だ。ちょっと横着すぎるかもしれないなあ。本当は心静かに手を合わせ、先祖に頌徳（しょうとく）をし、故人に思いする厳粛な儀式なのだ。せめて今年は、オショウライの前に心を込めて墓参りをすることとしよう。

墓参りといえば、あらかじめお墓の掃除をすることが必要になる。父も、なくなった祖父も、時間を見つけてはあらかじめ墓掃除をすませていた。僕にはその気力も時間もないことから、毎年富山市シルバー人材センターに依頼している。今年もお願いしようと連絡すると、八月に入ると予約でいっぱいだとのこと…。しかたなく七月の末にお願いしたのだが、オショウライの前に一度お墓に足を運んだ方が良さそうである。頑張ることとしよう。

九月

山の賑わいの陰で

八月十一日は今年から導入された祝日、「山の日」であった。八月に祝日が無かったこともあり、またお盆休みの直前ということもあって、多くの人に好意的に受け入れられたのではないかと思う。

僕は毎年、誕生日である八月十三日には薬師岳などに登山することとしているのだが、今年はせっかくの「山の日」だからということで、十一日の早朝から出かけた。登山口である折立に着いてみると、駐車場は県外ナンバーの車などで溢れかえっていた。まさに山のようになっていた。

いざ登り始めてみると、登山道は人が連なっていた。極端に言えば数珠つなぎ状態であった。何カ所かの休憩ポイントで休んだが、どこも満員（?）であった。僕らは時間に余裕のある山行だったので焦りはなかったのだが、一日の移動距離が長い計画の登山者たちは、急ぐに急げず焦っていたのではないかと思った。元気な高齢者の登山者も多かったので、あちこちから賑やかな話し声や笑い声が聞こえていた。「山の日」が山の賑わい創出に繋がり、元気な高齢者づくりにも寄与しているなと感じた。

幸い天候が素晴らしく、絶好の登山日和であった。太郎平小屋のご主人である五十嶋博文さんともゆっくりと話ができた。今年の薬師岳山系の登山客の入り込み状況や、登山道の様子などについて情報収集ができた。何といっても、薬師岳山系の登山者の安全確保には、五十嶋さんたちの力が欠かせない。五十嶋さんを頂点とする山小屋関係者の協力があるからこそ、発病者やけが人が出た時の初動対応ができるのである。そして太郎平小屋には富山県警の山岳警備隊の隊員が常駐している。どこかでけが人が出るなどして救助要請があれば、こういった皆さんが救助に向かうことになる。僕らの山での安全はこういった体制に支えられているのだ。有り難いことだと思う。そんなこともあって、僕は毎年少なくとも一度は薬師岳に向かい、五十嶋さんと会い、謝意を伝えることにしているのである。

今回は五十島さんから考えさせられてしまうエピソードを聞かされた。高山病で移動困難となってしまった登山者の救助に際して、症状の連絡を受けた医師の指示により、ドクターヘリの出動を要請したところ、救助を受ける立場の登山者から、ヘリコプターに乗せられるのは嫌だと拒否されてしまったという話である。医師がドクターヘリの出動が妥当だと判断したからには、症状はかなり重篤だったと思われる。おそらく自力で歩行することさえ難しかったのではないかと推測される。しかし、その要救助者本人に搭乗を拒否されたことから、やむなくドクターヘリの出動要請を取り消したとの内容であった。

ここからは僕の推測であるけれど、おそらくこの登山者は山岳警備隊の隊員に担がれて下山したものだと思う。救助とは言え嫌がる人を、無理やりヘリに乗せることはできないかも知れない。しかしその結果、人力で救助するという負担が発生することになる。そのことを考えると複雑な思いになってしまう。社会的に妥当だとされる方法で、救助しようとする場合には、救助される側にも一定の受忍が求められるべきだ、と考えるのは僕だけだろうか。難しい問題だ。

山を楽しむ登山という行為は、けがをするという危険と隣り合わせである。僕らはいつもそのことを意識する必要があるし、何かが発生した時には、多くの関係者のお世話になるということも考えておかなければならない。今回、五十嶋さんから聞いたエピソードをきっかけに、改めてそんなことを思わされた次第。僕ももう若くはないのだから、歳相応のゆっくり登山を心がけることとしますかな。

本籍地のはなし　十月

過日、長女が婚姻届を提出した。結婚披露宴は十一月に予定されているのだが、娘とパートナーとの間では、以前から婚姻届は九月の某日に出すことが決まっていたらしい。二人なりの理由があるのだろう。何かの記念日に違いない。理由はどうであれ、晴れてこの日に新米夫婦がめでたく誕生したということだ。親である僕としても素直に嬉しかった。

僕は二十六歳の時に結婚したのだが、僕ら夫婦も結婚式の前に婚姻届を出している。結婚した頃はすごく仕事が忙しくて、人生のパートナーとしてよりも仕事のパートナーとしての戦力に期待して結婚したようなところがあり、結婚式の数カ月前から二人だけで徹夜仕事をする日がある状況だった。それなら手続き的にきちんとしておこうと思い、周りに相談もせず、二人で婚姻届を出した。若き日の一コマである。

若干、動機不純な僕らの婚姻届とは違って、娘たちのそれには意味が込められているのだろう。立派な記念日になったと思う。ところでその日の朝のことである。婚姻届の記入をしていた娘が「新しく作る戸籍の氏は彼の苗字にするとして、本籍地はどこにしたらいいのかな。たとえば、皇居やディズニーランドの地番に本籍地を置くこともできるらしいよ」と言った。「そりゃそうだけど、い

2016年

くらなんでも自分たちにまったく関係のないところというのもなあ…」と答えた僕は、思いつきではあったが、ある提案をしてみた。

それは、氏は彼の苗字にして本籍地はわが家の地番で届けるというもの。長女はこの提案を大いに気に入り、パートナーである彼も同意してくれたので、そういう形の婚姻届が提出された。氏は夫の苗字を使い、本籍地は妻のものを使うということである。長女の言を借りれば、「自分のルーツは今までと変わらない」ということになるのである。

これは一つの形だと思う。これからは一人っ子同士の結婚が増えることが予想される。そんな場合に、氏はどちらかのものを使い、本籍地は他方のものを使うという形は、お互いがそれぞれのルーツを意識するということになり、意味のあることではなかろうか。もっとも、そんなのは古い家制度の残滓(ざんし)だという批判の声が、何処かから聞こえてきそうではあるが…。ともかく、娘夫婦は新米夫婦としての新生活をスタートしたのである。

ところが届出の窓口で、手続き上の壁があることに気付かされた。婚姻届を出す前の娘の籍は僕の戸籍の中にあった。僕の戸籍の本籍地の地番はシンプルだ。例えば七一八番地なのである。ところが娘たちが新設する新しい戸籍の本籍地は、七一八番地一となってしまう。道路の拡幅などに伴い土地が分筆されると、七一八番地が七一八番地一と七一八番地二になり、制度上では七一八番地という枝番の無い本籍地は使えないことになるのだ。

ただし、既に存在する僕の戸籍の本籍地の地番は従前のままであり、職権で枝番が付されるということはない。しかし新設する際には、登記簿上の正確な地番でないと受理されないという仕組みなのだ。娘にしてみると、自分のルーツである今までの本籍地の地番に「一」という枝番が付くことが少し不満だったようだが、制度を理解してくれ、今は納得している。いずれにしても二人の新しい戸籍ができた。二人の未来はここから始まり、新しい家族の歴史が紡がれていく。二人の力で大きく高く飛んで行くが良い。

（個人的過ぎる内容ですが、戸籍制度を伝えることが狙いですのでご容赦ください）

大好き！　保育園　　十一月

「シニア保育サポーター」という制度をご存知だろうか。各地の市立保育所で花壇づくりや草むしり、あるいは運動会や生活発表会のお手伝いなどの、ボランティア活動をしてもらうという制度である。おおむね六十歳以上の方を対象としており、あらかじめ希望される保育所に登録をしていただき、市の費用でボランティア活動保険に加入してもらったうえで、各種の活動に就いていただくという仕組みとなっている。

この事業の目的としては、シニア保育サポーターと子どもたちが交流することで、子どもたちが地域の方たちに親しみを抱き、その結果としていたわりや思いやりの心を育むことにつながること。高齢者の皆さんにとって生きがいづくりの機会となり、外出頻度を増やすことになること。欲に転んだ言い方をすれば、除草や除雪のお手伝いをしてもらうことで、保育所業務の負担軽減になること。以上のことなどがあげられると思う。現在の登録者数は、四十二カ所の市立保育所で合計二七五人となっている。多くの方々に活動していただいていることに心から感謝申し上げたい。

先般報告を受けたアンケート結果によれば、サポーターの皆さんの意見として次のような内容が多く寄せられている。保育士や子どもたちに喜んでもらえることで、やりがいや生きがいを感じるとか、保育所に行くのが楽しいとか、サポーター同士の交流の場になっていることが嬉しいとかといった意見である。そういう気持ちで活動を続けてもらえるのなら、大変に良いことだと思う。雨の日や雪の日もあるのだから、無理のない範囲で楽しみながら取り組んでもらえれば幸いである。サポーターの皆さんにもう一度、心からの感謝をお伝えしたい。ありがとうございます。

さて、ご存知の方も多いと思うが、僕は小さな子どもたちと触れ合うのが大好きである。つぶらな目と視線が合うと知らずに話しかけてしまう。いや、嫌がられていることに気付かず、チョッカイを出してしまうと言った方が正しいのかもしれない。調子に乗りすぎて赤ちゃんを泣かしてしまったことも数多くある。そんな時は大いに反省するのだが、何かを吸収しようとして無垢な目を大きく見開いている赤ちゃんに出会うと、またぞろチョッカイを出してしまうところが始末におえない。何時だったか、保育所めぐりをしたときに一人の男の子を抱き上げて、いわゆる「タカイタカイ」と持ち上げたことがあった。そしたらその部屋にいた他の子たちから、次から次と「タカイタカイ」をおねだりされて困ってしまったという思い出もある。

そんな僕だから、このシニア保育サポーターの制度の説明を初めて聞いた時から、いつかはこのボランティア活動に参加したいという強い憧れを抱いている。今の立場じゃすぐに登録という訳にはいかないけれど、やがてリタイアした際には必ず参加したいと思う。その時には深入りしすぎて保護者の皆さんや保育士の人から迷惑がられないように気を付けなきゃな、と今から杞憂さえしている。

今日の時点でそんなことまで考えている自分がおかしいとは思うけれど、予約登録みたいな手続きがあるのなら今すぐにも手をあげたいくらいだ。無垢な子どもたちはそれくらいに魅力的だということである。その無垢なる存在が時間の経過とそれにともなう加齢の結果、何故に今の僕のように偏屈で不純物のような存在に変身してしまうのだろうか。人間とは難解な生き物だと思わされる。せめてたまには無垢なる子どもたちと触れ合うことで、純真さの回復の機会としましょうか。

十二月

わが家の朝餉？　いや朝雑食

食事の準備をするようになってから六年ぐらいになる。そうは言っても、夕食を家でとるのは月に十日から十五日ほどなので、食材の調達のためにスーパーに買い物に行くのは、週に二回程度ということになる。それももっぱら朝食の食材の調達なのだ。後で紹介するけれど、僕の朝食は、この数年間毎日飽きもせず同じメニューなので、買い物と言ってもあっという間に終えることができる。

ところで、そのあっという間の買い物のレジでの精算の際に、ときどき首をかしげてしまうことがある。例えば、僕の前で精算をしている高齢者の方の買い物が、明らかに僕よりも多量でありながら二千円台で済んでいるのに対して、僕の朝食用の買い物が三千円台になることが多い。長いこと金額のことを気にしないで買い物をしてきたが、一度その不思議さが気になってからは、失礼だとは感じつつも前の人の精算額を観察するようになった。観察をつづけた結果、最近になってやっと理由が分かってきたのだ。

僕以外の買い物客の皆さんが買い物上手であり、僕が買い物下手だということである。そもそも僕は単価を気にしないまま毎回ほとんど同じものを買っている。そのうえにポイントカードも使わない。しかしながら多くの方は、その日の野菜の価格に応じて食材を選び、特売品などをうまく調達しているということだ。ポイントの加算にも熱心だ。そのことに気づいてからは、周りの買い物上手な高齢者の凄腕に驚かされることが多い。僕のように帰宅してからレタス一個を六百円で買ったことに気付くようなヘマな人はいないのである。最近、少しは単価のことを気にするようになったので、大根が高いとかピーマンが高いとかを感じることができる。五年前に比べると大変な進歩である。そうは言っても、名人級の手練れの高齢者の皆さんの買物ぶりと比べれば足元にも及ばない。これからも前列のご婦人の買物ぶりに、驚かされる日々が続いていくと思う。スーパーのレジで、怪しげな視線を投げている僕を見かけた際には、学習しているのだと思って許してください。これからも修業の日が続きそうだ。

さて、僕の定番朝食メニューを披露することとしたい。毎朝作る特製ジュース、トースト、トマト、ヨーグルト、そして大麦を入れた味噌汁という何とも不思議な取り合わせである。ジュースの内容物はリンゴ、柑橘（かんきつ）類、セロリ、小松菜、はちみつ、エゴマ油、ニンニクであり、これに水と氷を加えて強力ミキサーで攪拌（かくはん）する。このジュースだけで満腹になるような量になる。僕は五年ほど前から、毎朝このジュースを半分意地になったかのように飲み続けている。体に良いものなのかどうかは分からないけれど、完璧に惰性化しているのである。

そして何故か大麦入りの味噌汁である。こちらは娘たちが毎朝食べてくれるので、同じように惰性化してしまったのだ。朝食というよりも朝雑食とでも言えばよいような代物ではあるが、快調な朝であれ二日酔いの朝であれ、夏であれ冬であれ、とりつづけている。とても人様に披露できるようなものではないが、あれこれ考える必要がないので、これからも続いていくに違いない。僕の買物下手の一因はこの朝雑食にあることは明らかだ。リンゴの価格が高い時期でも、セロリが品薄な時でもメニューが変わることがないのだから…。せめてこれからは、価格と量とのバランスを考えていくこととしようか。

少しは買い物上手になりたい、という思いを伝えたかったのに、朝食をネタにした自虐話になってしまった。恥を忍んでの話題提供だ。皆さんで笑ってください。

今週の一言

●8月3日

県立近代美術館の企画展「ありがとう近代美術館PART1　マイ・ベスト×ユア・ベスト　わたしたちのコレクション」がすごく良かった。九月四日までなので、関心のある方には是非にとお勧めしたい。新しい美術館ができればそちらに移転することとなるので、今の建物のうちにその優れたコレクションをおさらいするように展示しようとする企画である。したがって今後はPART2、PART3と続くものと思われる。追いかけながら鑑賞に出かけたいと思う。

最近になって、芥川賞作家　絲山秋子さんの作品『不愉快な本の続編』を読んだ。この小説の中で取り上げられている県立近代美術館の収蔵作品を、もう一度観賞してみたいと思っていただけに、今回の企画展は僕の期待にピッタリはまったということになる。僕はこの小説の文庫本を持ちながらの鑑賞となった。

小説の中では盗まれてしまうことになるジャコメッティの裸婦立像が、ちゃんと展示されていることには笑ってしまった。この小説の作中の富山の描写が実に細やかで、正鵠（せいこく）を得ていることが面白い。作家の取材力に驚かされる。そして、おそらく何度も県立近代美術館に足を運んだであろうと推測される取材姿勢にも頭が下がる。

何れにしても、多くの方に足を運んでほしいと思う。本当におススメなのだから。

2016年

●8月23日

昨夜は、フィレンツェから訪ねて来られた旧知の日本人のカップルと食事をした。彼は日本人として初めて、旧都フィレンツェでイタリア料理店を開設して、今日まで大繁盛を続けているシェフである。以前にフィレンツェのレストランで御馳走になって以来の再開であったが、楽しい時間を持つことができた。最近彼の店にレディー・ガガやトム・ハンクスがお客さんとして来たという話に驚いてしまった。凄いことだなあ。来年、もしもG7の環境大臣会合がフィレンツェで開催されることになったら、是非とも訪問したいことを伝え、再開を約束してお開きとなった。

そんな楽しい夜だったのに、就寝中に見た夢は暗くなるような内容で寝覚めが悪かった。十時前に眠りに就いたものの、一時半頃に目が覚めてしまい、それ以後、一時間おきに不安になるような夢で目を覚まさせられた。

最初が、以前にも書いたことがあるが、経営している事務所にまったくお客が来なくて、経営不安に苛まされるという内容のもの。次が、乱雑に荒れ散らかされている自宅を、片付けても片付けてもきれいにならないという内容。この時は亡き妻が登場し、早くきれいにして欲しいとせっつかれたような気がする。そして三番目が、なぜかクラウンを運転していて、降車したとたんに坂道を動きだし、慌てて追いかけたものの、岩場にぶつかってしまうというもの。それでも車はほとんど傷がついていないという不思議なストーリーであった。

めったに夢で目が覚めるということが無いのに、なぜ楽しい時間を過ごし充実した思いで眠った夜に、不快感が残るような夢を見たのだろう。夢判断の能力など無いので分からないけれど、後味の悪さが残った。ここ暫く、下の娘を怒らせてしまい、気持ちの通じ合いが不十分なまま過ごしてきたことが、気がかりだったのだろうか。そのうえ昨日は、彼女が体調を崩したと言って早くから自室で休んでしまい、顔を合わせることが無かったことが影響したのだろうか。

今夜の夢が、娘たちとフィレンツェの街を散策しているようなものだと良いのだが…。

●9月6日

市議会の政務活動費の問題がさらに拡がっている。あまりの程度の悪さに驚くばかりだ。九月一日の記者会見でも述べたが、まさに語るに足りずである。論評する気にもならない。九月定例会はいったいどうなるのやら?

ここからはプライベートな話題。

昨日長女が婚姻届を出した。結婚披露宴は十一月の予定だが、どうしても九月五日に届けを出したかったのだとか。若い二人なりの事情があるのだろう。朝の十一時過ぎに、証人欄に署名が欲しいと二人して執務室にやって来た。それから市民課の窓口に行き、無事に届け出が終わったとのこと。晴れて新米夫婦の出来上がり。良かった。良かった。僕としてもすごく嬉しい。本当に嬉しい。娘の成長ということを今さらながらに実感させられた。朗らかで明るくて、かつ堂々とした二人の家庭を築いていって欲しいと思う。まずは応援のエールを送ろう。頑張れ。

帰宅して直ぐに仏壇の前に座って報告を。この五年間のあれこれを思い出して目を閉じた。その後は次女と二人でゆっくりと夕食をとった。次女が「おやすみ！」と言って自室に向かって行ってから、新しいワインを開けた。飲みながら、何となくの気分で『クレイマー、クレイマー』のＤＶＤを久しぶりに見た。七歳の子どもをケアしたクレイマーの大変さと、すでに成人していた二人の娘との僕の五年間の時間は、まったく異質のものではあるが、妻であり母であった構成員のいない家族のあり様を思い、この五年の間で娘たちとぶつかってしまったあれこれを反省し、この日だからこそと思って子どもたちが小さかった時代を思い出していた。家族の歴史に思いをはせていたのである。一つの節目を迎えることができたことに感謝である。

今までも、このブログの中で、娘に春が来る日は何時かと何度か書いたことがあるが、初秋に春を迎えたということか。良い一日になったと思う。そして今日。今夜も三人で夕餉のときを持てた。こんな日がもっと増えたら良いのだけれども…。まだしばらくは長女も家にいるのだから、何とかして次女を含めた三人での時間を増やしたいと思う。

最近、娘たちの様子から、母がいてくれたらなあと感じているのではないかと、思わされることがよくある。僕には埋めてやれない母の力や助けを求めているのだろう。寂しくても辛くても、何とか切り抜けて欲しいとしか言いようがない。姉妹で仲良く助け合って生きて行って欲しい。無理することなく精一杯に頑張れ!! 父はだまって見守ることしかできないけれど…。

●9月8日

リオ・オリンピックの柔道女子七〇kg級、レスリング女子四八kg級において、それぞれ金メダルを獲得された田知本遥選手、登坂絵莉選手のお二人に対し改めてその偉業を讃えるとともに、心からのお祝いを申し上げる。おめでとうございます。あなたたちが県民に、なかでも次代を担う若い世代に与えた感動や刺激は計り知れないものがあると思う。今後も一層の精進を重ねられ、更なる活躍をされることを期待します。県がその栄誉を称え、県民栄誉賞を贈呈することは当然であり、この機会に改めて心からの祝意を表したいと思う。

過日、県からその贈呈式や祝賀パレード、さらには祝賀会の開催の案内をいただいた。その期日は今月の十二日となっている。ところがその日はリオ・パラリンピック競技大会の、ボッチャ競技の団体戦の決勝の日なのである。この競技には県民である藤井友里子さんが出場することとなっている。彼女は今年の六月に、ポルトガルで行われた国際大会で、団体戦優勝の快挙を遂げている。前回のロンドンパラリンピックでも個人戦十一位、団体戦七位という成績をあげているのだ。

したがって今回のリオにおいても、メダルを獲得する可能性が充分にあるのである。また、彼女の他にもバスケットボール競技に県人の宮島徹也さんも出場する。彼もまた三度目のパラリンピック出場である。だとすれば、パラリンピックの結果を待ってからの県民栄誉賞の祝賀会でも良かったのではなかったのかと僕は思うのだが…。ひょっとして、今回の祝賀会を企画した責任者が、藤井さんや宮島さんのメダルはありえないだろうと予想した結果なのだろうか…？　今から競技に臨もうとして集中しているであろう競技者である二人の戦意に影響しなければ良いのだが…。

仮に藤井さんもメダリストになった場合に、オリンピックのメダリストとパラリンピックのメダリストがそろった形での祝賀会となったならば、なお一層県民に感動を与えることになるのではないかと思う。先のお二人に対する祝賀の行事に異論は無いし、水を差す気も無い。今回はオリンピックのための祝賀会なのであり、パラリンピックの結果によっては、もう一度祝賀行事をするというのならそれはそれでいいことではあるのだが…。

それはそうなのだが、ボッチャ競技のすべての日程が終わるのが、今月の十六日なのだから、もう四、五日祝賀会を遅らせることはできなかったのだろうかと思わされてならない。大切なことは、今から真剣勝負の試合に臨む競技者に対する敬意の問題だと思う。その敬意をベースにおいて企画をするならば、オリンピックとパラリンピックという二つの競技会の終了を待ってから、すべての競技者に対する敬意を込めて、偉業を達成したアスリートを讃える機会を作るべきではないかと思う。二〇二〇年の東京オリンピックのコンセプトでは、特に強く「オリ・パラ」と強調されている。オリンピックとパラリンピックの両方に同じ意義があるということだ。僕は本会議の日程と重なっていることから祝賀会への出席はできない。競技者への気遣いもあるのだが…。二人のゴールド・メダリストに対し、礼を失することにならなきゃ良いる。お二人やその関係の皆様にはなにとぞご寛恕ください。

おそらく多くの県民が、なかでもハンディキャップを持つ多くの人たちが、藤井さんたちの活躍を強く願っていると思う。僕も彼らの健闘を願いエールを送ることとしたい。結果にこだわらず、平常心で悔いのない戦いをしてください。満面の笑顔での凱旋を待っています。頑張れ!!

●9月30日

この一カ月間、議会のあまりの体たらくにコメントする気も無く過ごしてきた。このブログの書き込みで、その話題に触れたいと何度も思ったが、その都度事態が動き、議会が自己崩壊していく様を見せられて、言葉を失くしてきた。あまりの馬鹿馬鹿しさに腹が立つことさえなくなってしまった。どこか遠い世界に行きたい気分である。いろんなことに煩わされることのない静かな世界に身を置きたい気分だ。程度の悪い嫌なニュースを毎日聞かされるよりも、そんなことと関わりのない空間に身を置きたい気分だ。真面目に考えてみますかな…。

さて、昨日の出張に際して、気付かされた小さなエピソードを披露してみたい。朝の富山駅でホームに急ぐ僕の耳に、賑やかな女性の声が届いてきた。見ると二十歳前後と思しき二人連れであった。二人のうちの一人の声がちょっとだけ大きくて、会話の内容が前を歩く僕に筒抜けなのであった。大声で騒ぐ中国人のグループほどにうるさい訳ではない。酔っぱらって大声で会話をするオジサンたちの恥態とも違う。うまく言えないのだけれども、チョットだけ音量が大きいのである。彼女に声が大きいという意識が無いことは見ていて良く分かる。会話の内容が聞き取れて困ったと僕が思っていることには気づかないまま、恥ずかしいほどのプライベート話を友人間でしゃべり続けるのであった。

駅のホームや店舗の中などオープンな空間で会話する場合、普通は二人なら二人の間で聞こえる程度のささやきやひそひそ声で話すものだ。周りの人の迷惑にならないようにという配慮に加えて、何よりもプライベートな会話の秘匿性を意識して話しているはずだ。ところが、昨日出会った女性はそんなことはお構いなしに、チョットだけ大きな声で話し続けていたのだった。

そして夕刻、今度は東京で、電車の中で同じような状況に遭遇したのである。学生と思しき若い女性二人が、この数日間の自らの貧困な食生活について赤裸々に語り始めたのだった。彼女たちの会話を聞きたいと思っている訳じゃないのだけれども、申し訳ないほどにこちらの耳に入ってくるのである。恥じらいや慎みやたしなみや奥ゆかしさや気品やといった、僕が女性に対して期待しているある種のあり様を、音を立てて壊してしまうような、彼女たちの力強い声の出し方のシワザであった。何ともはや…。

電車の中での話し方、エレベーターの中での会話、歩きながらのやり取り、それぞれの状況の中で、僕らは音量の加減を図っているのだと思う。みっともなくならないように、下品にならないように、周囲の迷惑にならないように、その時の空気を尊重しながら、周囲のためのある種の加減を意識しているのだ。最近の世相の中で、この加減が図られていないケースが散見されるのではなかろうか。いつも大音量が響くヘッドセットを耳にしているから、おかしくなっているのかも知れない。それとも最近の若者に難聴の人が増えているのだろうか。まさかそんなことはあるまい。

僕は思う。ちょうど良いという加減を図れない人が増えている状況に注意すべきだと。加減を図ること、それは生きていく上での一つの社会との処し方であり、それが大切なのだと思う。そう思うと、クレームを声高で叫ぶ人たちの中にこそ、あるべき加減の分からない人が多いのではないのかと心配させられる。ひょっとしたら今の時代は、みんながあるべき加減を図れないでいるのではなかろうか。そのことの危うさを感じてしまう。適当な加減を理解しない、刺々しい社会。危うい漂流の社会にならなければ良いのだが。（若い女性の声がチョットうるさかったからと言って、社会の漂流にまで結びつけることこそ、加減を知らない論調じゃないのか。いい加減にしろ!!）

●10月2日

二〇〇九年作のフランス映画に『Le Concert』という作品がある。内容を書きだすと長くなるので割愛するが、オーケストラをモチーフにした笑って泣いてという秀作だ。そしてクライマックスで、美人ソリストと管弦楽団員が演奏するのが、チャイコフスキーのバイオリン協奏曲なのである。この曲は僕の大好きな名曲なので、涙を流しながら拍手喝采していた。良い映画だと思う。お薦めです。興味のある人は是非に…。

僕はかつて、ほとんど毎日のように、このチャイコフスキーのバイオリン協奏曲を聴いていた時期があった。昭和五十一年の夏から昭和五十二年の春にかけてのことである。僕はこの時期、学ぶでもなく働くでもなく、中途半端で自堕落な日々を過ごしていた。将来に向けての目標を見つけることができず、ただただ無為に生きていたのだった。学生生活の終わりに、長く付き合っていた女性との関係が壊れ、それまで抱いていた女性観や恋愛観が音を立てて崩れていく経験をした。

その結果、東京を離れ、富山に帰り、不甲斐なくも悄然と無意味な酒びたり生活を続けていた。そんな時代に僕は、ほとんど毎日、チャイコフスキーのバイオリン協奏曲を聴き続けていた。午前八時頃から午後五時頃まで、農作業を手伝いながら、空いた時間や雨の日などにむさぼるように読書をした。

自分の人生の中で、最も充実した読書体験の時代であったと思う。そして周囲を気にすることもなく自由に音楽を愛で、気に入った文章を口に出して音読する空間を持つことができた。まったく生活力のない甘ったれの青春時代ではあったが、ある意味では恵まれてもいた。

この歳になって思い返してみると、そんな良い時間を持てたのは僥倖(ぎょうこう)であった。そんなチャイコフスキーのバイオリン協奏曲である。そんなことは有りうべくも無いけれど、主旋律を追うだけなら、すぐにもタクトを振れるくらいに全曲が僕の頭に、耳に、身体全体にしみこんでいるのだ。

今もCDを流しながらこの稿を書いている。思い出の曲はたくさんある。それでもクラッシックの一曲をとなったなら、この曲しかない。そういう意味では良い映画に出会ったと思う。これから先、何度も見ることになると思うこのDVDを大切にしたい。僕のDVDコレクションにまた新しい秀作が加わった。秋の夜長は秀作映画とワインの時間。いい季節だな。

●10月10日

以前からの計画どおり、今日は立山に行ってきた。何とか都合をつけて、薬師と立山に少なくとも年に一度は行きたいと思っている。ほんとは夏の登山シーズンに行きたいのだけれども、なかなか都合がつかず、今年の立山は今日になってしまった。幸い素晴らしい天気に恵まれ、何年ぶりかの満点眺望登山となった。途中の一ノ越では遥か遠くに富士山を眺めることもできた。

そして同行者のご配慮により、随分と久しぶりに、みくりが池温泉に入ることができた。正確なことは分からないが、おそらく二十年ぶりくらいになると思う。白濁した独特のお湯にゆっくりと浸かりながら、日頃の憂さやモヤモヤを晴らすことができた。お陰様であった。

何故か紅葉が遅れているなと感じたものの、室道周辺にあふれている多くの観光客や雄山に向かうと思われる登山者を見て、嬉しく思った。こんな素晴らしい天気の日に、立山の魅力に存分に触れてもらったのだなあと思うと、僕が何かをしてあげたわけじゃないけれども、嬉しさに包まれたのだった。天候は自然の配慮なのだけれども、良い機会に山の素晴らしさを共有できたことで、意味もなく仲間意識が芽生えてくるのだった。そのせいか、多くの登山者と声を掛け合うことができた。とりわけ下山する際に出会った外国人の登山者には「今日はラッキーなことに富士山が見えるよ」と声をかけて足を急がせていた。余計なお世話ではあるけれど、みんなの目が輝いてくる様子を見て楽しんでいたのだ。やっぱり山はいいなあと思わされる一日であった。明日の筋肉痛が心配ではあるけれど…。

●10月14日

『住友銀行秘史』(講談社)という本が面白い。一九九〇年から一九九一年にかけて日本中を騒がせたあのイトマン事件の全貌を、当時住友銀行の取締役であった國重惇史(あつし)という著者が、四半世紀を経た今年になって、克明に書き記したルポである。バブルの末期に巨大企業である住友銀行や中堅商社のイトマンが壊れていく様をつぶさに記している。

最高学府の教育を受け、銀行マンとしてのきらびやかなキャリアを重ねたメガ・バンクのトップや幹部たちが、自己保身に走り、問題に蓋をして、対応を先延ばしにしていく様子がこれでもかというくらいに実名で語られている。天下の住友が腐っていく事態を知ることで、組織のあり方やトップの姿勢について大いに考えさせられた。お薦めです。

●10月15日

今日は浜松でシンポジウムがあった後、神戸市に移動。明日は近畿富山県人会の総会に出席予定。随行の職員と二人で、今夜は三ノ宮駅の近くの小さなホテルに宿泊。そんな事情で、夕食に出かけて韓国料理屋に入った。お店の人や隣の席にいた韓国人の人たちと韓国語でしゃべって、楽しい時間を持てた。韓国語を随分と忘れてしまっていて情けない次第。富山では話す機会がないのだからしようが無いけどね。

ホテルに帰る途中で、僕としては珍しく、小腹がすいた感じがしてファストフード店のようなしつらえのうどん屋さんに入った。トレイを持って順番に食材を入れていく仕組みも知らず、いきなりレジのところにいたスタッフに「冷やしおろしうどん」と注文してしまった。きっと嫌がられたに違いない。酔っぱらいのすきっ腹にはちょうど良い加減の味だったと思う。おいしかった。

その際のテーブルの隣の席に、やせて小さな学生と思しき少女がひとりで食事をしていた。暖かそうなうどんに、卵と海藻がトッピングされているドンブリと、野沢菜のようなものが取り込まれているおにぎりを食べていた。僕は失礼にならないようにと気を使いながら、彼女の表情に意識を傾けていた。僕の娘たちも、彼女のように一人でうどんをすすりながら寂しい夕食を摂っていた日があったのかなぁ、と思わされたからである。別にさっきの彼女が不幸そうに見えたわけじゃない…。でも、何となく寂しそうに感じたのだ。

娘たちにもそんな日があったに違いない。僕の青春時代にもそんな日があった。もう遠い昔の記憶だけれど、寂しくて泣いていた夜があった。この歳にもなると、そんな時にどう過ごすかという知恵は充分に分かっている。でも、今夜見かけた彼女が寂しい夜を迎えているのだとしたら、あるいは僕の娘たちが、同じように独り暮らしの時代に寂しさに襲われていた時があったとしたら…、そんなふうに考えると、年老いた僕は不憫(ふびん)さを感じてかすかに涙ぐむのである。

一人で酒を飲むと、そんなナルシズムのような感傷がちょうど良い肴(さかな)になっているということなのだろう。これも老いの一つということか。さっき出会った彼女は、うどんとおにぎりを食べることに、それ以上の意味を感じていないであろうことは分かっているのだけれども…。そんなことに、なんで感傷的な思いが湧いてくるのかが分からない。もう、現役じゃないことのきざしなのかもしれないなあ。そろそろ終いの準備にかかりますかな。

●10月23日

昨日は日帰りで、それも大慌てで軽井沢まで車を使って往復した。軽井沢の駅前近くにある小さな美術館に行ってきたのだ。軽井沢ニューアートミュージアムという美術館である。二〇一二年四月にオープンした新しい美術館。総ガラス張りの白を基調としたオシャレな建物に魅了された。あらためて、今の時代は現代アートなのだなと思わされた。

目当ての企画展は「シュルレアリスムとその展開」というもの。シュルレアリスムは難解でなかなかなじめないのだけれども、マックス・エルンストの作品を観賞したくなり足を運んだ次第。エルンストの不思議な世界には、やっぱり何故か引きつけられる。アートの不思議な力を思わずにいられない。僕らの心の深層に潜む、怪しげな感性が刺激されるということなのだろう。何故か魅かれる、ということ。アートの力だ。

さて、企画展に組まれているもう一人が上原木呂（うえはらきろ）という画家である。中世の魔術絵画のような、オドロオドロとした雰囲気と童話性を混合させ、そこにエロチシズムと仮面芸術を重ねたような不思議な作品群であった。まさにシュールな世界である。瀧口（たきぐち）修造と出会い、影響を受けたとの解説に驚いてしまった。なぜならこの上原という画家は一九四八年生まれなのである。僕と四歳しか違わないのに、瀧口修造と出会う機会をどうして持てたのだろうか。この作家に比して、瀧口修造が地元呉羽大塚の出身だというのに、何一つ知識のないわが身が恥ずかしくなる。いずれにしても上原木呂という画家の作風に圧倒されて帰ってきた。エルンストと上原という二人の画家のライブラリー本を購入してきたので一杯やりながら楽しむこととしたい。

（KARUIZAWA NEW ART MUSEUMを略してKaNAMというロゴを使っているところが面白いと思った。TOYAMA GLASS ART MUSEUMもToGAMと略してみたらどう？）

●11月7日

過日起きた横浜での高齢者による交通事故は、悲惨なニュースであった。八十七歳の高齢者が運転する軽トラが、集団登校中の小学生の列に突っ込み、小学校一年生の男児が死亡した事件である。被害者の少年が可哀そうでならない。保護者の心中も如何ばかりかと思う。哀悼をささげたい。一方、加害者の高齢者についてのその後の報道によれば、帰宅するルートが分からず、一晩中走りまわった挙句の事故であったらしい。認知症気味であるとか、迷子になったパニック状態で走行していたとの報道もある。いずれにしても高齢から来る判断能力の欠如や、とっさの対応能力の減退といったことが考えられる。高齢に起因する事故の典型例だと思う。

さて、わが父は九十三歳である。農作業上の必要からトラクターや軽トラを運転しているのだが、実はそれに留まらず、軽四の乗用車をも運転している。随分前からタクシーのチケットを渡してあり、買い物や通院に車を運転しないように強く言い渡してあるにもかかわらず、そんな注意を他人事であるかのように、こっそりと運転し続けていたのである。以前から僕だけじゃなく、僕の姉や娘たちからも運転を止めるようにと言われ続けていたにもかかわらず、生返事をしながらこっそりと運転を続けていた父なのである。

そんな父でも、今回の横浜の事故のニュースがかなり効いたとみえる。父と母に対して改めて僕が説得してみると、あっさりと同意してくれ、乗用車のキーを僕に渡してくれた。今年の暮れまでの農作業が済めば、軽トラの運転も止めることとして欲しいとも伝えた。

来年からは農作業をする畑を大幅に縮小し、自宅の隣接地だけにすることとしたことから、農作業のエリアは歩いて廻れる範囲になってしまう。したがって、その領域であるなら軽トラを使用する必要度はほとんど無くなるし、トラクターの使用も一つの畑の中だけということになるので、軽トラの使用を禁止し、トラクターだけを認めるということになると思う。ほんとはそれさえ大甘なのかもしれない。でも梨の栽培が父の生きがいなのだから、だからこそ長寿で毎日畑仕事ができているのだから…、せめてトラクターの運転だけは、わが家の敷地内に限り認めてあげたいと思う。

乗用車の運転を止めてくれたことは、とりあえず一安心である。後で分かったことだが、信じられないことに、父は九十三歳になったこの九月に運転免許証を更新していた。そのうえに乗用車も新車に買い替えていたのである。その新車を取り上げたかのような形になったのは心苦しいが、父のこれからの日々や家族の安心のことを思えば、良い話し合いであり結論であったと思う。タクシーチケットでの移動であっても、思いのまま活動的に毎日を楽しんでくれることを願ってやまない。これからも老夫婦の日々が充実したものであることを念じてこの稿を閉じたい…、と言いたいところではあるが…。

よく考えてみると、僕が農業後継者でありながら、幾つになっても父の作業を承継しないことこそが、問題の本質だということに気付かされた。父の最晩年の日々を充足したものにするためにも、そろそろ僕が畑仕事の手習いを始める時期が来たのかもしれないなあ。何しろ、農家のアンマなのだから。

さて頑張りますかな。

●11月8日

しばらくサボっていたこのブログの書き込みを、昨日アップしたばかりなのに、二日続けて書くことになった。いやどうしても書かなきゃならないことが起きたのだ。

今朝、いつもの時間に出勤しようとして勝手口から外に出てみると、敷地内の別棟に住んでいる父と母が、二人そろって人待ち顔で立っていた。どうしたのかと尋ねると、市民病院に行くため頼んだタクシーが来るのを待っていると言うではないか。昨日のブログに書いたように、乗用車の運転を止めてタクシーで暮らしていくこととした直後だけに、早速対応してくれたことが嬉しかった。タクシーの到着を待って、二人を乗せて、運転手に事情を話した後、「気を付けて行ってくるように」と伝えたら手を振って出かけて行った。父の手にはしっかりとタクシーチケットが握られていた。良きかな。良きかな。

●11月20日

この歳になっても、自分がつまらない人間だなと思う時がある。昨日がまさにそんな日であった。今も少しばかりその思いの残滓（ざんし）にとらわれている。こうやって活字にすることで、悔いの念を反省の糧にできないかと思うばかり…。

昨日は土曜日だったけれど、東京であるシンポジウムに参加した。全体で二時間半という長丁場であった。ずいぶんと中身のある充実したシンポだったと思う。そんな機会にパネラーとして身を置くことができたことは、僕にとって実に僥倖（ぎょうこう）であった。勉強の機会となり、人脈を広げる機会でもあった。そんな良い時間であったにもかかわらず、失敗したなという悔悟の思いでいっぱいである。パネルディスカッションの最後のパートで、会場からの質問に答えるという時間があった。何人もの外国人の研究者から質問を受けたが、それなりに対応ができたと思う。

最後の最後に質問をもらったインドの研究者の質問の中に、僕の知らない言葉があった。いくつかの点について質問された中の一点についてのキーワードが、僕の分からない言葉だったのである。回答について頭をめぐらしながら、分からないワードについて「不明にも知らない言葉なので、どなたか教えてください」と言ってから全体の反応をしようと思っていた。正直に言えば、そういう対応が格好いいなあと思ってもいた。そう謀りながらも、実際に僕の口から発せられた回答は、知らないワードを上手く避けながら、全体としては質問に対して、それなりの答えや説明をしてしまうというものであった。議論の場におけるある種のテクニックとでも言うべき手練で、その場をそれなりにやり過ごしたということである。僕の分からないワードに対して、虚偽の回答もしない、知ったかぶりもしないまま、それ以外のマターについての自分の見解を強調しつつ、対応をして、その場をおさめることができたということである。ホントの自分をさらけ出せばいいのに、知らずに誤魔化してしまう。失敗したなあと今も反省している。

この歳になれば何も恥じることはないじゃないか。知らないことに当面した時は、素直にストレートに言えば良いのだ。「すいません。不明にもそのことを知りません」とか「申し訳ないのですが理解できません」とかと切り出して正直な自分をさらけ出すべきなのだ。そんなことは当たり前なこととして理解していながら、なんで昨日の自分は姑息な対応で誤魔化してしまったのだろう。反省しきりである。自分自身の嫌な一面を久しぶりに自覚させられた。いやはや、つまらない人間だなあ。もう一度人生の仕切り直しということか。まだまだだなあ。齢六十四歳と三カ月。はてさて…。

●11月25日

最近、東京の「○の丸交通?」のタクシーのリア・ウインドーに掲示されているキャッチ・コピーの言葉が、気になってしょうがない。時どき見かけるのだが、その都度「うぅーん?」と首をかしげてしまう。そのコピーというのが次のようなもの。

『術よりも心で運転』

言いたいことは分かるし、インパクトのあるコピーだとも思うけれど…。僕の印象としては「運転技術はともかくも、気持ちを込めて運転しますからよろしくね!」というふうに受け取ってしまう。「心を込めて仕事をしてますから」と強調されると、「いやいや大事なのはまずは運転技術でしょ」と反論したくなる。せめて『術と心で運転』というふうにならなかったのだろうか。それでもまあ、面白いコピーではある。関心も引くよね。

この時期になると、チョットばかり頭を悩ませる課題がある。それは、新年を迎えるにあたってのキーワードやキャッチ・コピーを考えることである。例えば、新春の仕事始めの挨拶でどういう内容のことを語り、シンボリックなワードを使って何を言うのかということは簡単なことではなく、毎年頭を悩まさせられている。まだ十一月なのにそんなことを考えていること自体、滑稽なことではあるのだが……。でも、そろそろ考えておかなきゃな！ というところが本音である。

思えば僕も、いろいろな機会に、例えば新年の抱負を語る際などに、キーワードを安売りのように多用してきた。この際に、恥ずかしさを殺しながら、過去のキーワードを思い出してみることとしたい。去年までの軌跡を辿るという作業の先にこそ、来年のためのキーワード発見のヒントが潜んでいるのかもしれないのだから。

『あなたの体温を、県政へ』　平成七年の県議選のために考えたコピー
（若かりし頃の感性か）

『元気とやまの創造』　平成十三年の自民党富山県連政策提言集のタイトル公募に応募したもの
（県連役員会が審査し採用された
このワードに報償金が支給された）

『とやま、新時代』　平成十四年の市長選のキーワード

『シンク・ビッグ』『スピード』　平成十五年の年頭挨拶のワード

『進化』　平成十六年の年頭挨拶ワード

『他とはちがっているか　新しい刺激にみちているか　時の試練に耐えうるか』
平成十七年の年頭挨拶ワード

『情熱都市 とやま』　平成十七年の市長選後使用しているコピー

『フルスロットル（出力全開）』　平成十八年の年頭挨拶ワード

『原点回帰』　平成十九年の年頭挨拶ワード

『変化の実現』　平成二〇年の年頭挨拶ワード

『チームとやま市』　平成二〇年以来の環境未来都市のコピー
（以後、『チームｍｏｒｉ』や『チームチームチーム』なども多用）

『ネクストステージ』　平成二十一年の年頭挨拶ワード

『再点検の年』『小さなチーム大きな仕事』
平成二十二年の年頭挨拶ワード

『質を高める』　平成二十三年の年頭挨拶ワード
（本物の質感・重量感を持った仕事の遂行）

『イマジネーション』　平成二十四年の年頭挨拶ワード
（イメージ力を高めて一歩先を読む）

『機が熟するを待つ、が、待ちすぎると腐敗する』
平成二十五年の年頭挨拶ワード

『再検証』　平成二十六年の年頭挨拶ワード
（足もとや成果を検証し着実に進める）

『思考は原点、姿勢は頂点』　平成二十七年の年頭挨拶ワード

『共進化』　平成二十八年の年頭挨拶ワード

（それぞれの個体がお互いに影響を及ぼしながら進化する）

まあ、ざっとこんなところか。

今になって見返してみると、たいしたワードだとは思えないものばかり。いい加減？な仕事ぶりだと思う。いつものことだ。所詮、僕の力量は知れたもの…。来年の年頭挨拶もはなはだ危うい次第。まあそれでもしょうがない。チビチビ飲みながら…、なんとかもう一つ新しいワードを見つけますかな。頑張りましょう。

●12月1日

十一月二十七日の日曜日、無事に娘たちの結婚披露宴ができた。朗らかで清々しい宴であった。あらかじめ娘と打ち合わせて、いかにもお涙！みたいな企画はやめて欲しいと頼んであったので、アット・ホームな感じの爽やかなセレモニーになったと思う。娘が終始楽しそうで幸せ感に満ちていたのが良かった。開けっぴろげに嬉しそうにしていたのが印象深い。何日も前から、何時間もかけて、式場のスタッフと打ち合わせをしながら、真剣に企画してきた宴は、二人の思惑通りの結果になったに相違ないと思う。良くやったなあという爽やかさに包まれる。良かったなあ。

ほとんど全ての出席者が僕の涙を期待していたようだが、なにせ爽やかな雰囲気で終始したので、期待に応えることができなかった。ちょっと意外な感じもするけれど、ウルウルするということはなかった。幸せそうな表情の二人を、微笑ましく見守るばかりであった。記憶に残る時間を持てたと言えば良いのだろう。忘れることはあるまい。

次女や僕の両親や、僕の友人や、娘の友人たち、みんながみんな、爽やかさに包まれた時であったと思う。その実、みんなこっそり目頭を押さえていた瞬間もあったのかも知れないけれど…。

僕の両親が「良かった！　良かった！」とつぶやきながら、しきりに涙を拭いていたのが印象深い。思わず、つられそうになったのだが、上手く誤魔化していたのが本当のところ…？　まあ、いいか。

昨夜は出発直前の空港から電話をくれた。弾んでいる声が嬉しく響いた。こういうのを、一番良い時と言うのだろう。二人で相談しながら旅を楽しめば良い。そうやって日々を重ねて行けば良い。そうやって二人の歴史を紡いでいけば良い…。はなむけの言葉をかけてやる機会がなかったので、ここでこっそり…。ということです。

●12月26日

僕は目薬をさすのが苦手である。小さい時から目薬をさす時には、身体を横にして寝そべってからさしていた。そんなこともあって、ほとんど目薬を使わないで生活をしてきたのである。そうは言っても、老化が進み、目の疲れやかすみに悩まされることが多くなってきた。また、目薬をさした方が良いと薦めてくださる方も多くいることもあり、目薬をいつも携帯することとした。そのためには横にならなくてもさすことができるようにならなければならず、この連休に特訓をした。おかげさまで、片手で目を大きく開き、もう片方の手でさすことが、何と立ったままでできるようになった。大きな進歩である。人間、幾つになっても向上心が必要なのだと思わされた。ははは。いやあ、立派、立派。

さて今朝のことである。先に書いた娘の結婚披露宴の後日談が生まれたので披露したい。あの披露宴は湿っぽくならずに、明るく朗らかな良い宴であったことは先述したとおり。したがって、よくある娘から父への感謝の言葉や手紙の披露というものがなかった。おかげでウルウルすることさえなかった。ただ宴の最後で、彼女が産まれた時の体重に相当するお米を入れた袋に、赤ん坊の頃の写真を貼ったものを手渡されていた。こんな顔だったななどと思いながら、宴の翌日以来仏壇の隣に置いたままにしていた。

そんな中、今朝になって米びつの中が寂しくなっていることに気づき、その米を入れようと思い立った。袋に施された包装をはずし、写真をそっと剥がしてみたところ、包装に覆われていた部分に短い手紙が書かれてあることに気付いた。「おとうへ」(おとうさんへ の意味)と題された手紙は、僕の心に響く内容であった。こんなところに隠されていたなんて、と思いながらも嬉しい発見であった。そして、娘たちに気付かれる前に、そっと目薬を手にしている僕がいた。今朝の僕の目が充血していたとしたら、それは目薬をさす練習のせいということにしておこう…。

●12月31日

いよいよ大晦日。今年は公私ともに本当にいろいろなことがあったけれど、全体としては良い年だったと思う。仕事の面でも良い結果を出せたと思うが、何よりも長女の結婚という大きな出来事があった。妻の葬儀の際に「片翼の推進力を失くした双発機と二機の小型機で、何とか編隊飛行を続けていきたい」と述べたが、長女の結婚によって、編隊の構成が片翼だけの旧式双発機と中型双発機、そして次女という小型機の三機体制になった。新しい編隊飛行がこれから続くことになる。

低空飛行でも良いから、低速飛行でも良いから、連携を良くして飛び続けていきたい。中型機が新しい基地を作ることになる一方で、小型機は大空高く自由に飛び回って欲しい。片翼ポンコツ機は、そんな二機を視野から外さないようにしながら、ゆっくりと穏やかに飛んでいくさ。

今年も多くの方のお世話になった。感謝に尽きません。心からお礼申し上げます。

そしていい旅ができた。たくさんの読書ができた。良いコンサートやステージに足を運ぶこともできた。

みんなこれからの日々のための血肉となったのだ。来年も充実した時間をたくさん持てたらと思う。

それにしても良い年であった。幸いである。感謝。感謝。

来年も良い年であることを願いながら冬眠に入ります。

二〇一七年（平成二十九年）

一月

「ただいま」が響く家

わが家は農家だったので、母親が専業主婦として家にいるということがなかった。代わりに祖母が家にいてくれたのだが、こちらも近くの畑で農作業をしていることや、家の周囲で働いていることが多かった。その結果、僕が小学校から帰ってくる時間には、家に誰もいないということが、しばしばであった。

小学校の低学年だったころの記憶ではあるが、帰宅して玄関を開けて「ただいま」と言っても何の反応もなく、シーンとした空気の中に身を置いていた瞬間を、思い出すことがある。その時の当てが外れたような寂しさを、今になってときどき思い出すのだ。夕餉時になれば家族が全員揃うことは分かっていても、帰宅した時に誰もいなかった時の、穴の開いたような気持ちを忘れられないでいるのだ。逆の記憶で言えば、冬になると基本的に母が在宅していたので、帰宅時に「お帰り」とか「帰ってきたかい」とかと言ってもらえるのが嬉しかった。

見方によっては、ある種の帰巣本能の反映なのだと思う。親が見守ってくれる中で巣から飛び立ち、「ただいま」と言って、親がいる巣に帰っていくということの繰り返しの果てに、本当の親離れや巣立ちがあるということだろうと思う。そう考えれば、誰もいない巣に帰り親を待っていることは、巣立ちのための一つの訓練だったのかもしれない。

娘たちが通学するようになった頃、僕ら夫婦は個人事務所を営んでいた。幸い事務所は子どもたちの通学路上にあったので、わが家の娘たちは帰宅途中に事務所に顔を出すことができた。娘たちはそこでしばらく過ごし、誰もいない自宅に帰って行ったのだけれども、巣のサテライトに寄っているようなものだったので、帰宅時の寂しさを和らげることができたのではないかと勝手に思っている。

良く考えてみると、すべての家庭がサザエさんの家のような家族構成ではない。日中は誰も家にいないという家庭の方が多いと思う。そういう家庭の場合、誰かが最初に帰宅することになる。その人の帰宅時には、誰もいない玄関を開けてむなしく「ただいま」と言っているに違いない。妻が元気だった頃は、たいてい彼女が最初に帰宅していたのだから、彼女にとっては「ただいま」の空振りの日が多かったのだなあ。今になって気付いて、少しばかりの申し訳なさを感じている。しかしそのお蔭で、僕が帰宅するときには基本的に妻がいてくれ、妻や娘たちに向かって「ただいま」と言えたのだ。有り難かったと思う。

妻が亡くなり、娘たちが働き始めたことによって、ここ数年は僕の帰宅時に誰も家にいないことがしばしばである。それでも僕は「ただいま」と言って帰宅することにしている。わが家という巣に向かって言っているのである。親の巣から巣立った僕が作ったわが家という巣に向かって「ただいま」を響かせているのだ。やがて娘たちが巣立ち、僕だけの巣になるのだけれども、一人になっても毎日「ただいま」と言い続けていこうと思う。

僕の姉は県外にいるのだが、帰省したときには決まって「ただいま」と言ってくれる。巣立った娘たちも同じように「ただいま」と言って古巣に寄ってほしいものだ。そしてその時のために古巣を守ることが僕の役目なのだと覚悟している。

さて、春には巣立ちの季節を迎える。多くの若者が希望を胸に巣立っていく。その若者たちに、未来に向かって大きくはばたけと言ってあげたい。同時に、いつの日にか大きな声で「ただいま」と言いながら故郷に帰ってきてほしいと願ってもいる。そして僕らは、君たちの古巣を磨きながら何時までも待っているのだということも伝えておきたい…。

二月

入浴マナー考

年末に鳥取方面に行ってきた。内閣府の会議でご一緒した平井鳥取県知事から勧められたこともあり、いくつかの美術館や博物館を巡ってきたのだ。

敦賀からの舞鶴若狭自動車道が全通したことで、快適に舞鶴に到着。初めて赤レンガ倉庫群を見物した。なかなか良い観光資源だと思った。続いて豊岡市に移動して、豊岡市立コウノトリ文化館を見学。ここに行くのは二度目なのだが、ラッキーなことに、今回も両翼を大きく広げて飛び立つコウノトリを見ることができた。ここでは職員や駐車場の整理員の対応の良さに感心した。

そしていよいよ鳥取県に移動。鳥取市では地震の爪痕を感じることがなく、砂の美術館の素晴らしさに圧倒されたが、倉吉市では随分と地震の影響を感じさせられた。宿泊した三朝(みささ)温泉でも使用禁止となっている旅館があった。「風評被害もあり温泉街は大変なのだ」と語っていた知事の本音を実感した。

倉吉市には日本で唯一の、梨のテーマミュージアムである、鳥取二十世紀梨記念館「なしっこ館」があり、訪ねることができた。ユニークな展示に驚いたし感心もした。面白かったのは、王秋梨（おうしゅうなし）という品種の大きな梨一個にお守りと手ぬぐいとを組み合わせて「合格まちがい梨」セットと銘うち、なんと三九三九（サクラサク）円で販売していることであった。どこにもアイデアあふれる人がいるものだと思わされた。

さて前置きが長くなってしまったが、今回の旅でいちばん素晴らしいと感じたエピソードを披露したい。それは二泊した旅館で同宿したお客さんたちの入浴マナーが、お手本のように気持ちの良いものだったということである。驚いたことに大浴場で出会ったすべての人がそうであった。とりわけ偶然にも夕方と朝の二度大浴場で出会ったイギリス人の青年のマナーの良さには驚かされた。来日してすぐに、同じイギリス人の先輩から銭湯での入浴マナーを仕込まれたのだと話してくれた。お湯に浸かる前に頭と体を洗うこと、身体に残ったシャンプーや石鹸をしっかり洗い流すこと、使用した風呂桶や座っていた台をシャワーで洗い流すこと、そしてお湯の中にタオルを浸けないことなどを教わったのだと教えてくれた。まさにお手本そのものという入浴マナーである。誠実そうな青年であった。こういう若者に出会える旅は、それだけで感動の旅となる。思い出に残る出会いであった。

大浴場を共用する入浴方式の本家である日本人の中に、ときどきマナーの悪い人がいて、不快になることがある。ひどい人になると、かけ湯さえしないでいきなりザブザブと湯に浸かり、平気でタオルを湯の中に入れてしまう。こちらが先にお湯に肩まで浸かり、気持ちよく入浴しているところに、後からマナー知らずの人が入ってくると、いっぺんに興ざめということになる。ゴルフ場などで、何度かそんなマナー知らずの人に遭遇したことがあるが、その人が知り合いで困ったということさえある。まさか注意する訳にもいかず、黙してお風呂から出ることとしかできないのだけれども…。かく言う僕も、大学に入学してみて初めて銭湯に行ったのであり、その際にかの青年のように先輩から厳しく躾(しつ)けられたのである。内風呂だけで生活しているとマナー知らずになりがちなのかも知れないけれど、大浴場を共用するという入浴方式は、日本の一つの文化だと思うので、お互いに気を付けたいものだと強く思う。

この文章を書いていて気付いたのだが、あの時にあの青年のマナーを褒めるだけじゃなく、冷たいビールを御馳走してあげるべきだったなあ。それにしても良い旅であった。

三月

無理をしない働き方

母が、「古い写真を整理していたらこんなのが出て来たよ」と言いながら、セピア色に変色した写真を一枚見せてくれた。母と姉がゴザのような敷物の上に座り、収穫した梨を並べて大きさにあわせて選果している様子の写真であった。懐かしさがこみ上げてきた。この写真が撮られたころは、生産者がそれぞれの家庭で選果して箱詰めしていたのだ。子どもの頃にこの作業の手伝いをしながら、梨を落としてしまったり、爪で傷をつけてしまったりして叱られたことが思い出された。必要以上に急いでやろうとするから失敗をするのだということが、子どもにはなかなか分からなかったのだろうなあ。

この写真の時代、わが家は梨以外にもいろいろなものを栽培する農家であった。今はまったく米を作っていないが、当時は水田があった。さらに桃、柿、ぶどうなどの果樹もあり、お茶も栽培していた。それぞれの収穫の時期が違うとは言え、農繁期は大変であり、親戚や知り合いの力に助けられながら家族総出でこなしていたのである。

そんなことを思っていたら、摘み取ったばかりの新茶をリヤカーに乗せて、ヨロヨロしながら製茶工場まで運んだことを思い出した。小学生には重すぎるという注意を聞かず、頑張ったことを見せたくて無理をすることがしばしばだった。それが失敗につながり、結果的に親の仕事の足を引っ張ることもあった。仕事の仕方が分かっていなかったということだ。

亡き祖父から何度も「あわてるな」とか「無理をするな」とかと言われたことを、今でも覚えている。祖父は、農作業というものは毎年同じように巡ってくるのだから、続けることが一番大事なのだと伝えたかったのだろうと思う。子どもの手伝いは一時だけのものだけれども、大人の農作業は毎日のことなのである。だからこそ無理なく、長く続けられるような働き方が求められるということだ。仕事とはそういうものだ。当時の僕はそんな当たり前のことが分からなかったのだなあ。

「段取り八分、仕事二分」という言葉がある。事前にキチンとした段取りをしておけば、仕事の八割方は完了したに等しいという意味だ。仕事に取りかかる前に具体的に手順を決めておけば、それだけ仕事の質とスピードが上がることは、この歳になると何度も経験済みである。そしてこの段取りの中にはペース配分も含まれる。祖父は「段取り八分」とは言わなかったものの、「あわてるな」「無理するな」という言葉でそのことを言いたかったのだと思う。体験から出た言葉は説得力がある。

一方、最近は過重労働とか〝超〟超過勤務が問題になっている。利益追求に走るあまり、個々の社員にノルマが課されたり、人件費削減のための人減らしが過ぎて、過重労働を生んだりしているのだ。しかしそんな働き方では長続きするはずがないではないか。一人ひとりの能力を落とすだけではなく、ゆっくりと企業や組織のパワーを奪っていくことになり、やがて企業破綻に向かうことになりかねない。ここらで社会全体が一度足を止めて、あわてない働き方、身体に無理をかけない働き方を考えることが大切だと思う。仕事と家庭生活との両立を図り、健康な精神と身体で働くことが求められている。それがワークライフバランスの実現ということだ。

祖父は当然のことながら、ワークライフバランスなどという言葉は知る由もなかった。でも、「あわてるな」「無理をするな」と言いながら自分の働き方を大事にしていたのだと思う。祖父の言葉を思い出した機会に、僕自身の生き方をもう一度見直して、長く続けられる働き方や暮らし方を心がけることとしよう。

六月

パルミラ遺跡を行く

四月十五日（土）から七月九日（日）までの間、富山市ガラス美術館で「雲母Kira 平山郁夫とシルクロードのガラス展」が開かれている。元東京藝術大学学長であり、文化勲章受章者である平山郁夫さんの絵画作品と、平山夫妻が昭和四十三年以来四十年にわたって収集された、シルクロードの精華ともいうべき、ガラスの名品を展示する展覧会である。

平山画伯の絵が好きだという人は多いと思う。わが家にさえリトグラフがあるくらいだから、印刷物を含めて作品を目にしたことのある人は、かなりの数に上ると思う。その平山画伯が日本文化の源流を求めて二百数十回も足を運んだのがシルクロードである。そのシルクロード行の中で、平山画伯はたくさんの幻想世界ともいうべき絵画を描き、同時に、古代メソポタミアから現代にいたるおびただしい数の絵画や彫刻、工芸品、そしてガラス作品を収集されたのである。その絵画や美術品が展示されているのが、山梨県の八ヶ岳の麓にある平山郁夫シルクロード美術館なのだ。今回の企画は、この美術館の全面的な協力をいただいて実現することができた。おかげさまで得難い機会を持つことができたと言えよう。

平山画伯のコレクション展を、富山市ガラス美術館で開催できないだろうかと検討を始めたのは、平成二十五年春のことである。この時点ではまだガラス美術館はオープンしていなかった。そんな時期なのに、ある方に紹介をいただいて、平山画伯の未亡人であり、平山郁夫シルクロード美術館館長でいらっしゃる平山美知子さんを鎌倉のご自宅にお訪ねしたのが、同年の十月であった。その後、富山のガラス作家や関係者の皆さんとともに、山梨の美術館を訪ねたりしながら、今回の企画展へのご理解をお願いしてきた。そんな背景があって実現した展覧会なので、僕としても思い入れが深い。

古代ガラスの伝世品は極めて数が少ないなかで、平山コレクションには、他には大英博物館にしかないような貴重な名品があり、それが今回の会場においてもさりげなく展示されている。また、富山市ガラス美術館館長の言を借りれば、現在の技術をもってしても再現できないような技巧的な作品が完品で収集され展示されている。そして、古代ガラスの制作地に関連する平山画伯の絵画が四十点も展示されている。特に五〇〇号の大作、《パルミラ遺跡を行く・夜》と《パルミラ遺跡を行く・朝》が展示してある二階の展示室は、まさに圧巻である。仮に平山作品にさほど興味がないと言われる方であっても、僕は是非にこの大作二点を前にしてほしいと思う。なんとしても鑑賞してほしいと思う。くどいけれど圧巻である。圧倒されると思う。強く、強くお勧めします。

古代ガラスの世界的な名品と平山画伯の名画を同一空間で鑑賞できる機会は、なかなかないと思われる。平山美知子館長の温かいご理解を得て、この企画が実現できたことは富山市とガラス美術館にとって、また富山市民にとってこの上もない幸運であると思う。

今、中東から中央アジアでは、終わりの見えない紛争と混乱が続いている。そんな中で数多くの貴重な遺跡が破壊され、美術品が失われている。文化的な価値を否定する蛮行は人類史的な大損失をもたらしている。だからこそ、平山ご夫妻が収集されてきた文化遺産に言いようが無いほどの価値があるのである。そんな視点も含めてこの企画展に触れて欲しい。古代から人々を魅了してきたガラスは、シルクロードをラクダの背に揺られながら遥かな旅を重ね、奈良の正倉院までたどり着いた。そんなことを考えさせる企画展でもある。是非とも足を運んでください。

七月

今さら？　城址公園のご紹介

城址公園の紹介をしたい。え？　何を今さらと思われたかな？　でも城址公園はここ数年の間に新しい整備がいろいろと進み、そのおもむきが大きく変わってきた。そのことを伝えたくてこの稿を書こうとした次第。

富山藩の政治の中心だった富山城は、明治維新による影響で明治六年に廃城となった。やがて解体が進み、堀は埋め立てられ石垣も撤去されていった。敷地は順次払い下げられ、新たな道路もでき、街づくりが進められた。それでも城址はずっと近代富山の中心ポイントであった。しかしその城址を含む中心市街地は、空襲によって全てが灰になってしまったのだった。焦土と化した富山市は、再建の槌音を響かせながら、昭和二十七年四月二十八日の平和条約発効の日を迎えた。この日は米軍の占領が終わり、わが国が完全なる主権と独立を回復した日である。当時の富川市長は復興のシンボルとして富山産業大博覧会の開催を決定し、関連施設として公会堂と富山城天守閣を建設したのだ。江戸期の富山城には天守閣がなかったにもかかわらず、米軍からの解放を喜び、日本人の心を再生させるシンボルとして天守閣を作ったのである。何という英断。我々は大和心の象徴として天守閣を位置付けた、富川市長の思いを忘れてはならないと思う。

その後、戦災復興都市計画による道路の整備などによって、堀などが次々と埋められ、現在の姿になっていった。そして佐藤記念美術館や野外ステージなど、様々な機能が多すぎるくらいに付加され、本来の城址の姿が変容することとなった。そこで、平成十年頃より見直しに着手し、歴史的な景観を取り戻すべく様々な整備が進められてきた。

その一つが芝生広場ゾーンの整備であり、また日本庭園の新設である。特に日本庭園についてはは知らない人が多いと思うけれど、ぜひとも足を運んでほしいものだ。さらに、故佐藤助九郎氏から寄贈を受けた茶室碌々亭（ろくろくてい）が、平成二十六年に佐藤記念美術館隣接地に移築された。そして平成二十八年には、市内の茶人有志が組織した「茶室碌々亭移築事業実行委員会」によって茶会等ができる増築棟である座敷が寄付された。これを受け、市では茶室碌々亭と増築棟の総称を「本丸亭」とし、茶道をはじめ香道や華道、句会など広く市民の利用に供し、伝統文化に親しむ場として貸し出しているのだ。富山市には中心部に一定規模のお茶会などをする空間が無かっただけに、寄付者の皆様には感謝にたえない。佐藤記念美術館はもともと茶室柳汀庵（りゅうていあん）や茶室助庵などを有しており、結果としてこのエリアには江戸時代から平成までのお茶に関する建築が集積することとなった。この集積は国内でも稀有であり価値あるものである。

さて、あとはこの公園をどう使っていくかということだ。なにせ城址である。築城されて以来、ずっと街の中心スポットであり続けた場所だ。いつも人が集い、歩き、くつろぐ、そんなセントラルパークのような空間になれば良いと思う。そのための仕掛けを二件紹介したい。一つは国際会議場のコンパクト・デリ・トヤマに置いてあるピクニック・ラグというものだ。小さく畳めるレジャーシートの一種で無料貸し出しをしている。芝生広場でこれを使うなどして、家族でのんびりと楽しんでほしいと思う。もう一つが縦列で二人乗りができるタンデム自転車である。市民プラザで無料貸し出しをしているのだが、公道も城址公園の中も乗れるので利用してほしいと思う。

多くの市民にとって、城址公園は若い頃から何度も足を運んだ場所に違いない。でもここにきて昔と違う顔を見せるようになってきたので、ぜひ多くの方に再訪して欲しいと思う。

（注 以前に書いた文を一部引用した）

八月

時代の先端人に時代遅れの時間を

僕は、現代人には当たり前のツールであり、あのトランプ大統領も使いこなしているツイッターがどういう仕組みなのか分かっていない。フェイスブックとは？ ラインとは？ インスタグラムとは？ そういったことを理解しないまま過ごしているのである。つまり、完全に時代遅れの生き方をしているということだ。

したがって、時代の先端を生きている人と接触する時には困ることが多い。同じ日本人同士で会話しているにもかかわらず、相手が使う単語の意味が分からないからである。例えば、インターフェース？シングルサインオン？テザリング？などという単語の意味を、僕は理解できていないのだ。漢字交じりの単語でさえ意味の分からないものがある。拡張子？断片化？ どれもチンプンカンプンなのだ。

さらに話を〝拡張〟すると、東京の外資系の企業やネット企業で働く人たちの使う言葉の中にも、意味が分からないものが多い。日本語の会話なのに英単語を必要以上に使う話し方にも違和感を覚える。アサイン、スペック、タスク、バッファなどの単語は、僕の日常生活には登場しないものである。三十代の若者と話していてこんな単語を連発されると、わが身の老いを感じさせられることとなる。

ところがここにきて、こういった時代の最先端の言葉を多用しているネット人種のひとたちが、意外にも単純な農作業に強い関心を持っていることに気付かされた。

去年のある時期に、数年前からお付き合いがある東京の経営者から、わが家の梨畑に遊びに来たいという依頼があり、白い花が満開の時期にドローンを使ったりしながら撮影を楽しんでくれた。そして収穫期には家族でやってきて、瑞々しい取れたての梨を、美味しいと言ってたくさん食べてもくれた。その際に、梨を口いっぱいに頬張りながら、迷惑だろうけれども梨畑の作業を体験させてもらえないかと申し出があったのだった。毎日一人で畑作業をしている九十三歳の父に相談すると、歓迎するとのことだったので、まずは四月の人工授粉の作業に来てもらった。なんと子どもも含めて十八人ものメンバーが、わざわざ東京から新幹線でやってきた。刷毛で花粉を梨の花に付けるという単純作業のために、仕事を調整しホテルを予約して、家族連れでやってきてくれたのだった。初めての農作業に大いに満足した彼らは、五月の下旬の摘果作業にもやってきた。九十三歳の農園主である父は、作業の意味や手順について説明しながら楽しそうな顔をしていた。

そして夕食を兼ねた慰労会は大いに盛り上がったのだった。彼らは典型的な都会生活者である。ほとんどの人がネット関係のビジネスをしている。旅行や美術鑑賞をはじめ、トレンドの先端を行く余暇時間を満喫している人たちである。そんな彼らが、わが家の梨畑に新しい楽しさを見いだしたのだ。

面白い現象だと僕は思う。今の時代の急速な変化の中で、まさに最先端でＡＩとかＩＯＴとかという仕事をしている新時代世代の家族が、アナログどころか時代遅れとでも言うべき梨畑の農作業を満喫してくれたのだ。

アグリツーリズムと言うと、どうしても農家民泊みたいなことを考えがちだ。しかし彼らはそれぞれでホテルを手配し、食事場所を確保し、ただ農作業だけを楽しみにわが家の畑にやってきてくれたのだ。何か大きなヒントを得たような気がする。

きっと八月の後半には、梨の収穫作業にやって来るに違いない。でもそれは梨というモノへの期待も込められているものの、作業というコトを求めて来てくれるのだ。彼らにとってのその作業は時代遅れに見えても至福の時間なのかもしれない。今から楽しみである。

九月

見上げてごらん夜の星を

五年前に友人たちと立山登山をした。還暦の年だったので還暦登山と名付け、ゆっくりと山を楽しみたいからと、室堂のホテルに一泊するという贅沢な時間を持つことができた。早朝には後立山連峰越しのご来光を拝むことができた。しかしそれ以上に感動的だったのは、就寝前に屋上で見上げた星空の素晴らしさであった。まさに満天の星空だったのだ。涙が出そうなほどに感動的で言葉を失った。

そして五年が過ぎた今年、同じ仲間でもう一度室堂の星空を見ようということとなった。僕はそれにあわせて密かな企みを思いついた。もしもまた満天の星空を仰ぐことができるなら、サックスで「見上げてごらん夜の星を」を演奏してみたいという厚顔無恥で迷惑至極なことを企んだのである。そして時々、思い出したように練習を重ねてきた。

そうするうちに、今年も薬師岳の太郎平小屋で誕生日を迎えるという日程が固まった。それなら先ずは太郎平小屋で下手なサックスを演奏しながら夜の星を見上げようじゃないかという思いが頭をもたげ、小屋のご主人にお許しいただいたのを良いことに、過日の誕生日登山ではソプラノ・サックスを登山ザックに入れて小屋におもむいた。いつものザックより重くなり、苦しみながらの登坂だったが、何とかたどり着くことができた。あいにく雨空のうえ多くの宿泊客がいたことから、朝になってほとんどの登山客が出発した後の時間に吹かせてもらうことができた。演奏の水準はともかく、多くのスタッフや登山者の皆さんからあたたかい拍手をもらって大変嬉しかった。(もちろん迷惑に感じた人もいただろうけれど…)満天の星空の下ではなかったけれど、自己満足にひたることができた。

もとより今年の目標と位置付けたのは、満天の星空の室堂での「見上げてごらん夜の星を」の演奏である。僕らの世代にとってこの曲は時には心に沁み、時には明日への励みを感じさせる名曲だと思う。僕の演奏はともかく、その場にいるみんなが心を一つにして歌うことができたら最高の思い出になると思う。予定日の室堂がこれ以上ないほど晴れ渡り、眩暈(めまい)がするほどの満満天の星空になることを願うばかりである。

さて、先に述べた誕生日登山の際に、小屋主の五十嶋さんから感動的な話を聞いた。京都から二人だけで来たという中学三年生と小学六年生姉妹のエピソードである。長女が三歳の時に父親と薬師岳に来て以来、二人は毎年のように親子で薬師山系を訪れてきたと言う。毎回太郎平小屋で入山届けを出し、テント場利用の手続きをし、太郎平小屋をベースキャンプのようにして奥黒部や薬師山系の山を楽しんできたのである。

そして今年は、初めて少女二人だけで重いテントを担いで薬師岳にやってきたのだ。京都を出て金沢で乗り換え、富山駅からバスを使って登山口の折立にたどり着き、そこから励まし合いながら、自分たちの力だけで小屋にやってきたのだ。食事や天候の変化にも対応したのだ。二人の体力と意志の強さ、そして山に対する憧憬の強さに驚かされた。なによりもいたいけな少女二人での山行を許した親の姿勢に感動した。世の中には立派な家庭があるものだ。

少女は、五十嶋さんに太郎平小屋は薬師山行の原点だと言い、高校生になったら是非とも小屋で働きたいという思いを綴った手紙を手渡していた。その手紙を見せてもらったが、大人顔負けの筆力と内容のものであった。山はこうやって人を育てるのだ。彼女たちにとって偏差値教育は何の意味も持たないと思わされた。彼女たちは既に荒野を生き抜く力を身に付けている。「見上げるべき山の星」のような少女たちだと感動した。頑張れ少女たち！

十月

遺伝子検査で分かること

僕は毎年、富山市民病院で人間ドックを受けている。今年も二日間しっかりとチェックを受けた。脳のＭＲＩ、胸部ＣＴ、胃・腸の内視鏡、前立腺の検査などなど、とにかく毎年、頂頭部からつま先まで、これでもかというくらいに受けている。マニアックと言えるくらいだ。

この熱心な受診姿勢は、もちろん自分自身の健康管理を徹底して職務の遂行に支障が出ないようにするためなのだが、同時に富山市民病院の売り上げに少しでも寄与したいという思いからのものなのである。

そして今回の検査では、富山市民病院が新しく導入したサインポストというメニューにも挑戦した。このサインポストとは、血液を使って遺伝子検査をし、生活習慣病と関連性の高い体質リスクを評価する検査である。つまりある人の血液を分析することで、その人がどういう病気にかかりやすい体質なのかを調べるということだ。人間の遺伝子の配列は、九九・九％がどの人も同じなのだが、残りの〇・一％が個人の違いを形成している。サインポスト遺伝子検査では、この〇・一％の違いを調べる作業を行う。結果として、検査を受けた人が、例えば動脈硬化になりやすい体質だとか高血圧の特性があるとかということが分かり、食生活や暮らし方に反映させることで健康な身体を作ることを目指すことができる。

思えば二十年くらい前に、ヒトの遺伝子の配列が読み解けるようになりそうだという話を聞いたことがある。ヒトのゲノムを解読することができれば、病気の予防や治療に大変な変化と効果を生むことの可能性があるのだと聞かされた。そして数年後についにその解読に成功したこと、しかしそのための費用として、一人のゲノムを読むのに一兆円かかると聞かされて驚いた記憶がある。それが技術の進歩によって、今や四万円台で遺伝子検査ができるようになったのである。考えてみれば凄い時代になったということだ。おかげで僕もこの検査を受けることができたのだから。

リスク評価項目を並べると次のようになる。肥満、体内老化、動脈硬化、コレステロール、高血圧、高血糖、血栓、アレルギー、歯周病、骨粗しょう症、関節症、近視、喫煙、アルコールという具合。はたして僕の検査結果はどうだったのか？　概ね良好な結果であり、親や祖先に感謝すべき遺伝子を有していることが分かった。結果報告書では一つひとつの項目ごとに評価が出されている。例えば僕の場合、リスクが低いものとしては高血圧、アレルギー、歯周病、骨粗しょう症などがあり、その他の項目もだいたいは平均的なリスク度であった。

逆にリスクが高い領域として喫煙による影響があったが、この点は三十年前に煙草をやめたので問題ないと思う。また体内老化というリスクもある。さらには間節症のリスクも高かった。しかし、それぞれのリスクに対してどういう対処をすれば病気の発症を防げるか、というヒントも示されるので参考にしたい。

そして注目すべき評価項目がアルコールに対する遺伝子体質であった。なんと「酒豪タイプ」という評価だったのである。自分ではそんなにお酒が強いとは思わないけれど、お酒を飲んでもあまり酔わないので、摂取量が増える傾向にあるとの診断であった。そうか、お酒を毎日楽しんでいるのは遺伝子のなせることだったのか。僕の意志ではなく、遺伝子に支配されているということだったのだ。それじゃ毎日飲みたくなる訳だ。(へへへ。)

サインポスト遺伝子検査。ぜひ多くの人に受けて欲しいと思う。遺伝子検査だけに一度受ければそれで良い。その結果自分のリスク傾向が分かり、健康生活の道標を見つけられることになるのだから。

移ろう季節の中で

十一月

日本人は古来、詩歌の世界において、季節の移ろいということを意識してきた。だから俳句においても季語が用いられている。高浜虚子は、季語がもたらす四季の連想をとりわけ重要視していた。その流れを受けて、俳句の世界では現在も季語が生まれており、歳時記の収録語も増えている。日本人はまた、一人ひとりの心の中にある季節感を、日々の生活の中で具体的に反映してもきた。生活用品のどこかの要素を変えることで季節という節目を作ってきたのだ。

ところが最近の僕らは、毎日の暮らしの中で季節感を大事にするという意識が薄れてきているのではないのかと思う。はたしてそれでいいのだろうか。生活様式が変わり、忙しい暮らしとなったとしても、例えば紅葉の色づきに先んじて、秋らしい装いに換えるという感性を大切にしたいと思う。無季の俳句ばかりの世界にしてはいけないと思うのだが…。

大げさに書き過ぎてしまったな。難しいことを言いたい訳じゃないのだ。季節の変わり目には面倒くさがらずに廊下の絵を取り換えたり、床の間の置物を工夫したりしたいものだと言いたいのだ。歳時記をそばに置いていなくても、自分でできる範囲で季節感を楽しみたいということ。

過日、夏用の簀戸（すど）を襖障子（ふすま）に取り換えた。毎年の作業だけれど、なかなか大変なのである。簀戸は軽いから取り外すのも運ぶのも難しくはないのだが、雪見障子はガラスもあって重くて大変。そのうえに、左右や表裏を間違えると敷居と鴨居の間に入らないことが起きる。梅雨前に交換した時に順序良く仕舞ったはずなのに、秋にはその順序をすっかり忘れてしまっている。その結果、汗みどろで取り組む大仕事になってしまう。何とかやり終えると、今度は座布団も取り換えなきゃと気付く。仏間と座敷の冬用の座布団を出してきて、夏用のものを箱に入れて仕舞う。この時点で、部屋を箒（ほうき）で掃かなくてはならないことに気付き、結果的には半日仕事の大掃除状態になってしまう。でもまあ、取り換えの終わった部屋を眺めてみると、すっきりとして気持ちが良い。清潔感のある静かな空間が出来上がっている。ああ、秋だなと思わされる。こうやってまた一年が過ぎていくのだ。

襖障子の取り換えが済んだ後に待っているのが、布団の交換である。夏用の布団を冬用のものに取り換える、それだけのことなのだけれど、時間がかかって大変な作業となる。布団カバーの取り換えは、他にもっと便利な方法が開発されないかと思わせる大仕事だ。毎回悪戦苦闘することとなる。交換の際に出てくる綿ぼこりや糸くずみたいなものは、どこから生まれてくるのかと思う。おかげで作業をした部屋は埃だらけになってしまう。しかたなく掃除機の登場となり、またまた大掃除状態になる。考えてみると、季節の移ろいにあわせて掃除をさせるために、こういった作業が仕組まれているのかも知れないなあ。でも、畳の上に敷かれた冬用の暖かそうな布団を目にすると、さっぱりとした気分になる。こちらもまたいよいよ秋だなと思わせてくれる。

もちろん衣替えをするし、玄関の飾り物を取り換えたりもする。僕の場合、ある人から頂いた戸（と）出善信（いでよしのぶ）画伯の《パリの四季》というリトグラフの絵を季節ごとに取り換えることが、季節の移ろいを感じる楽しみの一つになっている。生活空間の気密化が進み、一年中同じような気温の中で暮らす時代になったけれど、絵を掛けかえるという、風物詩のような作業は失くしてはならないと思う。生活の中の季節感なのだから。

取り換えたばかりの布団に寝そべってみると、虫の声が大きく聞こえる。秋深し…か。

十二月

スーツケースが出てこない？

十月にバンコクへ弾丸出張をした。講演のため〇泊三日で出かけてきたのだ。九日の最終便で羽田空港に入り、深夜の便で出国、現地時間十日の早朝五時にタイに到着、市内のホテルで休憩の後、二時間ほど移動してフォーラム会場に到着、十四時から十八時頃まで会議に参加、終了後空港に向かい、二十二時五分発の羽田便に搭乗、十一日の六時十五分に帰国、富山便で八時五十五分に富山空港に到着という日程。まるで日帰りのような無茶苦茶な出張であった。

一泊もしないのだから着替えも洗面用具もなし。スーツケースを預ける必要もない。まるで隣町に出かけるみたいな身軽な装いで終えたのだった。さすがに○泊という海外旅行は今までに機会がなかったと思うけれど、預けた荷物が無いだけに、到着後の移動がたいへんスムーズで良かった。

海外旅行の際はスーツケースを飛行機に預けることが普通だろう。そして目的地に到着した後、荷物が出てくるターンテーブルで、他の乗客と一緒にイライラしながら自分の荷物が出てくるのを待つことになるのだ。その際、ごく希にトラブルが発生することがある。僕も今までに何度か困ったことに遭遇している。例えばニューヨークの空港で同行者のスーツケースが壊れて出てきたことだ。預けた時には何ともなかったのに、出てきたときはキャスターが取れているうえに、バッグに穴が開いていた。かなり乱暴に扱われたのだろう。重い荷物をみんなで抱えて移動し、新しいバッグを買う羽目になったことを記憶している。

次は、ロンドンの空港で同行者のバッグが出てこなかったというケースである。この時は二人の同行者のバッグが見つからなかった。係りの人に調べてもらうと、一つはターンテーブルに乗せ忘れられたもので、バックヤードで見つかった。ところがもう一つの方が見当たらない。随分と待たされた挙句、出発地の空港に残されていることが分かった。後刻の便に乗せホテルまで届けるという係員の言葉に従うしかなく、僕らはホテルに移動し、食事やお酒を楽しみながら待っていたのだが、いつまで待っても届かなかった。やがて睡魔に抗しきれなくなり、僕の荷物から下着やパジャマ代わりのものなどを同行者に渡し、眠りについたのだった。翌朝、同行者が深夜に荷物が届いたと報告してくれ、みんなで拍手をした記憶がある。

また、成田空港に帰国したものの、荷物がハワイの空港に積み忘れられていたというケースもあった。このときは数日後に同行者の自宅に送られるのを待つという結果になった。

海外旅行にはいろんなリスクが孕むものだが、得難い体験を何度か出来たことはある意味では良かったなと思っている。

荷物が行方不明になった際に、必要となる衣類や洗面用具などを購入した費用を後日支払ってくれるという保険がある。あるエッセイで、筆者がトラブルに遭遇し、この時とばかりに高額な衣類を買ったものの保険に入り忘れていて大失敗をしたというエピソードを読んで、ああそうなのかと気付き、それ以降はこの種の保険に入ることにしている（前述のバンコクの出張には必要なかったけどね）。

市の政策参与でもある建築家の隈研吾（くまけんご）さんは、いつも世界を飛び回っている人だが、以前に、基本的には機内持ち込みバッグだけで出張をしていて、飛行機にスーツケースを預けないと語ってくれたことがある。いったんトラブルが発生すると自分のスケジュールが狂い、多くの人に迷惑をかけるからだと説明してもらった。大物の出張は前述の保険などとは無縁の別次元なものなのである。世界的建築家は凄いなあ！　小さな携行荷物だけでどうやって済ますのだろうか？　謎である。

今週の一言

●1月4日

謹賀新年。あけましておめでとうございます。雪もなく穏やかな正月です。元日の午後に娘たちと一緒に、地元の姉倉比賣（あねくらひめ）神社と日枝神社へ初詣に行ってきた。どちらも大変な人出だった。良い年であることを願うばかり。

今年は誕生日を迎えれば六十五歳になるという年だ。僕の人生もいよいよ後半に入っていくということだ。歳相応の成長を意識しなければならないと思う。いくらなんでも円熟とは言わないけれど、大人ぶりを示すことが求められる歳になったのだなあ。一日一日を大事にすることかな。充実した年にしたいと思う。

県議会議員になった平成七年から、年賀状を出さないという横着ぶりを続けているにもかかわらず、今年も多くの方から賀状をいただいた。頭が下がるばかりです。有難うございます。今年も宜しくお願いします。

●1月17日

やっと雪が緩んできたようだ。土曜日の雪はあらかじめ予報が出ていたものの、侮っていたところがあり、また忙しく予定があったこともあり、除雪もせず長靴も履かずに出かけてしまった。結果的にはスーツを濡らしてしまい、あちこちシワだらけになった。おかげで翌日の日曜日から昨日まで、同じスーツで過ごしてきた。違うスーツも濡らしてしまうくらいなら、みっともないけど雪が落ち着くまで同じスーツで過ごそうと決めたからである。僕は同じスーツで四日間も過ごすということはほとんどないので、何人かの人からどうしたの？　というふうに訝しがられた。今日は朝から雪が緩んできたので、久しぶりにお気に入りのジャケット姿である。冬でも雪の下を歩くことさえなければ、オシャレを楽しむことができる。そんな暮らしをしたいと思う。

今日は亡き妻の誕生日である。そしてあの阪神淡路大震災が発生した日である。平成七年のあの朝のショッキングな映像を忘れることができない。あの朝は妻と二人でテレビにくぎ付けとなっていた。その妻も今はいない。この日が来ると犠牲者や被災者のことを思うが、同時に妻とのいろいろな思い出にひたる機会でもある。今朝も仏壇に花を添え、蝋燭（ろうそく）に火をつけ手をあわせて来た。夜には、ひょっとしたら娘が、妻が好きだったものを買ってきて仏壇に添えるかもしれない。わが家にとって今日はそんな日なのである。

三日前に恒例の啓翁桜（けいおうざくら）が届いていた。冬に咲く寒桜の切り枝である。妻の誕生日を待っていたので、今夜手入れをして花瓶に飾りたいと考えている。来月初旬には満開になるであろう。一足早い春がやってくる。以前にもこの桜の話題に触れながら、娘たちにも春よ来い、などと書いていたことを思い出した。おかげで昨年、長女に結婚という春が来たのかもしれない。だとしたら、次は下の娘にも春よ来い、と書いてこの稿を閉じますかな。

●1月20日

いよいよトランプ大統領の誕生だ。アメリカも世界も大きな転換期に入りそうだ。変化を歓迎したい気持ちがある半面、混沌や混乱が一層深まるようで不安でもある。時代はどこに向かって進もうとしているのだろうか。

見通しの利かない時代になってきたものだ。そうは言っても、とにかく明日、世界的なリーダーがデビューする。アンテナを高くすることが必要だと思う。

さて、トランプ論や批判をしようとして本稿を書きだしたわけではない。ただ過日のメリル・ストリープの批判に対して、彼がツイッターでつぶやいた「(メリル・ストリープは)ハリウッドで最も過大評価されている女優だ」という意見に対して、そんなことはないだろうとの思いを述べてみたい。僕はメリル・ストリープを高く評価している。例えばジュリエット・ビノシュやケイト・ブランシェットなど大好きな女優が何人かいる。メリル・ストリープは、そんな中でも最高の演技者だと思う。彼女は若い頃からオバさん顔である。そしてもう若くはない。ニコール・キッドマンのようにスタイルが良いわけでもない。いや、むしろ悪い。それでも彼女は引きつけられるような表情や演技をする。

作品によって足首の太さまで変えてみせているように見えるくらいだ。例えば『ソフィーの選択』の場合など、一つの作品の中で状況の違いにあわせて顔の幅まで違えて見せてくれる。こんな役者を他には知らない。『幸せをつかむ歌』でのギターのテクニックや『マンマ・ミーア！』などで見せる美声と歌唱力。役柄によってにじみ出てくる気品や威厳。残念ながら僕の英語力では十分に受け止めきれていないと思うけれど、作品に対する深い解釈力が凄いとも思う。最高の名優だと思う。トランプさんが彼女をどう評価しようが、僕には関係のないことだ。僕はこれからも黙って彼女の出演作を買い続けていくのだ。トランプ大統領の誕生にあわせて、これだけは言っておきたかったのだ。

ちなみに僕が持っている彼女の作品を披露しておきたい。

『ディア・ハンター』『クレイマー、クレイマー』『ソフィーの選択』『恋におちて』『愛と哀しみの果て』『永遠に美しく』『マディソン郡の橋』『母の眠り』『プラダを着た悪魔』『マーガレット サッチャー 鉄の女の涙』『幸せをつかむ歌』『8月の家族たち』

●1月23日

昨日のことである。近くのコンビニで「ホット・コーヒー。ラージ。支払いはエディで」と注文したところ、若いお嬢さんの店員が「Sですか、Mですか、Lですか」と聞いてきた。「ラージです」と答えるとまた「Mですか？」とのこと。しかたなく「Lです」と応えて何とかコーヒーを売っていただくことができた。思わず吹き出しそうになったが、平静さを装っていた。大丈

2017年

夫なのかこの店はと思ったが、大丈夫なのか我が国はと案ずるべきなのかもしれない。このコンビニでは、店員の名札がすべてひらがなで書かれているのだが、その意味をやっと理解することができた。

今度は「冷やし珈琲を大盛りで」などと注文してみようかな。

●2月13日

鳥取の雪がひどい。市街地での積雪が九〇㎝以上とはね。富山でもこれほどの積雪はほとんど無いのに。はたして富山の市街地で膝まで雪に埋まるという積雪は、この二十年ほどの間にあっただろうか。除雪体制や日頃からの雪への構えがこんな大雪を想定していないだろうから、除雪対応できていないことはある意味当然のことだ。数年前に山梨県で除雪が追い付かず、孤立集落が幾つも発生した件に似ている。山陰道で一〇〇台、国道9号線で一五〇台が立ち往生しているとのことだが、大変なことだと思う。

先月にも同じような報道があったが、その際は沿道の住民が炊き出しをしたり、トイレの提供をしたりしたとのこと。こんどもそんな対応がなされているに違いない。住民の温かさが心にしみる。日本の社会の地縁の力である。応援のエールを遠くから送ることしか僕らにはできないのだけれども、頑張ってほしいと思う。

十二月の末に、国道九号線も山陰道も車で走ってきただけに、他人事とは思えない。道路から見える街並みには、地震の影響でブルーシートを屋根に

2017年

載せてある家がたくさんあったのだが…。早く雪が峠を越え緩んでくれることを願うばかり。

●2月22日

『狂うひと 「死の棘」の妻・島尾ミホ』を読んだ。島尾敏雄のベストセラー作品『死の棘』の中で、これでもかというくらいに暴かれている敏雄と妻ミホとの愛と狂気と格闘劇。その重いストーリーの一方の当事者である島尾ミホの評伝である。著者の梯(かけはし)久美子さんの取材力はすごいと思う。なによりも一つのテーマを十年以上もの間、追いかけ続けるというその意志に驚かされる。本当の物書きだと思う。

内容は重くて暗い。狂気を追いかけ、分析しようとするのだから当然である。読み終えるのに随分と根気が要った。こういう人生もあるのだなあ。「戯れに恋はすまじ」といったところか。

●2月27日

文部科学省が二月十四日に発表した次期学習指導要領の改定案に、信じられないような内容が含まれていた。なんと、聖徳太子の名前を「厩戸王(うまやどのおう)」という呼称に置き換えるというのである。新聞でその記事を読んで、なんじゃそれは!! と絶句してしまった。不明にも歴史学会の常識や論争を知らないので、どういう背景があって唐突に聖徳太子が厩戸王に置き換えられることになるのか分からないでいたところ、過日の産経新聞上の正論欄で、尊敬する拓殖大学客員教授の藤岡信勝先生が詳しく論じていらした文を読んで、その背景にある危うさを感じた。

聖徳太子の名は日本人のすべてが日本国の親柱として受け止めている存在であろう。中国大陸との外交において、「日出ずる処の天子、書を、日没する処の天子に致す」という文言で対峙し、日本が支那の皇帝に服属する秩序に組み込まれるのではなく、独立した国家である理念を示した大政治家であり、大偉人である。その聖徳太子という名前が死後におくられた呼称であり、正しい名前は「厩戸王」なのだから、これからは歴史教育上は、そういうふうに教えていこうとするのが新しい方針らしい。

ちょっと待てよと言いたい。死後に付けられたという理由でその呼称が使えないということになれば、僕らの中で常識化している多くの歴史上の人物の名前を諡号（おくり名）で言わず、大和言葉の長い名称で言い換えなければならないことになる。そもそも聖徳太子という呼称は、今日現在の日本人の圧倒的大多数が敬意をもって認知しているものであり、日本人の精神的価値観の中心にドンと存在する心棒のようなものである。歴史学の学者たちがどんな意図を帯びて文部科学省に圧力をかけているのかは知らないけれど、聖徳太子という呼称を、教育から抹殺しようとする意味を理解することができない。

今は使われていないけれども、紙幣を代表する言葉として聖徳太子は長く意識されてもきた。それくらいに尊敬の対象として定着しているのである。歴史学上での評価は知らず、聖徳太子は日本人の精神の底流に流れている孤高の光とも言うべき存在なのだと思う。少なくとも僕はそう思う。「日出ずる処の天子」なのである。それが急に「厩戸王」と言われてもねえ。僕は思う。聖徳太子は聖徳太子なのだと。

●3月2日

永田和宏さんの書かれた『近代秀歌』(岩波新書)を読んだ。永田和宏、河野裕子夫妻の歌集は以前に何冊か読んでいるのだが、歌詠みではない僕としては、この二人のおかげで短歌との距離を縮めてくれる機会をもらったと思っている。さて、『近代秀歌』である。近代以降に作られた歌の中から、著者が一〇〇首を選んで解説をしてくれるという優れものである。たまには短歌に触れてみるのも良いかと軽い気持ちで読み始めたのだが、著者の次の文章で怖気づいてしまった。「挑戦的な言い方をすれば、あなたが日本人なら、せめてこれくらいの歌は知っておいて欲しいというぎりぎりの一〇〇首であると思いたい」と言っているのだ。

また著者はあとがきの中で、次のようにも述べている。「教養というものを、みずからの知的好奇心によって収集された知識を内包しつつ、その反映としての人間性の発露を言うとするならば、ある程度の、あるいは最低限の共通の教養を持っているということは、他の人々と接するための、つつしみぶかい礼儀の一つでもあると思うのである」と。

これは困ったぞと思いながら、何とか読み終えることができた。解説されている一〇〇首のうち、僕が知っていた歌は、おぼろげなものも含めて、何と十一首しかなかった。暗誦できそうなものは、そのうちの五首ほどかな。これでは、つつしみぶかい礼儀を帯びて、人と接する資格などないということになる。わが身の教養のなさと不明を恥じるばかりである。歌について語る資格はまったくないということが明らかになった。当然と言えば当然ではあるがね。ところで、この『近代秀歌』と一緒にもう一冊『現代秀歌』という本も買ってある。こちらの一〇〇首の中に読んだことのある歌が、何首あるものやら。今日から読み始めることとします。

●3月3日

オーバード・ホール開館二〇周年記念事業として開催されている「舞台の上の美術館Ⅱ 巨無と虚無」のオープニングに行ってきた。ホールのステージや客席、ホワイエなどを使い、造形作家の清河北斗と日本画家の平井千香子の作品を展示し、音と光をあわせて劇的な空間を作り上げるというパフォーマンスである。素晴らしい空間が作り上げられている。作品自体も魅力的なのだが、そこに光と映像と音が付加されることで、シュールな世界が強調されている。

そこでは来場者も作品の一部になっていた。引き込まれ感動させられ、いやいやなによりも面白かったと思う。お薦めです。開催期間は今日から三月七日まで。入場無料。映像と照明をあわせるパフォーマンスは一日に六回開催。夜の部では舞踊団によるパフォーマンスも加わるとのこと。ぜひ足を運んでもらいたい。パンフレットのコピーも素晴らしい。「舞台が美術館になる、劇場の逆襲。」というもの。お薦めです。

●3月4日

早朝、玄関に飾っていた男雛と女雛の人形を片付けた。片づけが遅くなったから、………となったじゃない、などと言われないようにと思って。その後、廊下に飾っていた戸出善信さんのリトグラフ《パリの冬》を《パリの春》に取り換えた。玄関には桜の絵を飾った。桜のピンクとマロニエの花の白が好対照である。おかげでわが家が春らしくなった。気候も春らしい。春だ春、いよいよ春が来たらしい。明るい衣装で出かけることとしよう。(三日も続けて書き込みをするなんて、何も起きなきゃいいけれど)

●3月21日

二月二十七日付の本欄で、文部科学省が次期学習指導要領案で「聖徳太子」を「厩戸王(うまやどのおう)」と表記することにしているのをやわらかく批判しておいたのだが、今月末に告示予定の最終版では「聖徳太子」に戻すことにしたらしい。仮に研究者の主張が歴史的に正しくても、我が国の社会に長く定着している

「聖徳太子」を使わないことは妥当性を欠いている。良かった。良かった。

さて、四月八日に今年のチンドンコンクールのオープニング・セレモニーが開催される。毎年このセレモニーにおいて、市役所職員による素人チンドンが演奏をし、僕も一員としてソプラノサックスを吹いている。二月中旬から練習もしてきたのだが、先週になって今年は参加しないこととした。なぜなら、翌日の四月九日が立候補を予定している、市長選挙の告示日だからである。いくら市の恒例行事の公務とは言え、多くの関係者が選挙の準備に真剣にあたっている中で、派手なチンドンの衣装を着けての「竹に雀」のあの調子の演奏はないだろうという意見もあり、今年は取りやめることとした。

チンドンコンクールは歴史のある市の一大行事である。したがってオープニングの挨拶は当然のこととして行う。ただ、選挙の関係者のご苦労を慮（おもんぱか）って、僕自身の演奏は慎みますという次第。チンドンコンクールの実行委員会や、全国から参加してくれるチンドンマンの皆さんの理解をお願いします。もっとも僕のヘタクソな演奏は誰も期待していないか。そりゃそうだ。

この際、このブログの書き込みも、選挙が終了するまで休止することとします。選挙が終わって落ち着いた頃に再開しますのでよろしく願います。

●4月18日

やっと選挙が終わったので書き込みを再開。

三月からずっと、このコーナーで紹介したいと思い続けていたエピソードがある。ちょっと長くなりそうだけど披露してみたい。

三月二十七日に行われた三重県の高校野球の大会で、〇対九一というスコアで終わった試合があった。過去に例のないような大敗でありながら、敗れた私立英心高校の監督は、ツイッターで「選手はダメじゃない」と胸を張った。

この英心高校は、もともと不登校の子どもを多く受け入れる学校である。そこに赴任した野球経験のある豊田監督が、二〇一五年に野球部を創設した。男子五人、マネージャーの女子一人から始まった。やがて部員が十人まで増え、日本高等学校野球連盟（高野連）への登録申請が通り、対外試合をやるようになった。それから一年半後の試合が今回のものであった。

「今までは、ピッチャーがストライクを取れず、四球が続く試合ばかりだった。相手チームは二〇～三〇点も差がつくと、試合を終わらせようとしてわざとアウトになるんです。でも今回の対戦相手である県立宇治山田商業高校は、県屈指の強豪ですが、フルメンバーで、最後の最後まで攻撃の手を緩めなかった。うちのピッチャーもストライクを入れられるようになった。初めてチームとして認められたという感覚だった」「三〇点取られても、一点ずつ取り返そうと言い続け、誰も諦めなかった」と豊田監督は述べた。翌日の練習には部員全員が参加したという。

監督は次のようにも話している。「不登校だった子が、ただ学校に来るようになるだけではダメだと思っています。私は野球を通じて心がしっかりと育ってほしい。自分の将来に前向きになり、人間性が形成されていってほしい」と。そういう考えの指導者のもとで、厳しい練習に打込むことこそが高校野球というものだろう。試合を終わらせようと、ワザとアウトになったチームとの違いは大きい。

そう言えば、以前に二一世紀枠の高校に負けて「末代までの恥」と言って辞職したバカな監督がいたが、彼の眼にはこの英心高校チームのひたむきさがどう映るんだろうねぇ。

●4月19日

英語学者・評論家で上智大学名誉教授の渡部昇一先生が、十七日に亡くなられた。大変なショックであり、残念でならない。我が国の保守論壇に風穴があいてしまった。かけがえのない知の巨人が逝ってしまったのだ。なんということだろう…。

僕は平成十八年から、渡部昇一書下ろしニュースレター「昇一塾」の会員である。ほぼ週に一回の頻度で渡部先生のエッセイがメールで配信されてくる。十一年間にわたり先生の博識と深い思索に触れることができた。大いに刺激されてもきた。さまざまな問題について自分の判断のヒントをもらってきた。そのすべてはプリントしたうえで何冊ものファイルに綴じられている。この貴重なファイルは僕の最も大切な知の拠り所となった。生涯にわたり宝物として手元に置いておきたいと思う。

最後に配信されたのが今月の七日金曜日の一二：二九であった。乃木希典の功績と人物像について学ばせてもらった。翌週の十四日金曜日一二：〇二の配信レターは、昇一塾事務局名のものであり、「渡部先生の体調がすぐれず、しばらく言論活動を控え、治療に専念されたいとのお申し出があり、昇一塾ニュースレターをしばらく休刊させていただく」との内容であった。先生が病んでいらっしゃることを初めて知り、大いに驚かされた。やがて復刊されるものとばかり思っていただけに、訃報を受け止めることができないでいる。今日から少しずつ大切なファイルを読み直してみたいと思う。睡眠不足にならないように気をつけながら…。

渡部昇一先生のご冥福を心から祈ります。合掌。合掌。

2017年

●5月3日

『飛べ！　ダコタ』という映画をご存知だろうか。実話に基づく良い映画である。終戦直後の佐渡島が舞台。佐渡の外海府に高千という集落がある。その集落の海岸に、イギリス軍の将校が乗ったダコタという飛行機が、エンジントラブルで不時着してしまった。島民の中には息子や親などの近親者が戦死している者、家族が生死不明のまま連絡が取れていない者、戦傷によって身体が不自由な者、未だに復員していない家族を持つ者など、さまざまな事情を抱える者が多く存在していた。多くの者が敗戦という事実に対して複雑な感情を抱き、戦勝国に対して憎悪感や嫌悪感を否定できないでいた。

そんなまっただ中に、不時着した機と乗員数名が放り出されたのである。村長をはじめとした村のリーダーたちは、議論を重ねながらも困難に直面している者たちを温かくもてなし、機体を住民総出で引っ張って高波に遭わぬよう移動させ、ついには砂浜に石を敷き詰めて滑走路を造ったのである。修理を終えた機は、無事にその滑走路から飛び立ち、イギリス軍人たちは帰隊することができた。その過程で、敵に協力できないと主張する一部の島民に対して、村長が説得する言葉が素晴らしい。

「佐渡もんは、上皇様から無宿人までこの島にたどり着いた者は昔から全てもてなしてきた。それが佐渡もんの生き方じゃ。それが佐渡という地というものだ」という趣旨であった。佐渡人の心根の大きさとやさしさに感動させられる。

そのうえこのエピソードは、誰に自慢するでもなく、語り継がれるでもなかった。助けられた軍人の子孫が、何十年もたってから謝意を伝えたくて訪日したことから世間に知られるところとなったのだ。佐渡は手柄話をしないという素晴らしい文化の地なのである。良いなあ。

この映画を見て以来、一度はその高千というところを訪ねてみたいと思っていた。今日はそのために佐渡に上陸。明日は小さな着陸記念塔があるという滑走路の跡地を訪ねることとしている。時にはこんな旅も良いなあ。

今日の移動中に「真野新町」という地域を通った。チョットした商店街であった。そして、この商店街の両側に立っている街灯のすべてに、日の丸が掲出されていたのである。数百メートルにわたり、道路の両側にはためく日の丸。素晴らしい光景であった。沿道の住民の総意がそこに見て取れる。日の丸や君が代を大切にしようとしないどこかの政党の支持者は、この街にはいないということだ。なんと素晴らしい地域であることか。佐渡はやっぱり良いなあ。

せっかく来たのだからということで「トキの森公園」にも行った。三度目の訪問である。前回は空を飛んだり田んぼに降りて餌をついばむ、放鳥されたトキに出会うことができたのだが、今回はトキ「ふれあいプラザ」で飼われているトキしか観察できなかった。展示されている一組のつがいの巣で四個の卵が確認されたのだが、メスが抱卵しなかったので人工孵卵器に移したところ一羽だけ孵化したとのこと。

そして、その一羽をオスが育てているのだという説明があったところで、となりにいた女性が声をあげた。「あら、良いわねえ」と。続いて解説員が「トキは基本的に、オスとメスが交代で育児をするのです」と言ったところ、くだんの女性がまた声をあげた。「あら、本当に良いわねえ…」と。それも夫と思しき人の方を向いて言ったので面白かった。佐渡はなんともほのぼのとしているのだ。やっぱり良いなあ。

●5月4日

いよいよ今日は、佐渡の「高千（たかち）」というところにある英軍機着陸記念塔に行ってきた。思っていたよりも大きな集落ではあったが、村人と思しき人と出会わず残念であった。佐渡はどこに行っても家族総出の田植えの真っ最中であり、わざわざ遠くまで記念塔を見に来る物好きな人間に、付き合ってくれるような暇人がいないのも無理はない。一人で満足感に浸りながら、写真を撮って帰ってきた。良い旅であった。

面白いエピソードを二題。

一つ目は昨夜の宿での夕食時のもの。熱燗を三本注文したところ、お銚子三本とお猪口が三個きた。あまりに小さいお銚子だったので、もう二本を電話で追加注文した。もちろんその際にはお猪口は余っているのでいらない旨を申し添えた。にもかかわらず、（密かに予想した通り）、お銚子二本とお猪口が二個届けられたのであった。あまりにも仕事をマニュアル化したり分業化すると、こういう滑稽なことが起きるのである。今朝チェックアウトした際に目にした写真によれば、昭和天皇も宿泊された老舗旅館であるらしいのだが……。

二つ目は島内を移動中に目にした信号機に掲出されている地名のこと。なんと「金沢駅前」というものと「畑野駅前」というものを見かけた。運転しながら、見間違えたのかな？　などと頭が混乱してしまった。なぜなら佐渡島には鉄道も軌道も存在しないからである。いや、存在したこともなかったと言うべきか。にもかかわらず、なぜ駅前という地名があるのか訝しく思いながら走っていた。

調べてみると、大正時代から昭和初期にかけて、佐渡に鉄道を開設したいという運動があったらしい。ところが何度政府に要望しても却下されるばかりでらちがあかない。それでも軽便鉄道敷設の希望が強まるばかりであったらしい。やがてこの鉄道建設計画運動の名残が路線バス経営会社に受け継がれ、バス会社は主要なバスターミナルを「駅」と称していた時代があった。その結果、現在も「〇〇駅前」を称する地名が残ったということらしい。世の中には予想もしないことがあるものだ。だからこの世は面白い。

●5月5日

今日の午後、佐渡から帰った。朝、旅館をチェックアウトした後、フェリーの時間まで余裕があったので、能舞台二カ所を見に行ってきた。離島ゆえに継承された能文化。素晴らしい財産だと思う。見せてもらうことはできないのだけれども、個人で所有している能舞台もあるらしい。二カ所の能舞台を見て、佐渡の能文化は予想以上に深いものがあると思わされた。二カ所目に行った神社では、明日新能があるので、その準備だと言って四、五人の住民が神社の周りを清掃していた。清々しい気分で古い能舞台に触れることができた。有り難いことだと思う。

ところが、もっと有り難いことに、その二カ所目の能舞台の場所に行く道を間違えてしまい、すぐ近くまで来ていながら田植え作業中の田んぼ沿いの農道でナビを設定しなおしていたところ、なんと目の前に放鳥されたトキが一羽飛来してきたのである。不思議なことがあるものだ。フェリーの出発時間までの時間つぶしにウロウロしていただけなのに…、いつもよく現れるという場所とは離れている、加茂湖の近くにトキが飛来するなんて…。奇跡的な出会いに感動した。そんな感動を胸に、慌てることなく、ゆっくりと穏やかに帰宅することができた。つくづくと、良い旅であった。

●5月19日

先週号の「ニューズウィーク」誌に面白い記事があった。トランプ大統領は、就任以来一〇〇日の間に五〇〇件のツイートをしているらしい。そしてこの五〇〇件のツイートで九一五二語を使用しているのだが、単語の種類は二二一五個だけだというのである。一般に英語を母語とする人間が文章を書くときには、少なくとも二万語を使うということも紹介されているが、その例に倣えば、トランプさんの語彙数は極端に少ないと言える。たしか、大統領選でのトランプさんの演説を分析して、彼の文法が小学五年生程度だと結論付けた報告もあったっけ。いずれにしても、難しい表現や難解な単語が使われていないということなのだろう。

去年、日経新聞の記事で、あのソフトバンク社長の孫正義氏が講演などで使う単語を分析したところ、わずか一四八〇語だったというものがあった。海外企業のM&Aなどを仕掛け続けている孫正義氏。シビアな交渉に際しても通訳に頼らず、自分で英語を話すとも聞いている。それなのに一四八〇語とはねえ。一五〇〇語程度なら、僕の頭の中にも有りそうだけどね。もうチョット頑張れということか。

●5月27日

沖縄県石垣島を拠点とする日刊紙「八重山日報」が、ついに沖縄本島で新聞の発行を始めた。反米・反基地イデオロギーに染まる既存の超偏向紙二紙、「沖縄タイムス」と「琉球新報」が君臨する沖縄で「中立公正な報道の実現」を掲げる「八重山日報」の挑戦は、沖縄を変えることができるのか。大いに注目したい。理性的で勇気にあふれた仲新城誠編集長を何とか応援できないかと考え、この「八重山日報」を定期購読することとした。

もちろん購読料に加えて送料を負担することになるが、発行部数の伸長に協力することは、経営の安定につながるはずだ。遠く離れた地にも「中立公正な報道」に期待する者がたくさんいることを示すことにもなる。興味のある方がいればご連絡ください。購読方法を伝えます。

●5月29日

全国植樹祭にご出席されるため、一昨日からご来県されていた天皇皇后両陛下が、先ほど富山空港から特別機でお帰りになった。大変に名誉なことに、一昨年の海の祭典でのご来県時と同じように、有り難い機会をいただき、昼食を御一緒させていただくことができた。今回も親しくお話をさせていただき、感激に堪えない。有り難いことだと思う。

昨夜、皇后様の御歌(みうた)を何点か復習しておこうと思い立ち、一冊の本にさっと目を通した。何回読んでも皇后様の深いお心を感じさせられる御歌ばかりである。興味のある人の為に一冊の本を紹介したい。『皇后宮美智子さま 祈りの御歌』(扶桑社)である。竹本忠雄というアンドレ・マルローの研究では国際的に著名な学者が、天皇皇后両陛下の慰霊の御姿に感動し、皇后陛下の御歌に心を打たれて、その研究を重ねたうえで発表した御歌撰集である。皇后陛下の美意識や道義的厳しさ、お心の美しさが伝わってきて感動させられる良書である。お薦めします。

●6月2日

先に上京した折に、ときどき訪ねることのある天ぷら屋で昼食をとった。ご主人もおかみさんも親しくさせてもらっているので話が弾んだ。この店はいつ伺っても店内がきれいに磨かれていることが気持ち良い。カウンターの清々しい木の風合いが何とも言えない。カウンター席に座るだけで訪ねた甲斐があると思わされる。単にきれいに掃除されているというのとはチョット違う清々しさを感じるのだ。神社やお寺を訪ねた時に感じることがある清々しさとでも言えば良いだろうか。

何かの本で読んだ記憶があるが、「病院の清潔さと神社やお寺の清潔さは違う」という言葉を思い出した。病院の清潔さは殺菌や消毒だが、寺社の清潔は清浄という感覚なのだと思う。人の手で意志を込めて拭き、磨くと対象の物に「気」が吹き込まれるのだろうと思う。薬を使って殺菌や消毒をしても伝わらないが、人の手によって心を込めて磨かれると伝わる「気」が清浄さを生むのだろうなあ。

子どもの頃、ときどき食事の前に御膳を拭かされた。そして先ずは台拭きのしぼり方が悪いと叱られた。次には「撫でるのではなくて拭くのだ」とまた叱られた。そんな記憶がある。子どもの僕には分からなかったけれど、台拭きを動かすだけじゃなく、綺麗にしようという気持ちを込めて拭かなくてはならないということだったのだろうなあ。この歳になると、その頃の親の思いが良く分かる。日本人なら失くしてはならない感性なのだ。どんなことにも気持ちを込めるということか。

なじみの天ぷら屋のカウンターが心地よいからと言って、ここまで話を拡げるのはどうかな？　という気もするけれど…。まあいいか。

●6月9日

今夜は素晴らしい満月である。数日前からストロベリームーンになると一部で騒がれていたので、何とか今夜は、雨雲も群雲もなく晴れ渡った夜空に光り輝く満月が見えないものかと期待していたのだが、期待通りの雲一つない夜空になった。そして満月である。しかし何度も目をこすったり、瞬きをしたりしてみたけれど、ストロベリームーンには見えない。何度も言うけど、素晴らしい満月である。でも今まで何度も見てきた満月なのである。赤くもピンク色にも見えないし、その気配さえ感じられない。どちらかと言えば、金色に輝く満月なのである。そりゃそうだよね。何でも面白く話題作りをしたい勢力は昔から、そして今も何処にでもいるものだ。

どこかで見つけてきたストロベリームーンなどと言う言葉に触発されて、今日の満月はすごいのだ!! と軽い気持ちで言ったことが広がったというところかな。そんな週刊誌的な話題に乗せられて、軽薄にも月夜待ちをしていた僕だけれども、久しぶりに素晴らしい満月を見ることができたのだから良かった。たまには軽薄な浮かれ反応も良しとしますかな。しかし、もうすぐ六十五歳になろうとしているのに、こんなことで良いのかね。いつまでもワラビシイ身が恥ずかしい…。

●6月10日

今日は少しばかり頑張った。議会の質問に対する答弁づくりを、昨日はテンポよく仕上げることができたので、もともと答弁づくりのための勉強会時間として用意されていたスケジュールがすっぽりと空いてしまい、今日一日、久しぶりのデイ・オフとすることができた。それならということで、朝からいろいろと夏仕様チェンジに取り組んでみた。

まずは、座敷と仏間の十畳間二部屋の雪見障子戸などを簾戸（すど）に取り換えることとした。昨年は七月の暑い日に汗みどろになりながらこの作業をしていたことを思えば、今日はそれほど暑くもなく、取り換え日和りだったのかもしれない。最初は要領を得ず、戸惑っていたものの何とか順調に終了。やったあ。雰囲気が一変、完璧に部屋が夏仕様になる。気持ちが良いなあ。

次は、仏壇の前の大座布団とテーブル用の座布団を、夏用のものに取り換えた。この際に、押し入れに仕舞うことになる冬用の座布団を天日干しすれば良いのだと気づき、短時間だったけれども、日当たりたっぷりの外に干すことができた。そして、簾戸と座布団の取り換えで埃っぽくなってしまった部屋を、ルンバ二台と愛用の箒（ほうき）でしつこいくらいに掃除する。室内全部の空気が静かになった感じが良い。和室はこうじゃなきゃ。（でもルンバの力を借りながら和の魅力を語る?）

最後は、調子に乗って、汗をかきつつ挑戦した布団の交換。半年間使ってきた冬用布団を夏用のものにチェンジ。そう言ってしまえば簡単なことなのだけれども、半年に一度のこの作業がなかなか大変。

五、六年前には、娘たちと僕のものとの三組の布団の交換に、ほぼ半日を費やしていた。今日は順調にこなして、勢いに乗ったところで冬用の布団をクリーニング店に持ち込むことまでできた。終わってみると実に気持ちが良い。今夜からは爽やかな夏用布団で眠れます。(それでもナイトキャップが必要か？)

こうやって衣替えをするのが、我が国の「和の文化」というものだ。大和の国がらの底流を流れている移ろう季節感。それを感じることができる環境を維持することが大切である。簾戸に替えることや季節に合わせて調度品や寝具を取り替えることは、面倒で億劫でもちゃんとやることが大和心を守ることにつながると僕は思う…。季節感を大事にするということ。

季節感を感じるための衣替えをいいことにして、夕食の準備の前から今の今まで、ずっと飲み続けていいのかな?

●6月26日

いよいよ今夕、フィンランドのタンペレ市に向けて出発だ。今回で六回目のOECDの会議。顔見知りの参加者に会えることを期待している。二十九日の午前にプレゼンをする予定。楽しみである。

そんな日なのに朝から大失敗をしてしまった。いつもは五時前に自然に目が覚めるのに、今朝は寝坊をしてしまい、六時十二分に次女に起こされるという始末。昨夜、DVDを見ながら転寝をしていたのだろう、いや、していたのだ。夜中の一時半に居間で目を覚まし、慌てて布団に移動したので寝不足だったのだろう。

次女は毎朝六時過ぎにお風呂を使うので、僕はその前に朝風呂をすましておくというのがいつもの日課。それがお湯が張られていないどころか、電気さえ点いていないのだからなあ。次女に平謝りするしかなかった。数年に一度、こんな失敗をする。いやはや幾つになってもなあ。おかげで一日中ボォーッとしていた。深夜便の機中で爆睡か？

●7月13日

今日は七月十三日である。僕の誕生日は八月十三日なので、ちょうど一カ月後に満六十五歳になる。いよいよ高齢者の仲間入りだ。放蕩の限り？を尽くしていた二十歳前後の日々を思えば、よくぞ大病もせず高齢者の歳まで元気に馬齢を重ねてこれたものだ。亡くした妻や先に逝った友のことを思えば、感慨深いものがある。これからこそが人生の充実期だと思う。ゆっくりと着実に日々を過ごしていきたいものだ。

そんなことを思いながら帰宅してみると、富山市介護保険課から介護保険被保険者証が届いていた。いよいよ介護保険の第一号被保険者という立場になったのである。緑色の被保険者証を手にしてみると、もう若くはないのだなと思わされる。これからの後半生が、保険料を払い続けるだけで介護サービスを受けることのない毎日となるように、身体と脳細胞を鍛えていきたいと思う。先ずは、届いた新品の被保険者証を肴（さかな）に、イモ焼酎のお湯割りといきますかな。息災、万歳！

●7月27日

先ほど、アメリカのワシントン・ポストの記者のインタビューを受けた。あのワシントン・ポストである。キャサリン・ランペルという女性記者と通訳の二人が、東京から新幹線で訪れてくれた。七月二十三日から二十九日までの間、東京を中心に取材活動をするとのこと。同記者の関心事の一つが、地方における子育て支援の現状ということであり、富山市がこの四月から運営している産後ケア応援室、お迎え型病児保育室、こども発達支援室などについて熱心な質問があった。

ワシントン・ポスト紙のオピニオン・コラムニストらしく、核心をついた質問ばかりであった。それにしても、世界的な影響力を持つ有力日刊紙であるワシントン・ポストが取材に来るとはねぇ。記事になるのかどうかは分からないけれど、世界に向けて発信されることになれば望外の喜びだ。

もっともこの富山においては、ワシントン・ポストの取材を受けたということ自体が、既に一つのニュースだとも言えよう。ありがたいことだ。

●8月2日

劇団四季のミュージカル、『アンデルセン』を鑑賞してきた。結論から言うと大変素晴らしいものであった。劇団四季のミュージカルと言えば、今までも『オペラ座の怪人』『コーラスライン』『キャッツ』などを鑑賞してきたが、『アンデルセン』という作品のことは知らなかった。二カ月ほど前に劇団四季の理事長が来訪され、富山公演をぜひとも見て欲しいと要請があったことから足を運んだのだが、躍動感あふれる舞台に圧倒された。終演後に拍手が鳴りやまなかったのも当然である。役者たちの熱演の裏には、厳しい猛稽古があるのだとも感じさせられた。なによりも若さがまぶしかった。

違う意味での感動もあった。ストーリーの中にいくつも出てくるアンデルセンの作品に触れて、あることに気付いたのである。そうだ、僕は保育園に通っていたころに、アンデルセンの『みにくいアヒルの子』を読んで、初めて物語というものに心を動かされたのではなかったっけ、と。子どもの頃の記憶が急に甦ってきたのだ。その時から、物語を読むのが大好きな子どもになっていったのだ。そう思ったら、小学校に入学してすぐに大変大きな図書館の存在に気づき、驚くとともに嬉しくてしょうがなかったという記憶も甦ってきた。爾来（じらい）、本に囲まれた日々を送っているのだが、その原点はアンデルセンにあったのかも知れないなあ。そんなことをも思わされるステージであった。

●8月15日

八月十三日、今年も誕生日を薬師岳の太郎平小屋で迎えることができた。この十年ほどの間、太郎平小屋か薬師山系の小屋で誕生日を過ごしてきた。

そして毎年、小屋の経営者である五十嶋さんやスタッフの皆さん、山行の同行者にお祝いしてもらっている。特に今年は六十五歳の誕生日だ。感慨深いものがある。いよいよ後半の人生の始まりだ。一つの区切りではあるけれど、前向きな意欲を持って思いを実現し続ける、そんな毎日にしたいものだ。雲上で皆さんが歌ってくれたハッピー・バースディを聴きながら、そんな思いにひたっていた。毎年、毎年迎えるこの日、有り難いことだ。

さて、今年は年初以来、密かに企んでいたことがあった。それはこの雲上のハッピー・バースディにサックスを演奏するということ。もしも満点の星空になったら、それを見上げながら「見上げてごらん夜の星を」を演奏できないかと願っていたのである。アルト・サックスは重いから、ソプラノ・サックスで行こうと決め、しばらく前から自宅で練習をしていた。いざ、出発という時点で、ケースごと登山ザックに入れることは難しいと気付き、本体とマウスピースをそれぞれタオルでくるみ、周りを着替えなどの衣類でつつみ、何とか収納して登頂した。いつものザックより重くなったこともあり、苦しみながらの登坂だったが、何とかたどり着くことができた。

あいにくの雨空で、星が顔をのぞかせてくれることはなく、そのうえ大変多くの宿泊客がいたことから、朝になって、多くの登山者が、それぞれの目的地に向かって出かけて行った後の時間に吹かせてもらうことができた。演奏の水準はともかく、僕個人としては大変充実し満足した時間が持てた。多くの小屋のスタッフの皆さんや出発前の登山者の皆さんから、拍手をもらって嬉しかった。もちろん迷惑に感じた人もいるだろうけど…。少なくとも二三〇〇メートルの太郎平小屋でサックスを吹いた登山者はいないということなので、大いに自己満足にひたっている。小屋の関係者から、来年もどうぞと誘われたけれども、「来年はハーモニカくらいで…」と応えるのがやっとであった。

今朝は四時過ぎに起床し、今までの人生で大変お世話になった何人もの故人や大親友のお墓に赴き、手をあわせてきた。一年に一度、この機会にしか墓参しないことが心苦しいけれど、手をあわせながら近況報告をし、すべてはお世話になったおかげです、と心からの感謝の思いを確認する大切な時間だ。もちろん、亡き妻が眠るわが家の墓にも手を合わせてきたのだが、午後にはもう一度娘たちと一緒に、そろってお墓に行き家族の思いを繋いできたいと思っている。

お世話になったすべての方と亡き妻に、合掌、合掌。

●8月24日

今日は久しぶりに真夏の日よりだった。不順な夏である。農作物に大きな影響がなければ良いのだが…。富山県農業共済組合の組合長としては、大いに気を揉んでいる。一方でわが家の梨はまことに順調、大変に作が良い。お盆明けの十六日から、毎朝一時間から一時間半、自宅横の梨畑の収穫作業を続けている。随分と長い間、忙しさにかこつけて農作業から距離を置いて来たのだが、今年からは少しずつ農作業をしようと決めたこともあって、毎朝楽しく梨もぎを続けている。

お盆明けの時期は弟が帰省していたので、父と僕と三人で、弟が帰京してからは父と二人で、毎朝黙々と梨もぎをしているのだが、おしゃべりもしないで黙々と働く時間は気持ちが良い。父との間でほとんど会話は無いのだが、同じ空間で同じ作業を親子でする時間の気持ちよさを感じられるのは得難いことだと思う。疲労はあるのかもしれないが、肉体的につらいと感じることはない。かえって快感に近い疲労感が気持ち良い。収穫する梨の一つひとつが、如何にも幸水らしい透明感があり美しく、そのうえ大き過ぎるくらいに立派な実が多くて収穫しがいがある。父の、長い間の丹精とも言うべき取り組みと苦労のおかげだ。

果樹栽培の難しさは、数十年先まで見据えた樹体の育て方と、一年一年の気候の変化や病気を含む環境変化への対応を、どうやって的確に行うかということだと思う。この数十年間、父は一人で樹体や樹園地のマネージメントをやり遂げてきたのだ。苦労が多かったと思うけれど…、毎朝の収穫時に感じているに違いない、「ああ、今年の梨も良い出来だなあ…。よしよし。頑張った甲斐がある。来年も頑張るぞ！」と。そういう気持ちが彼を動かしているのだろう。いつまでも元気で!!

さて、さる十九日に亡き妻の七回忌を済ませた。自宅の仏間で僧職の方二人と我々近親者八名で、静かにかつ厳かに霊を迎え、そして見送った。まる六年が経ったのだ。仏教の習わしにはそれぞれに意味があることを感じさせられた。さすがに毎日のように亡き人を思うことはないけれど、こうやって節目に家族がそろって手を合わせることで、それぞれの心に様々な記憶や思いが去来する。以前から考えていたのだが、わが家の墓地の前に石灯篭（いしどうろう）を建てたいと思い、当日の午後に石材店に行ってきた。僕なりの弔い方だ。安らかに眠れ。

●8月28日

一昨日、昨日と一泊二日で室堂に行った。その前日までの悪天候を思うと、信じられないくらいの素晴らしい天気であった。この日程で山行することを決めたのが三月の中旬だったことを考えると、よくぞ最高の天気と重なったものだと驚く次第。強運に恵まれたとも言えよう。よく周りのみんなから晴れ男だと言われているが、今度ばかりは自分でもそう思った。

おかげで、夜には（満天の星空という訳にはいかなかったものの）、星を仰ぎながらソプラノサックスを演奏することができた。演奏の水準はともかくとして、年初以来の夢を実行することができて大満足であった。そのうえ幸運にもライチョウと出会うこともできた。ここ二、三年は一度も出会うことがなかっただけに、手を伸ばせば触れるくらいの至近距離でライチョウを観察できたことは、忘れがたい思い出となった。良い週末を過ごせたことは幸いである。梨の収穫が忙しい時期に、山に行くことにいささかの後ろめたさがあっただけに、家族と同行者に感謝したい。

●9月1日

今日からの三日間、恒例の越中八尾おわら風の盆が開催される。おかげ様で天気は良さそう。多くの方に、おわら特有の風情を堪能してほしいと思う。僕も今日と明後日の二日間、足を運ぶ予定。何処かで見かけたら声をかけてください。

さて、情感あふれるおわらの話題にふさわしくないけれど、ちょっと気になる面白エピソードを一題。北陸新幹線のトイレの話である。新幹線内のトイレスペースは、良く考えて設計されているとは思うのだが、男性小用トイレの位置が気になっている。男性小用トイレは、通路から中に使用者がいるかどうか見えるように、出入り用のドアの一部が透明なガラス？製の構造となっている。使用者がいるかどうかが分かるのだから、ドアに鍵はない。それはそれで良いのだけれども、考えようによっては背後が実に無防備なのである。

そのうえに、その位置が女性用トイレの出入り口横となっている。したがって女性がトイレを利用しようとするときに、たまたま男性小用トイレが使用中であると、使用中の男性の背中を目にすることとなる。女性の心理は分からないけれど、あまり気持ちの良いものではないのではなかろうか。こちらもまた背後に人の気配がすると落ち着かないこととなる。時には同時に利用が終わり、振り向いた途端に、女性用トイレから出てきた女性と目が合うということさえある。気にしなければそれでよいのだが、気恥ずかしさをぬぐいきれないのだが…。そんなこともあって、僕は小用トイレを使用する時には、急いで用を終えようと密かな努力をしているのである。そんなことを考える人は僕だけかも知れないけれど…。

●9月5日

十年前に「消え行く立ちション」というふざけたエッセイを書いている。故あって、その全文をここに再掲させていただきたい。

『あまり品の良いタイトルではない。でも非難を承知で、立ちションの話を綴りたい。だからと言って、立ちションの武勇伝や正しいマナーの話をしようというのではない。驚きの新聞記事を紹介したいのである。

それは、最近、立って小用をする人が減ってきているという記事であった。つまり洋式の便器に座って小用をする男性が増えているというのだ。記事によれば、アンケートの結果、約三割の男性が小だけの用向きにもかかわらず、便座に腰掛けて用を済ましているというのである。足腰がおとろえた高齢者の調査ではなく、小さな子どもから四十代くらいまでの男性の実態だというのである。

立って小用をすれば、前のファスナーを開ければ済むものを、座って行うとなるとズボンを下げなければならない。男の特権とも言うべき構造上の利点を放棄してまで、便座に座ることの理由は何なのか。最近は立って用を足すには疲れてしまうほどに、所要時間を要する人が増えたのか？　などと訝りながら記事を読み進むと、やがて謎が解けた。なんとそのわけは、立って用を足すとトバシリで便器の付近が汚れるからだというのであった。小さい子どもには母親が、成人男性にはその配偶者という監視人が付いており、彼女たちの論理では、便器の前を汚すのは立ってことをなすからだということになるらしい。したがって最初から座って作業をすればノープロブレムということなのだ。全国のトイレに蔓延している「急ぐとも心静かに手を添えてウンヌン…」の標語だけでは飽き足らず、僕らの気づかないところで密かに、しかし確実に、僕らの至福の行為を変質させようという陰謀が進行しているということだ。

放尿という必然かつ快楽の行為を、開放感あふれる姿勢ですることを許さないトレンドを放置していて良いものか。子どもの頃に小川の土手などで、思いっきり用を足した記憶を持つ人は多いと思う。その記憶を男の特権と言わずになんと言う。太陽の下で大っぴらに立ちションをすることができなくなった時代ではあっても、せめて用を足すときは、両足を踏ん張って力いっぱいことをなすべきじゃないのか。それこそ日本男児の生き様というものだ。俯いて生きて行くような、座り派の軟弱男には用は無い。前を向いて生きる立ちション派こそが未来を担う。立ちション万歳！　日本万歳！　立ちション派は結集せよ。立山に向かって連れションだ。文句あっかー。（酷い文だなぁ）』」

本当に酷い文である。それは僕自身の品のなさがさせることなので、恥をさらすしかない。しかし、本当に恥を忍んで告白しなければならないことがある。それは十年前にここまでの立ちション宣言をしておきながら、ここ数年、密かに座り派に転向してしまっていることである。転向してしまったことの背景に、加齢によって立って用をなすことが困難になってきたということがあるのではなく、自分でトイレの掃除をするようになったことが原因している。

全く信念もなく、節操もない。根性なしの転向者である。ここまでの変節漢が世の中にいたのかと思われても反論できないほどの、対極への転向だ。まことに情けない。しかし、いつまでも隠し続けることはできない。天網恢恢疎にして漏らさずのたとえもある。ここに大恥を忍んで告白する次第だ。ゆめゆめ大口をたたくものでないという戒めとなった。

●9月19日

今月に入って更新したブログ二題がトイレにまつわる駄文であったからだ

ろうか、数日前に、わが家のトイレの温水洗浄装置が作動しなくなってしまった。電池切れでリモコン装置からの発信ができなくなったのかと思い、電池を交換してみたが効果なし。もはや洗浄装置がない暮らしはできなくなっているわが身としては、実に困った状況になっているのである。

しかたがないので、いつもこういう時に相談相手になってくれている中学時代の同級生である大工に連絡。専門の業者さんと一緒に点検してもらった結果、部品の故障とのこと。しかしながら、機器が古いので部品の調達が困難であるとのこと。やむなく便器そのものを取り替えることになってしまった。はたしていつになれば回復するのであろうか。ここ数日は、娘の居室がある二階のトイレのお世話になっている。今朝は使用後に徹底的に磨いておいた。

偶然のこととは言え、トイレ話が続くことになってしまった。連鎖現象を断ち切るためにも、これからはトイレの話題を避けながらブログを綴ることとしよう。

●9月21日

この秋は予定が立て込んでいて、凄く忙しくなりそう。衆議院が解散され、選挙になっても海外出張と重なるので、運動に参加できない見込みだ。仕様がない。特に土・日は、十二月まで空いた時間を取ることが難しそう。そんな事情もあって、昨日の夕方、突発的に夏用の簀戸を襖障子に取り換えた。

気が早いという感じがしないでもないが、思い立った時にやらないと、初冬まで夏仕様のままということになりかねないと考えたからである。

やり終えた後に、今度は座布団も取り替えなきゃと気づき、仏間と座敷の冬用の座布団を出したところで、その前に箒で掃き掃除だということになり、結果的に大掃除の様相となってしまった。今朝から両腕が筋肉痛である。いつものことだが、調子に乗りすぎたということ。でもまあ、改めて部屋を眺めてみるとすっきりとして気持ちが良い。まだ暑い日が戻るかもしれないけれど、季節は移ろっている。いよいよ秋だな。紅葉が楽しみだ。いい秋にしたいと思う。

●10月9日

先月のある日、所用があり、車で関西まで出掛けたのだが、その際に遭遇したエピソードを一つ披露したい。

昼食を摂ろうとして、多賀サービスエリアにあるレストランに入った。やがて僕の隣のテーブルに、七十歳前後の夫婦と思しきカップルが座った。食事をしながらも自然に耳に入ってくる二人の会話から、二人が夫婦ではなさそうだということがうかがえた。自分でも聞き耳を立てるのは悪趣味だと思ったのだが、耳をふさぐわけにもいかない。分かってきたことは、二人がドライブがてらデートをしているということであり、お互いが知り合ってからまだ日が浅いということなどであった。

食べ物の好みや若い頃に見た映画の話などで、盛り上がっていた。特に女性の方が積極的で、盛んに話題提供をしていた。僕よりも年長だと思えるカップルを微笑ましく盗み見しながら、結構なことだと思っていた。幾つになっても恋心を失くしちゃダメだよね。それが老いらくの恋であっても。食事を終えた僕は、レジに向かう際に気付かれないように二人の表情を一瞬見たのだが、嬉しそうに輝いて見えた。外に出ようとした際に、そのレストランの奥の方に、もっと年長に見える夫婦?がドット柄のペアルックでいるのが目に入り、驚いてしまった。こういう時代なのだな。うかうかしていられないと思わされる一日であった。

●10月11日

さすがに疲れたし、寝不足気味でもある。もう若くないのだから、後日に酷い疲労感が出なきゃ良いのだが。

一昨日の深夜というか、昨日の午前零時台というか、とにかくそんな時間帯に羽田を出発して、タイのバンコクの郊外にある会場で開催された会議に参加してきた。夕方の五時半ころに自分のスピーチを終えると、大渋滞の中をかなり焦りながら空港に向かい、午後十時五分発の便に搭乗し、今朝の六時過ぎに羽田に着いた。バンコクの空港のスタッフに「今朝タイに来たばかりなのにもう帰るの?」と訝しがられた。ほとんど日帰りに近い海外出張とはね。異常と言っても良かろう。まあ、スピーチが大成功だったので良しとしますか。

●10月23日

昨日の風は、長らく経験したことがないくらいに強かった。投票日だというのに雨と風が襲ってくるなんて…。夜になっても風がやまず、かえって強くなったと思われる中を、当選のお祝いに出かけた。早々に帰り、テレビで全国の状況などを見ていたところ、十時頃に停電になってしまった。窓から見える離れた住宅街は点灯しているのに、わが家の周辺だけが停電していたのだ。おそらく強風で電線がどうにかなったのだろう。やむをえず大きな懐中電灯を娘の部屋に運び込み、僕は自室に蝋燭を持ち込むこととした。本当に久しぶりに蝋燭で明るさを得た。

どうせテレビで選挙報道を見ることができないのだから、ということで寝室に蝋燭を置いて布団を敷き眠ることとした。しばらく小さな炎で燃えている蝋燭を見ていたのだが、子どもの頃を思い出して懐かしさが溢れてきた。昔はこういうことが時どきあったのだなあ。そんなことを考えながら蝋燭を見つめていると、静かな気持ちになり、小さな蝋燭が燃え尽きるまで見つめていた。真っ暗になった部屋であれこれと考えていたが、やがて眠りに落ちて行ったのだろう、気が付けば朝を迎えていた。深い眠りだったとみえて今日は体調が良い。たまには蝋燭の明かりで眠ってみますかな。

●11月13日

昨日の早朝、シドニーから帰り、昨夜は娘たちと一緒に楽しく夕食をとる。楽しく飲み過ぎたとみえて、次女の運転で帰宅した後のことを、断片的にしか覚えていない。今朝目覚めて気付いたのだが、昨日着ていて取れてしまったシャツの右袖のボタンが、しっかりと付けられていた。酔っぱらいながら針仕事をしていたとはね。偉いというか、危ない仕業というか。もう歳なのだから、気をつけなきゃね。そして今夜はバルセロナで開催される会議に出席するため、羽田からスペインへ。昨日、オーストラリアから帰国し、今日、スペインに向けて出国とは、なんという出張日程だろうか。いささか風邪気味な点が気になるけれど…、薬を飲みながらも頑張るしかない。若くはないけれど気合で乗り切ります。

●11月25日

今月は忙しさにかまけて、この欄の書き込みがおろそかになってしまい、今週の一言じゃなく、今月の一言になっている。いくらなんでもそれは無かろうということで、パソコンを立ち上げたものの、書きたいエピソードがある訳じゃないので筆が全く進まない。困ったものだ。やっつけ仕事のブログなんて誰も読みたくないよなあ。来月は頑張ります。

さて、八月の健康診断で、血糖値とヘモグロビンA1Cの数値が高いから日本酒を控えるように指導を受けた。それならということで、八月の十五日以来ビールをひかえ、日本酒断ちをつづけたところ、劇的に改善され、両方とも基準値内に改善された。もちろん蒸留酒である焼酎とウィスキーは、遠慮なく飲んでいる。それでも引っ張られたようにγ-GTPとGOTまでもが基準値内に下がった。驚くべき成果じゃないか。リバウンドしないように、しばらくは日本酒断ちを続けたいと思う。十二月と一月は飲む機会が多いので要注意!! そんな訳で、酒席でお酒を注ぎに来てもらっても受けることができません。ご理解のほどを。

●12月3日

十月と十一月、月の半分は海外に出張するというハードな二カ月が終わった。何とか乗り切ったという感じかな。昨日今日の二日間、のんびりできたので、疲労回復ができたと思う。明日からは通常モードに戻して頑張らなくては。

さて、最後のバリ島タバナン県への出張は、アグン山の火山噴火によって大いに影響を受けた。桜島が噴火して鹿児島市内に灰が降るというような状況ではないので、デンパサール市内は何の影響もなく、普通の生活が維持されていたのだが、噴煙の流れる方向によって空港が閉鎖されるという事態が起きた。僕らが現地に到着した十一月二十六日は、空港の離発着に何の影響もなく、予定どおりのスケジュールで現地入り。したがって翌日からのスケジュールも予定通りに進めることができた。

一方で、二十七日は空港が閉鎖されるという事態となり、帰国予定の二十九日の空港の状況が予測できなくなっていた。そこでデンパサール空港利用以外の帰国方法を探り、バリ島を陸上移動し、ジャワ島にフェリーで渡り、ジャワ島の東岸から一番近い空港からジャカルタに飛ぶという途を選択した。決断が早かったので何とか全員の予約が取れた。

問題は陸上移動の距離にあった。小さいとはいえ、バリ島を東西に横断するのである。僕らは長時間の移動に耐えなければならないことを覚悟していた。ところが二日目の公式行事が終わろうかというタイミングで、驚くべきニュースが飛び込んだ。タバナン県が僕らの移動をスムーズにするためにパトカーの先導をしてくれることになったのだ。

翌朝の出発時、ホテルの正面に二人の警察官が乗ったパトカーが静かに待機していたのである。バリ島の市街地はバイクと車で溢れている。その中を僕らの車列はいよいよ出発した。驚くことに大渋滞の中を、先導のパトカーは、ある時は対向車線を走り、ある時は砕氷船が氷原を割るかのように、渋滞の中に裂け目を作り、僕らの車列を誘導してくれた。いくつかの緊急車両用のサイレンを使い分けしながら、かなり速い速度で走り続けることができた。おそらく僕の人生において、後にも先にもこんな経験はあるまい。交差点で信号を操作するという訳ではないのだが、サイレンとスピーカーからの音声で侵入車を止め、僕らの車列を優先してくれる。多くの方に迷惑を掛けたことになるけれど、タバナン県知事の配慮に感謝しながら、僕らは順調に移動したのだった。

目的地の空港で同じルートで移動してきた人たちと話ができた。概ね七時間から八時間かかるルートを、僕らは五時間くらいで移動したことになる。有り難いことだ。なにぶん、パトカーはフェリーにまで乗船し、ジャワ島内をも先導してくれたのだから。

空港についてみると、人で溢れていて大混乱であった。僕らの搭乗予定の前の便が、いまだ到着していないという状況で、はたしてジャカルタでの帰国便との乗り換えが大丈夫なのかと心配された。念のためにジャカルタでのホテルを手配し、翌朝の羽田便の手配もして、ひたすら搭乗予定の機の到着を待つしかなかった。

状況をほぼ把握した時点で、パトカーと僕らの車のドライバーに感謝を述べ、気をつけてバリ島まで帰ってくれるように促した。彼らは、僕らの搭乗予定便が飛び立つまで待機すると言ってくれたのだが、僕らは頭を下げて帰ってもらった。全員さわやかな若者たちであった。彼らの表情からは、職務を超えたホスピタリティーと善意がうかがえて、目頭が熱くなった。感動させられた。おかげ様で、予定通りの帰国日のほぼ予定通りの時間に、羽田に到着することができたのである。彼らを含め、多くの方の配慮と献身のおかげである。有り難いことだと思う。良い仕事に繋げていかなくてはなるまい。頑張るしかないなあ。感謝。感謝。

●12月11日

何となく気忙しくなってきた。あと二十日で今年も終わり。あっという間に過ぎていくなあ。先日来、自宅内の不要物を捨てて、空いた空間を有効に使おうという断捨離大作戦が進行中なのだが、年末までにもう少し進行させたいと思う。思い切って捨てるだけのことなのだけれども…。頑張らなくちゃ。

さて、最近気になることをチョットだけ愚痴ってみたい。

僕は以前から、コンビニでの支払いに際してエディなどの電子マネーを使っている。半年ほど前からは、スーパーやドラッグストアの支払いに際して、クレジットカードも使うようになってきた。現金で支払いをした時に受け取ることになるお釣りの小銭を避けたいからである。カードで支払うと、買い物前も買い物後も、ポケットにはカードしか存在しないので、都合が良いということだ。

そしてカードで支払うことの狙いがもう一つある。それがここ数年ずっと気になっている、「何か変だよ最近の日本社会」の一つの現象に関係している。それは、お釣りをもらう時に相手がお札を数えながら確認を取るという嫌な作業に立ち会うことになるという現象だ。例えば一万円札で支払いをして、お釣りが六四五〇円だったとすると、「はい、それじゃまず大きい方から五千円札、次に千円札が一枚、そして残りの小銭です」みたいな感じで、多くのお店で、お嬢さんもおばさんも同じような対応でお釣りを渡してくれるのだ。僕はそれが嫌で嫌でしょうがない。日本社会はそんなお釣りの受け渡しに間違いがないという前提で構築されているし、実際にほとんど間違いが発生しないのである。だから多くの人は、渡されたお釣りを確認もしないで財布に入れていたのだと思う。

それほどに正確で信頼できる社会だったのである。財布をどこかで忘れても、ちゃんと持ち主に返るという社会なのだから、つり銭の一部を抜くなとどという輩はいなかったのだ。その結果、わが国におけるつり銭の清算作業は、スマートで品が良かったのだと思う。それがここ数年、おそらくどこかのコンビニやスーパーにおける作業マニュアルの中に、先述のような、お客様の面前でつり銭を確認する方式が導入されたに違いない。それがあっという間に全国の、現金支払い現場に普及していったのだと思う。今や僕が抗ったとしても、一顧だにされないのだ。レストランで支払いをするときに、テーブルに座ったまま請求書を貰い、その席で支払いをし、トレイにお釣りと領収書が入って返される。その時に、トレイの中のお札を数えながら渡されるとしたら野暮というものだろう。

もう愚痴ってもしようが無いことはわきまえている。どうしようもないことは分かっている。それでも僕は、子どものような歳の若者から「あなた、ちゃんと見ててね、今からお釣りを確認するからね。はい、分かる。先ず五〇〇〇円ね、そして一〇〇〇円札が一枚ね。あとは小銭よ。そちらも数える?」

みたいな調子でお釣りを返されるのが耐えられないのだ。思わず、「そんなことをしなくていいから早く渡せ！」という趣旨のことをやさしく言いながら、お釣りをポケットに押し込むことになるのだ。それが嫌なあまり、スーパーでの買い物の支払いを、カードですることとしたのである。お釣りの小銭を貰いたくないという理由よりも、目の前でお釣りを数えられるという、馬鹿馬鹿しい瞬間に立ち会いたくないからなのである。

いい加減にしろよ！　このマニュアル社会！　と言いたいのである。もっともそんなことを誰も気にしていないのだろうなあ。僕がひとりで取り残されていくということか。しようがないけど、僕は僕の流儀で生きて行くのだ。

●12月12日

今日は、相変わらず僕は未熟だなあと思わされた。ある人と昨日のブログについて話していたら、急に気づいたのだ。今の時代、現場で働いているのはリーさんとかウーさんとかが多いんだよね。そりゃマニュアルが必要だ。納得。納得。それにしても僕は未熟者だ。

（話は変わるけれど、いつの時代も出羽守（でわのかみ）ばかりだなあ）

（きっと何のことだか伝わらないだろうなあ…。伝わる訳がないけど、独りよがりでもいいや。出羽守ばかりだと、もう一回言っておこう。デワ、デワ）

●12月15日

年末をひかえ、ふるさと納税の話題がTVで散見される。来年の申告時期に控除を受けようとすると、この年末までに寄付をしなければならないからである。ところが、必ずしも故郷を応援しようという動機で寄付する人ばかりじゃなく、返礼品が魅力的なので寄付をする人が圧倒的に多いと言われている。極端に言えば、動機不純な寄附なのである。一方、全国の自治体の中には、やりすぎじゃないかと思われる高価な返礼品を用意して寄付を募るという、こちらもまた本来の趣旨から外れた対応を取るところが沢山出てきているのが実態である。

富山市は、この返礼品競争(狂騒)とでも言うべき多額なふるさと納税獲得レースに参加するのは、都市の品格にかかわると判断し、特別な返礼品を用意しないで対応してきた。ところが、ここにきて総務省が、過大な返礼品を防ぐために一定のルールを示したことから、返礼品競争(狂騒)が静まると判断して、来年度から富山市なりの返礼品を用意したうえで、富山市の取り組みや施策に共鳴していただける方のふるさと納税をお受けすることとした。穏やかに節度を持って全国から届く篤志に応えていきたいと思う。

ところで、このふるさと納税制度の底流にある、市政に対して共感していただく市民以外の方からの応援を受けるという考え方について、随分前にエッセイで書いたことがある。その文章を改めて読んでみると、まさにふるさと納税とほぼ同じ内容の提案であった。(僕のホームページのエッセイの欄の中、二〇〇四年三月「東京問題」)

もう一度、該当部分だけをここに表記しておきたい。

「そこで一つの提案をしてみたいと思います。それは大都会の住民に限り、自分の故郷の自治体に寄付をした場合に、所得税の申告に際して、その寄付額全額について税額控除を認めてはどうかというものです。(もちろん税額控除額に上限の設定をする必要はあります)つまり故郷に寄付をした分だけ納税額が減るという仕組みです。それによって愛郷心が育まれ、同時に故郷も少しは潤うというものです。地方に対する財源保証機能を確立できないのなら、せめてこういった「故郷思いやり減税」や「親孝行減税」の導入を検討すべきだと声を大にして言いたいのです」

●12月30日

二十九日から一月四日まで冬眠中。

今年もお世話になりました。感謝、感謝です。

2018年

二〇一八年

（平成三十年）

一月

僕の髪型物語

髪型の話をしたい。自分の髪型の今までの変遷？を思い出してみたいのだ。薄くなって髪の話が出来なくなる日が来るかもしれないので、六十五歳の今が、子どもの頃からの髪型を振り返ってみる良い機会だと気が付いたからだ。

子どもの頃は前髪を切りそろえたおかっぱのような髪型だった。〝マエダカ〟という言い方を床屋さんがしていたと記憶している。友達も同じようにしていたので、その〝マエダカ〟スタイルに抵抗感はなかったけれど、高学年になると、整髪に行くたびに眉毛を輪郭どおりにキッチリと剃られることに恥ずかしさを感じていたことが忘れられない。床屋さんの極端な眉毛剃りに違和感を持っていた。

中学に入ると男子は全員坊主刈りであった。バリカンで頭が青く見えるくらいに刈りそろえていた。坊主頭は洗髪が楽なうえ、スッキリしているので自分としては嫌じゃなかった。学生服の詰襟姿に坊主頭は合っていたと思う。

高校に入っても坊主頭であった。もっとも思春期特有のある種のナルシズムのような意識が働き、バリカンによる完全坊主頭から、ハサミ刈りの不完全坊主スタイルに少しずつシフトしていった。高校二年生の夏に、翌年から長髪が認められることを知った僕は、その不完全坊主スタイルを、ほぼ長髪といえるくらいにまで伸ばしていった。あの頃は何の注意も受けない鷹揚な時代だったなあ。（生まれつき茶色の髪の少女を無理やり黒く染めさせたというどこかの高校との違いは大きい）

さて、長髪が認められた高校三年生以降、僕のヘアスタイルは、整髪剤でキッチリと七・三に分けるというものであった。肩まで届くような長髪が流行した時代でも、僕のスタイルは変わらなかった。細身だった僕は、足より細いようなズボンをはき、きちんと整髪するというアイビー・スタイルだったのだ。ジーンズをはくということもほとんど無かった。やがて年齢を重ね、体型が変わっ

てから も七・三に分ける髪型は変わらなかった。

このスタイルに変化が生じたのは、五十歳台になってからである。登山や乗馬を始め、バイクやヨットに乗ることを始めたからだ。アウトドア・ライフには短髪のほうが便利なので、かなり短くカットしていた時期もあった。やがて六十歳に近づくと、いくらなんでも歳相応ということがあるのではと思い、少しずつ従前の髪型に戻していったのだった。

ところが、その頃から頭皮の炎症に悩まされることとなった。シャンプーを変えたり、整髪剤を変えたりしつつ、皮膚科の受診も試みた。受診した医者から、整髪剤を抑制すべきだとのアドバイスをもらい、ここ数年は髪を短くカットして、まったく整髪しないでぼさぼさ頭で暮らして来た。僕自身は頭皮のケアが楽でもあり、心なしか症状が和らいだので、ぼさぼさ頭で良かったのだが、多くの人からキチンと整髪しろとお叱りを受けることとなった。整髪を再開すると皮膚炎も復活するのでは、という心配を抱えながらも、ジェル状の整髪剤を使うこととした。

そのうちに髪を染めることが良くないのだと指摘する人が現れ、試しに染めるのを止めてみると、症状が和らぐことを体感することができた。もう白髪頭になってもいいから染めるのを止める、と開き直っていたところ、最近になって多くの女性から、白髪頭は良くないので染めなさい、と強くアドバイスされた。いったいどうしたら良いのだろうか。僕としては、整髪でも毛染めでもどちらでも良くて、どうしたら皮膚炎の症状を和らげることができるのか、ということが最重要課題。今は悩みながら過ごしている次第…。どうしようか？

僕の髪型物語はこれからも続いていく。最後はスキンヘッドで終わるのかな？

僕の昭和の記憶　　二月

写真アルバム『富山市の昭和』という本を買った。懐かしいあの日の富山の姿を思い起こさせてくれる写真集である。ページをめくっていると、心に残る思い出が次から次と甦ってくる。同時に、六十五歳ともなると知らずにこういう本を求めて昔を懐かしむことになるのだな、と思わされている。

さて、『富山市の昭和』なのだから戦前の写真も編集されていて、戦時体制の頃の記録もたくさん掲載されている。また、地域性にも配慮されていて、地域的な偏りのないように編集されてもいる。それは当然のことだと思う。しかし今回この稿を書くにあたっては、僕にとって強いインパクトがあった写真だけについて、僕なりのエピソードを何点か紹介させてもらうという、我が儘をお許し願いたい。

先ずは富山産業大博覧会関連の写真である。昭和二十七年四月に進駐軍による占領が終わり、復興も進んだことから、富山市と県が共同して大博覧会を開催した。富山城址公園を中心に、五万坪の会場に約四〇もの施設が開設され、一〇〇万人を超える入場者で賑わったという。僕は母方の祖母に連れられて、この会場に行った時の興奮が記憶にある。しかしながら、この大博覧会の会期は昭和二十九年四月十一日から六月四日までであり、その時点では、僕はまだ満二歳になっていないことになる。二歳前の赤ちゃんの時代の記憶などある訳がない、と誰もが思うに違いない。長じてから頭に刷り込まれたに違いない、と考えるのが常識的であろう。それでも僕は確信している、僕の人生における最古の記憶が、この大博覧会だということを。僕の中の昭和の記憶の原点なのである。

次に懐かしく見入ったのは、稲架（はさ）の前での脱穀作業の写真である。刈り取られた稲束を稲架の上にいる父に向かって投げるのだけれども、うまく投げられなかった歯痒さは、今もくっきりと記憶の中にある。そんな思いで写真を見ていたら、稲穂の匂いを感じる気がした。

城山山頂にできたＮＨＫのテレビ塔の写真も印象深かった。昭和三十三年の完成との記載があったが、家族そろって耕運機にひかせた荷台に乗って見に行った記憶が甦った。このテレビ塔に関しては、中学生の時に無断で塔に登って叱られた記憶も懐かしい。

東京オリンピックの聖火ランナーの写真も、懐かしい記憶を呼び覚ましてくれた。小学六年生だった僕は、当時の呉羽町役場の前に並んで日の丸の小旗を夢中で振っていたっけ。

そして三八豪雪の写真である。家の周りが雪で覆われてしまい、昼でも暗かったことを覚えている。家の前の県道は除雪が追い付かず、車が通れないので、雪に覆われた道の真ん中をみんなで楽しく歩いて登校したなあ。

大川寺遊園地の写真も懐かしかった。長女が小さかった頃はまだ営業していて、何度も行った記憶がある。二日酔いなのに、娘にねだられてゴーカートやジェットコースターに乗り、気持ちが悪くなったことがあったなあ。

この本では、僕の母校である呉羽小学校の空中写真も、呉羽中学校の空中写真も掲載されている。どちらも今は建て替えられて、記憶の中の校舎とは違うのだけれども、久しぶりに在学時の記憶に浸ることができた。また、高校二年生の時に起きた富山大橋の橋脚落下の写真も見つけた。おかげで小・中・高という若い時代の日々をたっぷりと思い出させてもらった。じつに奔放な時代であった…。

あと一年と二カ月ほどで平成の時代が終わることとなる。そんなタイミングで『富山市の昭和』という本に出会えたのも、偶然ばかりとは言えまい。新しい時代の到来を前にして、ゆっくりと来し方を振り返ってみろと言う啓示だったのかも知れない。有り難い機会を得ることができたと思う。お陰様だと思って、足元を見つめなおしてみたいと思う。

マスクと点眼が苦手　三月

冬はマスクをして外出する人が多い。富山でもマスク姿の人をよく見かけるが、東京では違和感を覚えるくらいに多い。中には帽子をかぶり、サングラスをかけてマスクをするという、気付かれないように変装している芸能人を思わせるような重装備の人もいる。東京は乾燥しているから、風邪の予防や花粉症対策のためにマスク姿の人が多くなる、という状況は理解できるのだけれども、異常なくらいに多いと思う。僕があまりマスクをしないので、そう感じるのかもしれないけれどね。

何故かマスクになじめないでいる。風邪気味の時など、周りの人に迷惑を掛けないためにも、マスクをした方が良いとは思うのだけれど、つけてしばらくすると煩(うるさ)く感じてしまう。最近は老眼鏡や遠近両用の眼鏡をすることが多いので、余計にマスクを遠ざけることとなっている。何故なら、眼鏡とマスクを同時につけると、あっという間に眼鏡が曇ってしまうからである。二つを同時につけている人は多いけれど、どうやったらあんなふうに上手く使えるのか教えて欲しいくらいだ。ワイヤー様のものが内蔵されていて、鼻筋にあわせて密着させるタイプのものを薦められるのだが、それでも眼鏡が曇ってしまう。僕の鼻筋が低いからかも知れない。とにかくマスク苦手人間なのである。

もう一つ苦手なものが点眼である。僕は子どもの頃から、仰向けに寝て片手で瞼（まぶた）の上下をしっかり押さえないと目薬がさせなかった。そのうえ、そこまでしても三回に一回は的をはずすことになるという体たらくであった。したがって椅子に座ったまますす人とか、立ったままさすという点眼名人の技術が羨ましくてならなかった。中には瞼を指で開くこともせず、上を見上げたかと思うと片手だけでさすという神業の持ち主がいるけれど、驚きを禁じ得ない。もっとも、加齢にともない老眼鏡が離せなくなっていて、目が疲れるせいか目薬の必要性が高まっている。そんな訳で去年から目薬をさす練習をこっそりとしてきた。おかげで最近は、なんとか椅子に座ってさすことができるようになってきた。そうは言っても、椅子の背もたれに首を置きのけぞるようにしながら、やっとの思いでさしているのだけれども…。不器用ということなのだろうなあ。

そんな不器用な僕だが、手の爪を切るという作業だけはしっかりと上達してきた。そこまで深く切って大丈夫なのか、というくらいに切っている。ほとんど深爪寸前という切り方なのである。何故なのか。それは頭皮の炎症のせいなのである。眠っている時に知らずに頭を掻いてしまい、ひどい時は傷になってしまう。それを防ぐためには爪を短くするしかないので、止むを得ず深爪寸前という切り方になっているのだ。子どもの頃の友達に、いつも爪を噛んでいて信じられないくらいに短い爪にしていた竹村君というのがいたが、今の僕は当時の竹村君に負けていないと思う。その結果として、生活上の不便さも伴うこととなっている。例えば画びょうを抜く時や、缶ビールのプルタブを開ける際に苦労しているのだ。何ともはや。

マスクを使いこなせず、点眼も苦手な不器用人間でも、必要に迫られると綺麗に短く爪を切れるようになるということだ。必要は発明の母という言葉があるけれど、必要は技術向上の母でもあるのだ。以前はできなかったワイシャツの袖口のボタン付けも、今では三分もあればできるようになった。必要と経験が僕を育ててくれたのだ。暮らしを続けるということは、こんなことの繰り返しだとも言えそうだ。とりあえず、目薬をさすことの練習を続けることとし、いつかはマスカレード（仮面舞踏会）で踊れることを夢見ながら、マスク生活にも挑戦してみますかな。

四月

ひとり暮らし始めの思い出

いよいよ四月だ。進学する人、社会人になる人、そういう多くの人の新しい日々が始まる。そして家族と一緒に暮らして来た日々から巣立ち、一人暮らしを始めるという学生もまた多い。親元を離れ、遠くの地で新生活をスタートする。彼らが新生活に向けて、希望や期待を胸いっぱいに抱いているであろうことは、容易に想像がつく。力強く巣立っていくがよい。人生の先輩として、君たちの青春真っただ中でのスタートを心から応援し、激励したい気持ちでいっぱいだ。頑張って欲しい。

一方、新天地での暮らしに、何よりも初めての一人暮らしに臨んで、少しばかりの不安を抱いている人もいるだろう。若い頃の僕もそうだった。その不安を少しでも和らげてもらえたらという思いから、僕自身の一人暮らしを始めた頃の記憶をたどってみたい。

僕が初めて親元を離れ、一人暮らしを始めたのは、大学に入学するために上京した時である。小田急線の経堂駅から徒歩十五分という立地の、まかない付きの下宿屋が東京暮らしのスタートであった。当時、列車に乗る駅で荷物を預けて、到着地の駅でその荷物を受け取るという「チッキ」というサービスが国鉄にあったのだが、その「チッキ」で布団や衣類を送ったと記憶している。そして四畳半での生活に必要な品物を、駅前の雑貨屋と電気店で調達したのだった。その時に調達したものの中に、陶器のコーヒーカップがあるのだが、実はこのカップを今も使い続けている。昭和四十六年の四月に買ったものなのだから、もう四十七年間も使っていることになる。よくぞ毀れずに今日まで使用に耐えてきたものだ。おかげでこのカップが、時々東京での青春時代の記憶を思い出させてくれる。僕にとってはこれからも大切にしたい宝物なのである。

さて、まかない付きの下宿なのだから、朝夕の食事は何とかなったものの、当初は共用のトイレや洗濯機の使用に面食らった記憶がある。そもそも自宅でトイレの掃除をしたことなどなく、自分の下着の洗濯さえしたことがなかったのだから、共用システムについていけないのも無理がない。そして銭湯についての苦い思い出もある。下宿のおばさんから銭湯までの道筋を聞いていたのだが、どう歩いて探しても見つからず、三日間ほど汗臭い体で過ごしていた（何をしてるのやら？）。やっと見つけた銭湯で、番台に座っている女性から睨まれた気がして、気後れをした記憶がある。その日が僕の銭湯デビューだったのだが、まずはかけ湯をしてからお湯に入ることを学んだ日となった。

僕の一人暮らしの始まりは、そんな体たらくだったのだ。

当時はコンビニなどあるはずもなく、携帯どころか黒いダイヤル式電話機も下宿にないのだから、今とは大違いの暮らし方だった。実家に電話をするには、駅前などにある赤電話のうえに何枚もの十円玉を置き、一枚ずつ料金投入口に入れながら話すというやり方だった。友人とどこかで待ち合わせる際など、三十分過ぎても相手が来ないと、待ちぼうけに腹を立てるどころか、不安に襲われていた。各駅頭には黒板があって、待ち人に向けて伝言を書いていたものだ。僕はなかなか富山弁がぬけず難渋したこともあった。

それでもあっという間に慣れ、新しい友人ができ、従前からの友人を含め友情を深め、青臭い恋愛もし、いろんな経験をし、チョットだけ社会を知り、充実した青春時代を過ごすことができた。それは輝く若さがあったからである。これから一人暮らしを始めるみんなにも、目が眩むほどの輝く若さがある。その若さで乗り切り、未来を拓いていって欲しい。

ただ、故郷で君たちを見守っている人がいることも忘れないで欲しいと思う。

春、四月、巣立ちの時だ。

靴音物語

五月

数カ月前、ある大きな表彰式に出席した際のことである。僕は来賓の一人としてステージ上のひな壇にいた。何人目かの受賞者が女性であり、名前を呼ばれた彼女は、少し誇らしげな表情を浮かべながらステージに向かって歩いてきた。姿勢を正し、ゆっくりと階段を上り、ステージ上に立った。やがてステージ中央に向かい、歩き出した時に響いた大きな靴音に、僕は驚いてしまった。表彰式というものはいささかなりとも厳粛さを伴っている。したがって会場は静けさを帯びる。その中を中程度の高さのヒールの靴で勢いよく歩いたために、耳障りな靴音が響いたのであった。僕は思わず隣の人と顔を見合わせていた。おそらく彼女は、自らの靴音がもたらした違和感に気付いていなかったのだろう。なんら悪びれるところなく、また靴音を鳴らして自席に戻っていったのだから。靴音に対して注意をはらうことの大切さを、改めて思わされたエピソードであった。

靴音に関しては忘れられない思い出がある。高校二年生の時だったと思う。当時僕は、呉羽駅から富山駅まで北陸線に乗り通学していた。ある冬の日に電車の遅延により遅刻してしまった。すでに授業が始まっていた教室に入り、駅でもらった遅延証明書を教師に渡すと、当然のようにして自席に向かった。その時にその教師から、靴音がうるさいと大きな声で叱責されたのであった。謝っ

2018年

た後で、背を丸めながら静かに歩いて自席に着いたのだが、叱責の本当の意味を考え、恥ずかしさに身を固くしていた。たしかに靴音がうるさかったのだろう、しかしそれ以上に、僕の態度が傲岸不遜だったということが問題なのだと気付き、深く反省したのだった。電車の遅延のせいとは言え、当たり前のように入室した態度が問題だったのだ。その傲岸さが靴音に表れたということだ。爾来、この時の反省を忘れない。青春時代の苦い一コマである。

もとより、青空の下で爽やかな風を感じつつ靴音を響かせ、顔を上げながら明日に向かって駆けていく、そんな時間は大切だ。隊列行進の時などに、全員の靴音が揃い、リズミカルに響く光景も気持ちが良い。あるいはヒッチコックやルイ・マル監督の作品などでは、靴音が実に効果的に使われている。女性が颯爽と歩くときのかすかに聞こえるヒールの音も気持ちが良い。それでも靴音に注意が必要な場面がたくさんある。そのことを忘れないで、自分が発している靴音が、周囲に不快感を与えていないかを意識しながら暮らすことが大切だと言いたいのである。

病院の中を靴音高く歩く人はいない。下駄を履いて美術館に来る人はいない。コンサート・ホールや映画館で、ブーツの音を響かせて歩く人はいない。闊歩するかのようにして焼香する人はいない。誰もが状況にあわせて配慮しているからである。その日の予定によっては、朝に家を出るときから靴の選択で気を使うこともあれば、うっかり選択ミスをしたときには歩き方に気を使い、なるべく音が出ないようにする。僕だけじゃなく、多くの人はそうやって暮らしているものだ。ところが時々、高校時代の僕のような人に出会うことがある。そんな時、僕は若き日の未熟さを思い出し、赤面してしまう。そしてその人が、何とか周囲への配慮に気付いてくれないものかと願っているのだ。

そうなのだ。わざと靴音を響かせてうるさくしようなどと考える人はいない。気付かないだけなのだろう。責めることではない。でもお互いに配慮することならできる。気をつけることとしましょう。

市役所の階段はスチール製なので、特に注意が必要だ。上るときにも下るときにも、ゆっくりと静かに歩くことを心がけたいと思う。

六月

初めての椅子

僕は専業農家の長男として生まれた。子どもの頃のわが家は、稲作、梨、柿、ぶどう、お茶など色んなものを栽培していた。両親と祖父が農作業を担い、祖母が家事を担当していた。時には祖母も畑仕事に出るので、僕が下校すると、薪で風呂を沸かすという作業が待っていることもあった。家族のみんなが働いていた時代だったのである。

夜の八時になれば、子どもは眠り、大人も九時か十時には床に就く、朝は夜明けとともに目を覚ます、そんな暮らしぶりであった。蛍光灯は無く、白熱電球で暮らしていた。テレビも冷蔵庫も無い時代であった。食事の時は、家族全員が板の間に置かれた長方形の卓袱台に座り、母や祖母が給仕をしてくれた。そんな生活だったので、わが家に椅子と呼べるものは、母が使うミシンの丸椅子くらいしかなかった。

やがて、椅子らしい椅子に座ることのないまま、小学校に入学したのだった。したがって僕にとっての初めての椅子と言えば、教室の学校机の椅子ということになるのだ。この椅子は、時には講堂での集会に持って行ったし、運動会の時にはグラウンドで活用したと思う。今と違って、小さな子どもにはいささか重い木製の椅子だったが、行事のたびに持って移動した記憶がある。それでも僕にとっては初めての椅子であり、小学校生活における大切な装置だったのである。

小さなころから本好きだった僕にとって、小学校に入学して見つけた図書室という空間は宝物だった。時間を見つけては、勝手に自分の席だと決めた椅子に座り、本を読みふけっている子どもだった。同級生とは仲が良かったけれど、みんながグラウンドでボール遊びなどをしているにもかかわらず、一人で読書していることの多い、少し嫌味な子どもであった。

そんな僕だったが、仲の良かった女の子が、ある時自宅での誕生会に呼んでくれた。初めての誕生会への誘いに面食らったけれど、強い誘いに抗しきれず、彼女の家におもむき、そして驚いてしまった。テーブルと背もたれのある椅子が揃えられた食堂に通されたからである。誕生会にも驚いたが、椅子で暮らしている家があることにも驚かされたという次第。しかしもっと狼狽させられたのは、出された紅茶とショートケーキであった。世の中にそういうものがあるということはおぼろげに認識していたものの、初めて目の前に提供されて困惑したのだった。隣の子の様子を見ながらフォークを使ってみたら、立っていたケーキが倒れてしまい、大いに狼狽えてしまった。小さな頃の鮮明な記憶の一コマである。今もこのことがトラウマになっていて、この歳になってもいわゆるスイーツを自ら進んで口にすることができないでいる。

小学四年生になるときに、父が学習机と椅子を用意してくれた。この時の喜びも忘れることができない。自分専用と言う意味では、この時の椅子が初めての椅子だったからである。

この歳になって当時の父の胸中を思うと言葉が出ない。父の中では、本当は小学校に入学した時に購入してやりたかったという気持ちがあったのではと思うからである。子どもだった僕はそんな父の気持ちに気付くべくもなく、ただ無邪気に喜んでいたのだった。僕はこの机でよく本を読んだものの、予習・復習をするということがあまりなかった。その結果として、せっかく学習机を購入してもらいながら、父が抱いていたであろう期待に充分応えられない学生時代を過ごすこととなり、今となってはその後の生き様を恥じ入るしかないのだ…。

ところで、あの時の僕の椅子は、その後どこに行ったのだろうか。

七月

ポータブル翻訳機とスマートスピーカー

最近、ポータブル翻訳機にはまっている。ポータブル翻訳機である。縦が約一〇cm、横が約六cm、厚さが約一cmという大きさで軽い。ポケットに入れたりカバンに入れたりして持ち歩くのに、ちょうど良いサイズである。そして、そんなサイズからは想像できないほどの、大変優れた機能性を持っている。

この翻訳機は、電子辞書のように本体の中に大量の情報を内蔵しているのではなく、ＳＩＭを経由してインターネットに接続するか、Ｗｉ－Ｆｉ環境下で接続して、ネット上のビッグデータと繋がっているのである。例えばこの機器に向かって日本語で話すと、驚くほどのスピードで英語に翻訳された音声が流れるのだ。当然ながら英語で音声入力すると、翻訳された日本語が流れるという仕組みである。

いろいろ試してみたが、翻訳の精度がたいへんに高く、充分に実用に耐えうると思う。少し長い文章でもかなりの精度で翻訳してくれるので、日常の会話には充分対応可能。海外に出かける際は、是非携行したいものだ。そのうえ六十一もの言語に対応しているのだから、英語があまり通じない国や地域に出かけるときには大変に有用だと思う。連休にローマに行ったのだが、もうかなり落ちてしまった僕のイタリア語の会話力を、充分に補完してくれて助かった。ＡＩ（人口知能）が使われているので、使えば使うほど精度が上がると思う。さらに言えば、機器のシステムが絶えずアップグレードしていくと思うので、東京オリンピックの頃には、多くのタクシーがこの機器を備えることになると思う。医療の現場にも行政の窓口にも観光地にもという風に、社会の色んな現場に高度化したポケットに入るサイズの翻訳機が普及するに違いない。補聴器サイズの翻訳機を耳につけて、外国人と会話ができるようになるかも知れない。もう時代はそこまで来ているのだ。ＡＩの時代なのである。

同じようにＡＩ時代を象徴するものに、スマートスピーカーがある。対話型の音声操作に対応したＡＩアシスタントが利用可能なスピーカーで、ＡＩスピーカーとも呼ばれる。現在、多くの人がインターネットを介して検索や音楽鑑賞、ショッピングなどのサービスを利用しているが、そうしたサービスをパソコンやスマートフォンを介在させずに、音声のみで操作する機器なのである。つまり画面をタッチしたりキーボードを叩いたりする必要がなく、スピーカーに話しかけることで目的を達成することができるという優れものなのである。おそらく今後は急速にこのスマートスピーカーが普及し、パソコンを使わない暮らしが普通になるのだろうと思う。

さらに、このスマートスピーカーとスマホを連携させることで、外出先から音声で自宅の家電操作をする時代が来る。いやもう来ているのかも知れない。ＡＩの時代なのである。スマホを持っていない僕は、どうやって生きて行けば良いのだろうか。情けないけれど、時代遅れということなのだろうなあ。

ところでポータブル翻訳機もスマートスピーカーも、操作は機器に話しかけて行う必要がある。その際に訛りが強いとどうなるのかとか、のどを痛めてしわがれ声しか出ないときは大丈夫なのかとか、色んなことが気になってくる。なによりも、お願い口調で喋ればいいのか、命令口調で喋ればいいのか分からなくなってしまう。例えば命令口調どころか、スマートスピーカーに怒鳴り散らす人だって出てくるかも知れない。気をつけないとAIに性格まで先読みされることになりかねない。ある意味、怖い時代になってきたのだ。僕は機械を相手に大人気ない態度を取りたくない。あくまで紳士的に機器と接していくこととしよう。ありがとうの言葉も忘れずに。

八月

『太陽がいっぱい』

避暑地などの夏の思い出にまつわる作品は、楽曲にも映画にも数多くある。僕の好みで勝手にあげてみるのだが、例えば竹内まりやの「グッドバイ・サマーブリーズ」は名作だと思う。大好きな曲の一つだ。松任谷由実の「真夏の夜の夢」の場合には、テキーラみたいなキスというフレーズにやられてしまった。小田和正が歌う「真夏の恋」の恋心も切なさが深いと思う。サザンオールスターズの名曲「夏の日のドラマ」も、ありがちな季節限定の恋心を、軽めのタッチでメロディアスに歌う。若い人は誰も知らないと思うが、「避暑地の恋」というチェリッシュのヒット曲もあったよね。

映画で言えば、何と言っても『太陽がいっぱい』の、全編にわたるイタリアの輝ける海の美しさがまさに名シーンだと思う。古いアメリカの映画で『避暑地の出来事』というのもあったな。なによりも僕が名作中の名作だと思う、ニコラス・スパークス原作の映画『きみに読む物語』も避暑地の出会いからラブストーリーが始まる構成となっている。ちなみにこの『きみに読む物語』は全ての人に薦めたい傑作映画である。観たことのない人は、是非ともこの機会に鑑賞してほしいと思う。

もちろん僕自身には、「避暑地の恋」も「真夏の夜の夢」も縁がなく、経験も記憶もないけれど、「太陽がいっぱい」な海の思い出は幾つもある。本稿では、数多くある海の思い出の中から、十代前半の少年時代の小冒険譚を紹介してみたいと思う。

輪島市内、とは言え、市中心部から海岸線を東に向かって二〇キロくらい車を走らせる位置にある曽々木(そそぎ)海岸がその舞台。曽々木海岸と言っても、おそらく誰も知らない地名だと思う。でも、僕には懐かしい場所なのである。

中学一年生の夏休みのことだ、何かの雑誌で曽々木海岸の風景を見て、無性に行ってみたくなった僕は、近所の友人二人を誘って出かけたのだった。呉羽駅から津幡駅まで北陸線に乗り、津幡駅から輪島駅まで七尾線で移動した。子どもだけの小旅行なのだから当然のことだが、すべて各駅停車の旅だった。何時間ほどの旅程だったのかは覚えていないが、とにかく輪島駅にたどり着いた。そこから目的地の曽々木海岸までは、バスによる移動であった。海岸沿いにあったほとんど木賃宿のような簡易な旅館に泊めてもらった記憶がある。透明度の高い綺麗な海で泳いで、翌日には帰ってきた。滞在時間より移動時間の方が長いという滅茶苦茶な海水浴だったのである。

面白いのは翌年も同じ旅程で出かけたことである。何がそうさせたのかは分からないけれど、綺麗な海の魅力だけじゃなく、移動そのものが面白かったのだと思う。中学生だけで夏休みにチョットした冒険の旅に出たということだ。痩せて坊主頭だった思春期の記憶である。もっとも、最初の年に出会った一人の少女の面影が、二年目につながったという側面を否定はできないのだけれども……。さらに言うと、中学生の三年間、毎年氷見の虻が島にも通った。これも鉄道とバスの旅だった。よせばいいのに島から泳いで帰ろうと思いたち、途中でおぼれそうになったこともあった。これもまた思春期の酸っぱい記憶。

もちろんアラン・ドロンの『太陽がいっぱい』とは比ぶべくもないけれど、自分の中ではいつまでも色あせない「太陽がいっぱい」な貴重な夏の思い出なのである。

書き出しのトーンの割にはつまらないエッセイになってしまったが、加齢にあわせながらも、いつまでもロマンを忘れないことが大切だと言いたかったのである。思えば本稿が広報に掲載されてお盆が来たなら、僕も六十六歳になることとなる。いつまでも若さを発信できる六十六歳でいたい

ものだと思う。お互いに良い夏となりますように祈る次第。(くれぐれも熱中症にご注意召されますように)

九月

天空をめざして

この原稿を、僕の誕生日である八月十三日に自宅で書いている。僕の場合、誕生日に自宅でのんびり寛いでいることが珍しい。ここ数年、この時期には、薬師岳周辺に出かけることを恒例にしていたからである。今年は生まれて初めて開腹手術を受けて入院していたことで、山行をするための体力が落ちてしまっているうえに、医者からは当分はハードな運動を避けるように厳命されているので、登山などはもっての外という状況なのである。その結果、無聊をかこつ誕生日となってしまい、毎月のエッセイの締め切り日まで間があるというのに、こうやって書きだしたという次第。

去年の誕生日に六十五歳になり、自分も高齢者の新入会員だ！　などと口にしながらの一年であったが、あっという間に六十六歳を迎えた訳である。今までの人生で一番早く時間が流れたと感じさせられる一年であった。こうやって加速度的に加齢していくのだなと思わされる誕生日である。それだけに、一日一日を充実したものとして生きていこうと朝から強く思っている。

そして今日感じているもう一つの感慨が、誕生日を山で迎えることができなかったことの寂しさである。思い起こしてみると、誕生日を山で迎えた最初の年は、平成十八年の八月であったので、ちょうど干支が一回りということになる。この年は前日の十二日から薬師岳の奥に入っていた。誕生日当日は早朝に薬師沢の小屋を発ち、雲ノ平を経て水晶岳に登ったのだが、ちょうど正午に山頂に立つことができた。誕生日を富山市の最高峰で迎えることができたということだ。

ピークに立った時の感動は今も鮮明である。そのうえ、同行者の一人である大先輩が、赤ワインを山頂まで持参して来てくれており、全員でハッピーバースデーを歌いながら祝杯をあげることができたのであった。まさに生涯忘れ得ぬ誕生日となった。そのうえに、その夜に宿泊した高天原（たかまがはら）山荘では、バースデーケーキを用意していただいた。材料が揃いにくい山小屋、それも北アルプスの最深部にある秘境と言ってもよい小屋で、よくぞ作っていただいたと大感激したことも忘れられない。

それ以来、僕の誕生日前後には、登山をすることが恒例のようになったのである。二年前からは八月十一日が山の日として祝日になったこともあり、僕自身としては、毎年この時期に山行することを続けていきたいと考えてきた。去年は薬師岳の太郎平小屋までソプラノサックスを担いで登り、「見上げてごらん夜の星を」を演奏するということまでやってみた。何とか演奏はできたものの、あまりの荷の重さに懲りてしまい、今年はオカリナを持参しようと決めて、すでに購入しているのだ。そんな経緯がある中での今年の誕生日。山に行けないことで、ぽっかりと穴が開いたように寂しさにとらわれている。先ずは体力の回復に努め、少しずつ足を慣らしていきながら、来年の誕生日登山を目指したいと思う。

僕が登山を始めたのは五十歳になってからである。それ以前にも軽装で雄山山頂まで登るという経験はあったけれど、登山靴を履き、防寒具などの装備を揃え、登山用リュックを背負いながらの山行はしたことがなかった。そんな僕だが、誘われて始めてみると、黙々と無心になって歩くという時間が実に気持ち良く、すっかり魅せられてしまったのだった。以来、時には同行者に助けられながらも、年に数度の山行を続けてきた。富山市にある全ての山小屋に足を運ぶこともできた。時には無茶な登山もしたけれど、安全登山を基本にしてきた。その結果として、多くの人との出会いがあり、それが自分にとっての財産になっているのだ。これからも体力と相談しながら、時々は天空をめざしていきたいと思う。もちろん年齢相応のペースを忘れずに。

十月

キャッシュレス時代を生きる？

2018年

八月の末に北京に行ってきた。相変わらず凄いスピードで街が変貌している。街中が人と車とレンタル・サイクルで溢れている。大混雑している街の様子に今回も驚かされた。

それよりも驚いたのは、北京がキャッシュレス社会になっていることであった。モノを買う時にも、外食をする時にも、タクシーに乗る時にも、電車やバスを使う時にも、支払いには現金を使わないでスマホを使って済ませてしまうのである。どんなお店にも、スマホをかざすと支払いができるＱＲコードというものを使った決済端末があり、一瞬にして精算が済んでしまう。いわゆるモバイル決済である。そのシステムが想像以上に普及していて驚いたのである。

僕も生活の中でしばしば現金を使わずに支払いをしている。スーパーやコンビニでの支払いに際して、クレジットカードや電子マネーカードを使う。電車などの利用には交通系ＩＣカードを日常的に使っている。たしかに便利である。財布からお金を出す手間が省ける。そしてお釣りをもらうということがないから、財布に小銭が溜まることがなくなる。僕の場合、コンビニや駅の売店など比較的に少額の買い物をする場合には電子マネーカードを使い、スーパーではクレジットカードを使っている。おかげで財布を持たずに毎日買い物ができている。

そういう意味では、僕らの社会もキャッシュレス化していると言える。しかし中国で広がっているキャッシュレス社会は、かなり違っているのである。まず中国では固定電話よりも早いスピードでスマホが普及した。そしてネット通販を利用する人が急増した。その結果広まったのがいわゆるモバイル決済なのである。通販でモノを買って支払いをする時に、通販会社が指定したモバイル決済会社に会員登録し、そこで提供されるソフト経由で決済するシステムだ。あらかじめ決済会社の口座に決済用資金を預けておき、支払いに際してはＱＲコードをスマホで読み込んで済ますということになる。

現金をやり取りする必要がない便利なシステムであることから、この仕組みの利用者が激増した。ある決済会社だけで会員が五億人を超えていて、類似の企業が他にもあるそうだから、中国のすみずみに浸透していることになる。その結果、このシステムが社会のあらゆる現場に普及し、通販にとどまらず、買い物も食事も移動もという風に、あらゆる支払いがモバイル決済で済まされることになっているのだ。日本大使館で聞いた笑い話では、物乞いもＱＲコードで受け付けているという。今や日本国内でも数万軒の店舗やレストランが、この中国のシステムを取り入れているのだ。

僕らがカードで買い物をする仕組みと中国のそれとの違いは、徹底的な会員の囲い込みにある。

会員はこのシステムが使える空間だけで買い物をすることになり、結果として全ての消費活動が決済会社に把握されることになる。家族も会員になっているので、家庭の日常も筒抜けになっていると言ってもよいだろう。そのうえ、このシステムを使っている人の多くは、決済会社から個人の信用度を点数化して評価されている。高得点だと安く買い物ができるので、ますますこの決済を使う。予約したレストランをキャンセルするとポイントが下がるから、無理をして食事に行く。という風に、行動や生活が結果としてコントロールされる事態になっているのだ。北京のキャッシュレス化は日本より進んでいるけれど、ある意味では怖い社会になっている点が、僕らのカード社会との決定的な違いだと思う。

ところで僕は、この中国版キャッシュレス社会の便利さを享受することができない。いや中国では生きていけないのだ。なぜなら今でもスマホを持っていないのだから…。

九十五歳の新車　十一月

過日、父が新車を購入した。九十五歳の父が、おそらく彼の人生で最後のことになるであろうが、新車を買ったのである。とは言え、買ったのはいわゆるシニアカー、あるいは電動カートと言われている電気で動く車椅子のようなものである。新車特有の香りを発しながら、今日もわが家の農作業場に静かに駐車している。九十五歳の父の新車だと思うとぞんざいにはできない。大切に扱わなきゃ。

実のところ、九十五歳の父は最近まで自動車の運転をしていた。昨年の九十四歳の誕生日の前には、運転免許の更新手続きを軽々とこなし、新しい免許証を手にしていた。そんな父であるが、昨年の秋に家族で話し合ったうえで、乗用車の運転をあきらめてもらった。農作業に必要だから軽トラだけは運転していたいという本人の希望を受け入れて、今年の夏までは認めてきた。その一方で、栽培している梨畑が自宅の隣接地だけになってきたことから、軽トラさえ乗る機会が減っていた。そこで今年の収穫が終わった時期に再度の話し合いを持ち、軽トラも手放すこととした。その際にシニアカーを購入することを提案したところ納得してくれ、今回の結果となった次第。つまり軽トラを下取りしてもらい、新車のシニアカーを購入するというかたちになったのだ。九十五歳になっていても新車に入れ替えることは嬉しいもののようで、納車の日を今日か今日かと待っている風情が微笑ましかった。

新車はなかなかの優れものである。一回の充電で約二五㎞も走行可能で、約一〇度の坂道を楽に上ることができる。最高速度は時速六kmだが、ハンドルを切ると自動的にスピードが落ちるようになっている。また下り坂では安全速度にスピードダウンされるので安心だ。僕も乗ってみたが、なかなか快適であった。父も気に入っているようで、天気の良い日には自宅を出てあちこち乗り回しているようである。今朝訊ねてみると、なるべく一般道は走らず、農道や昔からの生活道路を移動しているようで安心した。オープンカー！なので冬は寒くて乗れないと思うが、天気を選んで元気に乗り回してほしいものだ。

さてこのシニアカー、要介護二以上の認定を受けている人の場合に、介護事業者からリースができるサービスがある。生憎と言うべきか幸いにもと言うべきか、父は要介護認定を受けていないので購入となったのだが、該当する人は利用してみたらどうだろうか。リース料金は事業者によって違うようだが、本人負担額が月額二千円台からあるようだから、必要な方は調べてみほしい。

数年前に中尾ミエさんから招待してもらって『ザ・デイサービス・ショウ』というミュージカルを見た。その内容は、デイサービス施設に集う高齢者が、童謡ばかり歌わされている現状に疑問を抱いた中尾さんが、高齢者でもロックンロールで盛り上がろうと利用者を鼓舞するというもの。モト冬樹さんや尾藤イサオさんなどが、ロックンロールで盛り上がる高齢者を熱演するのである。なんとあの正司花江さんがエレキギターをかき鳴らすのだから驚いてしまった。そして高齢者のことをニュー・ビンテージと表現したことに唸らされてしまった。そうだよね。老人や高齢者と表現するより、ニュー・ビンテージの方が生き生きとしていて元気が溢れている感じがする。僕自身もこれからもっと高齢になっていくのだが、常に新しいことに挑戦していきたいと思わされるミュージカルであった。

今回の九十五歳の新車購入のエピソードに際して、このミュージカルのことを思い出していた。さすがにわが父にロックンロールは無理だけれど、新車を楽しく運転する時間を持つことができたことは良かったと思う。この際、思いっきり時速六㎞で、充電切れまでぶっ飛ばせ！　と言っておこう。

十二月

食事の時間

「食事って食べ始めたら一瞬に終わってしまうわね」亡くなったカミさんが時どきそう言っていたことを思い出す。いつも急いで食べてしまうことが僕の欠点の一つなのだが、カミさんが言っていた意味は、そのことについて非難したり注意したりしていた訳ではなく、時間をかけて入念に調理したのに、食べ始めると一瞬に終わってしまうあっけなさを、素直に口にしたのだろうと思う。なぜなら冒頭の言葉を口にしながらも、目は笑っていたからである。そして、みんなが夢中になって美味しそうに食べる様子を見ながら、自分の調理を自己評価して納得していたのだろうと思う。食べ始めたら一瞬にして終わってしまうのだけれども、みんなの満足そうな顔を見てまた意欲がわくという感じかな。

もちろん僕は、カミさんがいつも美味しい料理を作ってくれたことを忘れないし、今もカミさんの料理を味わってみたいと思うことがしょっちゅうある。正直、かなりの頻度でそう思う。もうかなわないことだけれど…。

準備してもらった食事を食べながら、いつも美味しいと口にしていたし、後片付けを手伝うこともしていた。でも、料理をすることを知らなかった当時の僕は、調理の手間やかかった時間のことなどを分からないまま、せっかく調理してくれた食事を、一気に呑み込むように食べていたのかもしれないなあ。反省しきりである。美味しく食べてもらいたいと願って調理してくれた思いに気付くべきであったし、感謝すべきであった。一方的に自分の話題ばかりを話しながら食べるのではなく、ゆっくりと味わうべきであった。テレビを見ながら食事をするというスタイルもいかがなものだったろうか。

僕は娘より早く帰宅できる日には、晩ゴハンの用意をしながら娘が仕事を終えて帰ってくるのを待っている。お腹が空いたと口にしながら食卓についた娘が、一気に食べてくれるのを見るのは嬉しい。食べ終えて美味しかったと言ってくれるともっと嬉しい。そんな顔を見せてくれたなら、食事が一瞬に終わったとしても構わないと思う。

そもそも僕の料理はそんなに手間をかけたものじゃない。ビールを飲みながら調理しているくらいだから、いい加減なものである。基本的には買いそろえた各種の器具に頼り切った調理なのである。レシピや調理方法がディスプレーに表示される圧力鍋とか、電動で大根や長芋をおろす器具とか、糖質カットができる炊飯器などである。トウモロコシやサツマイモを自動で焼いてくれる物まである。材料をそろえて切るくらいのことが僕の作業なのだ。食事が一瞬に終わったからといって、あっけなく感じるまでもないのである。娘と話しながら一緒に夕食が取れる時間が持てただけで良しとしなきゃ。

毎日のように外食が続く僕のせいで、時どき一人で夕食を取らせてしまっている娘を思うと、申し訳なさがつのる。今度は一緒に何か作って、二人で一瞬に食べきろうか。

2018年

今週の一言

●1月4日

謹賀新年。おめでとうございます。今年も宜しくお願いします。今日から始動です。明朝五時すぎから市場での初競りに出席、日曜日は出初め式という具合に新春恒例、寒さの中での行事が続き、気合が入っていくことになる。そして新年度の予算査定。あっと言う間に一月が過ぎるに違いない。集中力を高めて頑張ります。

今年もたくさんの方から年賀状をいただいた。有難うございます。年賀状を出さない無精者の僕としては感謝、大感謝と言うしかありません。お礼を申し上げる機会も無い横着者としては、このコーナーでお礼を述べ、失礼をお詫びするしかありません。有難うございました。今年もお見捨てになることなく、ご厚誼(こうぎ)いただきますようお願いします。

●1月14日

先日、松山に出張のため、羽田空港のラウンジにいた時の面白エピソード。僕が薬を飲むための水をお願いした際、応対してくれたスタッフのお嬢さんから何の薬なのかと訊ねられたので、頭髪の薬だと答えたら、彼女はそれはそれは興味津々。そこで、数年前に薄くなった頭髪を再生させるための専門のクリニックに通ったこと、そして見事によみがえったこと、それ以来一週間に二度だけ薬を服用していることなどを告げた。彼女は女性も通院できるのかと言うので、僕が通っていた時は、女性のお客さんの方が多いくらいだったと答えておいた。

その後、別の女性もやってきて、真剣な表情で治療の内容などを質問し、さらにはクリニックを教えて欲しいと言う。おぼろげな記憶をたどりながらも、何とかクリニックの名前とだいたいの所在地を教えてあげた。キャビン・アテンダントの彼女たちはいつも髪をひっつめたようにしているから、髪がぬけるという悩みを持っているのかもしれないなあ。ＣＡの髪の悩みという意外性に驚いた。どんな人にもそれぞれの悩みがあるということか。彼女たちに幸多かれと祈るのみ。

さて、松山からの帰りの便でも面白エピソードがあった。早朝の便であるにもかかわらず、僕のシートの通路を挟んだ席にいた女性二人が、缶ビールを注文した。おやおやと思いながら、僕は持参していた本を読んでいたのだが、しばらくすると、一人の女性が赤ワインを追加注文したことに気付いて、思わず顔を上げていた。次にはもう一人の女性が、シャンパンを飲みだしたのだった。時間は朝の八時台である。いくら日曜日とは言え、朝から女性二人がワインとはねえ。松山の女性は酒豪揃いということなのだろうなあ。恐るべし松山。

●２月１日

先週長崎に行く用向きがあり、久しぶりに出かけた。その際、少しばかり時間があったので、亡き伊藤一長前長崎市長の墓に行き、墓前に手を合わせてきた。ご存じない方が多いと思うし、この稿によって久しぶりに思い出したという方も多いと思うが、僕にとってはかねてからの宿題とでも言うべき墓参であった。手を合わせながら生前の面影をしのび、交誼を結ばせていただいたことにお礼を申し上げた。

伊藤一長氏は、現職長崎市長として自らの選挙の運動をしている最中に、背中に二発の銃弾を浴びて死亡したのである。二〇〇七年四月十七日に撃たれ、手当ての甲斐もなく、翌十八日の早朝に亡くなったのだ。現職の市長が暗殺されたのである。明治二十二年に市制がしかれて以来、現職市長が暗殺されるという事件は、後にも先にもこの事件しかない。（一九九〇年に同じ長崎市において本島市長が在職中に撃たれるという事件があったが、幸い命は助かっている）

伊藤市長は僕より年長であり、市長としても先輩であったが、親しく交誼いただいた。お互いに夫婦連れで会食したこともある。なによりも全国市長会や中核市市長会において、同志の一人として活動を共にしていた。彼の選挙が終わったら、六月に開催予定の全国市長会総会において、全国市長会長に立候補する予定で運動もしていたのだが…。突然の凶弾に倒れてしまったのだ。僕は、亡き妻とともに長崎市での葬儀に参列もした。思い出の人なのである。

さすがに墓参することまでは思いが至らなかったのだが、伊集院静さんのエッセイの中に伊藤一長さんの墓の記述を見つけて以来、いつかは訪ねてみたいと思い続けていた。それがやっと実現したという次第。大変に立派なお墓である。墓石には南無阿弥陀仏などの表記は無く、「いとう一長」と「初心生涯」という文字が彫られていた。そして果物や生花がたくさん供えられていた。一角には名刺入れが備えられていて、広い駐車スペースまであるのだから、時折いろいろな人が墓参されているのだと推測された。なによりも墓石も敷地もきれいに手が入り、管理されている。誰かがしっかりと見守っているのだろうと思った。そして墓が正対しているのが、光り輝く群青の海なのだ。しばらくの間たたずんでいたいと思った。

伊藤一長さんの冥福を心から祈る。合掌。合掌。（奥様はどうしていらっしゃるのだろうか）

●2月28日

十日ほど前にマレーシアのコタ・キナバル市に行ってきた。マレーシアと言ってもマレー半島ではなく、北ボルネオのサバ州というところにある市である。初めてボルネオ島（今はカリマンタンと言うんだったっけ）に行ったので、着陸前から目を皿のようにして、窓越しの風景に見入っていた。標高が四〇〇〇メートルを超すキナバル山の麓にある街、それがコタ・キナバルという市の名前の意味だと教えられた。幸いにもキナバル山の雄大な姿をしっかりと目にすることができて良かった。

今回の訪問は、コタ・キナバル市からの要請に応えて、グリーンエネルギー対応など環境政策の領域において、富山市とコタ・キナバル市との間の協力協定を締結するためのものであった。ＭＯＵ（協力のための覚書き）を交わしたからには積極的に協力していきたいと思う。もちろん、結果として富山の企業のビジネスチャンスにつなげることが狙いである。

さて、今回の訪問の初日に、面白い出来事があったので紹介したい。到着した日の夕刻に、コタ・キナバル市長からディナー・クルーズに招かれた。市長夫妻と関係者、そして僕ら富山からのメンバーが親しくテーブルを囲み、夕食を摂りながら会話や音楽を楽しんでいた。船はチャーターではなかったので、多くのお客で賑やかであった。ところがそのうちに後方で、大声で叫ぶ者が出てきた。大声で船のスタッフに対してクレームをつけていたのだ。驚くことに、皿が割れる音までもが響いた。船内は一気に緊張感が高まり、市長夫妻も僕の面前で困惑していた。

耳を傾けるとクレーマーの話している言葉が韓国語であることに気付いた。とっさにここは僕の出番かなと思ったので、市長の了解を得たうえで、そのクレーマーに韓国語で話しかけてみた。非常に興奮していた彼はクレームを英語で言うことができず、一方、船のスタッフに韓国語ができる人がいないという状況だったので、大声で騒ぐだけで両者の会話が成立していなかった。最初は僕に対しても威圧的に大声を上げていたクレーマーも、拙い僕の韓国語に反応をしてくれるようになった。そこで僕が「ピョンチャン・オリンピックの成功、おめでとう」と言うと、興奮しながらも、うっすらと嬉しそうな感じが見て取れた。

　やがてクレームの内容を理解することができ、クルーズ船の責任者につなぐことができた。彼の苦情は、数カ月前から予約していたのに家族八人のテーブルがバラバラなのは納得できない、というものだった。彼らは一家意識の強い文化の持ち主なのである。一方、クルーズ船側は、離れているとはいえ二つのテーブルで全員の席を用意してあるでしょ、という立場であった。

　その時にクルーズ船に併走している小型船がいたことに気付いた僕は、その船を彼らのグループのために使うことを提案し、了解を得た。その船に料理やアルコールを運び入れ、彼らのグループだけで楽しんではどうかと提案した。飲食はすべて無料にするという提案も付加すると、彼らは大いに喜び、直ぐにその船に移動してくれた。クルーズ船の中は落ち着きを取り戻し、元の明るく楽しい雰囲気を醸し出していった。

　おかげで市長夫妻と船の関係者から、大変に感謝されることとなった。僕自身も三十年近く前に勉強した韓国語が、こんな形で役に立ったことが嬉しかった。もっとも、韓国人グループの勘違いに助けられた面もあるのだ。飲食を無料にすると思わせぶりに言ったが、もともとバイキング形式のクルーズに前払いで予約しているのだから当然のことなのだけれども、彼らはそれを忘れて大いに喜んでくれたのであった。

　市長夫妻と僕はクルーズが終った後、最後に下船したのだが、韓国人のグループは僕らを待っていて、何度も感謝の言葉を述べてくれた。何とか役に立てたことをほんの少しだけ自慢したくて、この稿になっている。皿を割るくらいに興奮している韓国のオヤジの肩に手を掛けて、なだめながら話しかけたことは、今思うとちょっと向こう見ずであったかもしれないなあ。僕にしてみると、記憶に残るちょっとした武勇伝になった。

翌日のMOUの締結式の挨拶で、コタ・キナバル市長がオフィシャルなスピーチであるにもかかわらず、このエピソードについて触れ、感謝を口にしてくれたことは予想外であり驚いた。

これからのコタ・キナバル市との交流が深まり、実のあるものとなることを期待したい。

●3月6日

三月弥生だ。数日前には随分と暖かい日和が続き、春近しどころか春本番という感じがしたのだけれども、今日はまた寒さが戻ってしまった。でもまあこの時季はこうやって暖かくなっていくのだから、そろそろ春物に衣装替えをしますかな。

四日の早朝に玄関に飾っていたお雛様の屏風と、男雛女雛の人形をかたづけた。空いた場所に桜の絵を飾る。その瞬間にわが家に春がやってきたような気がした。その後、廊下に掛けてある戸出喜信画伯の《パリの冬》のリトグラフを《パリの春》に取り換えた。もはや春真っ盛りという感じ。三寒四温のリズムで春めいてくるこの時季の良さに、一年ぶりに気付かされた。季節が移ろい自分はまた老いを重ねるということか。

先々週鎌倉に行く機会があったのだが、街のあちこちで梅の花が咲き誇っていた。その残像が数日たっても残っていたからか、理由もなくわが家の白梅の木を見てみたくなり、室内から障子を開けてみた。そこで目にしたのは、太い枝まで何本も折れている無残な姿の老木であった。思わず「あっ！」と声をあげていた。わが家をこの地に建ててから三十五年くらいになると思う。その間ずっと庭の隅で白い花を咲かせ、多過ぎるくらいの実を落としてくれた梅の木が、ここまで大雪に痛めつけられていたとは知らなかった。

梅の木自身の老化も原因しているのかもしれないけれど、やはり今冬の大雪が作用したのだろう。おそらく積雪量以上に、重い雪だったのだな。たしかに除雪が例年の雪よりも大変であった。積雪深や積雪量では測れない雪の重さという要素があるのだと思い知らされた。わが家の梅の木は、わが家の庭に移植されて以来、初めてその枝をズタズタにされてしまうという形で今冬の雪の重さを教えてくれた。

今朝、恐る恐る障子をあけてみると、みすぼらしい形になってしまいながらも、健気な老白梅はチョットだけ花芽を緩めてくれていた。この白梅の芽のように、雪にいじめられても、ゆっくりとやってくる春もあるのである。急がない春。じっくりと歩めと言う意味か。老白梅の木の無残な姿を見ながら考えている。健気に緩もうとしている白梅の花芽に、学びながら生きて行こうと。暖かさに身を置きながらゆっくりとやってゆくさ。もう若くはないのだから。弥生、春。暖房をした部屋で本稿を書いている身が悲しい。

●3月15日

ここ数日は暖かい日が続いていて気持ちが良い。春爛漫と言っても良いと思う。朝の陽ざしも爽やかなので、早朝ゆっくりと庭に出てみた。蕗の薹(ふきのとう)が芽吹いているのを見つけて嬉しくなった。結婚して七年目の二月に生まれた長女に「蕗子」と名付けたゆえんは、二月五日ではあったけれども、長い冬の後にやってきた暖かい春を思わせるような、快晴の日に産まれたからである。

蕗の薹を見ながら、あの日のことを思い出していた。歩いてみると水仙も随分と大きくなっていた。もうすぐ白い花を咲かせてくれるだろうなあ。楽しみである。恐る恐る先日のブログに書いた白梅まで行ってみると、折れたり裂けたりしていた枝が取り払われ、無残で可哀そうな姿になっていた。そんな姿ではあるけれど、健気にも残った枝に、まさにほころび始めたばかりの小さな白い花を、二輪見つけることができた。

先日、雪つりをはずしに来ていた植木屋さんから、木ごとこいでしまうことを提案されたのだが、無残な姿でも残しておこうと言っておいてよかったと思った。健気な白い花がいじらしい。残ってくれたつぼみのすべてが咲いてほしいと思う。頑張れ！　ときどき観察したいと思う。

（もっとも天気予報では明日から低温に戻るようだが…。まさか雪が降る

こともあるまい）

●3月26日

所用があって輪島に行ってきた。道路が空いていたせいか、予定より早く到着したので、閑を持てあますこととなってしまった。せっかくの時間なので、思い出の地に足を運ぶこととした。輪島市内とは言え、海岸線を東に向かって二〇キロくらいは車を走らせる位置にある曽々木海岸に行ったのだ。曽々木海岸と言っても、おそらく誰も知らない地名だと思う。でも、僕には懐かしい場所なのである。

中学一年生の夏休みのことだ、何かの雑誌で曽々木海岸の風景を見て、無性に行ってみたくなった僕は、近所の友人二人を誘って出かけたのだった。呉羽駅から津幡駅まで北陸線に乗り、津幡駅から輪島駅まで七尾線で移動した。子どもだけの小旅行なのだから当然のことだが、すべて各駅停車の旅だった。何時間ほどの旅程だったのかは覚えていないが、とにかく輪島駅にたどり着いた。そこから目的地の曽々木海岸までは、バスによる移動であった。海岸沿いにあったほとんど海の家のような簡易な旅館に泊めてもらった記憶がある。透明度の高いきれいな海で泳いで、翌日には帰ってきた。滞在時間より移動時間の方が長いという滅茶苦茶な海水浴だったのである。

面白いのは、翌年もまた同じコースをたどって曽々木海岸まで出かけたことである。何がそうさせたのかは分からないけれど、綺麗な海の魅力だけじゃなく、移動そのものが面白かったのだと思う。中学生だけで夏休みにチョットした冒険の旅に出たということだ。映画『スタンド・バイ・ミー』を思わせるような思春期の記憶である。五十数年ぶりの曽々木海岸は、ポケットパークのようなものが整備され様変わりをしていた。それでも暫(しば)しの間、痩せて坊主頭だった中学生の頃の、夏の日の記憶に浸ることができた。あの日から半世紀という時が流れたのだなあ。「思えば遠くへ来たもんだ」か。

●4月4日

県立図書館の奥にあるエドヒガンザクラを見てきた。相変わらずの堂々とした威容をほこる桜である。自分が住んでいる呉羽地区にありながら、この桜の存在を二十年くらい前まで知らなかった。二十年ほど前のこの時期に、ある先輩県議から教えてもらい、一緒に見に行った。その威容に圧倒された記憶がある。以来、毎年松川べりの桜が散り始めるころに、この桜の下まで足を運ぶこととしている。市内でこれほどまでの桜木の存在を知らないので、言い過ぎかもしれないが、富山市で一番の桜だと言わせていただきたい。

そして毎年、この樹の下で茨木のり子さんの詩「さくら」を思い出している。はたしてあと何回、満開のこの桜木を見ることができるのだろうかと考えさせられるのだ。何年か前のゴールデン・ウィークに、茨木さんの詩集を携えて、弘前まで桜を追いかけて行ったことがある。桜の散り際の儚さがそうさせたのだろう。よくぞ桜花を愛でる日本人に生まれけり、と思う。

話が変わるが、ポケトーク（ＰＯＣＫＥＴＡＬＫ）という名前のポータブル翻訳機を買った。縦が約一〇㎝、横が約六㎝、厚さが約一㎝という大きさで大変軽いものだ。インターネットに接続して機能するため、Ｗｉ・Ｆｉ環境下でしか使えないのだが、驚くべき性能である。例えば日本語と英語との翻訳の場合、このポータブル機に向かって日本語で話すと、瞬時に英語に翻訳された音声が流れる。当然ながら、英語で音声入力すると日本語が流れる仕組みである。

いろいろ試してみたが、翻訳の精度が高く、実用にも耐えうると思う。長文は無理としても、日常の会話には対応できそうなので、海外旅行に持っていけば役に立つだろう。なんと六十一もの言語に対応しているそうだから、英語があまり通じない国や地域に出かけるときには、大変に有用だと思う。来週、バリ島から訪問団が来るので、レセプションの際に使ってみることとしたい。はたしてどうなることやら。

●４月８日

過日、楽しく美味しく夕食を楽しみ、気持ちよくお酒を飲んで満足して床についたのに…、深夜に強い腹痛で目が覚めてしまった。だましだまし何とか眠ろうとしたのだが、痛くて眠れない。悪いものを食べたのかと思い、二度ほどトイレで無理やり吐こうとしてみたり、排便しようとしてみたのだが、下痢をしている訳じゃない。吐き気がする訳でもない。とにかく痛い。過去に経験したことのないような痛みだ。僕は我慢強い方なので、あまり痛みで大騒ぎするタイプではない。それでもあまりの腹痛で、眠れないまま市民病院に逃げ込んだ。いろいろと検査してもらった結果、分かった結論は……、なんと胆石であった。ドックの検査で何年も前から胆のうに胆石があることは知っていた。いつか騒ぐことになるかも知れないと言われていたのだが…。ついに騒いだのである。

鎮痛剤の点滴をしてもらい、眠っているとやがて痛みもなく目が覚めた。不思議なことに治療らしきことを施す前に痛みが消えていたのである。医師によれば、臓器の隙間で騒いでいた小さな塊が何かのひょうしに外れて流れて行ったのだろうということだ。人体は不思議なものだと思わされた。これも一つの治癒力ということか。そうは申せ、僕の胆のうには、今も胆石がこびり付くように存在するのだ。それがいつ動きだし、激しい痛みをもたらすか分からない。例えば海外に出張している時に暴れだしたら大変だ。胆石持ちだと、痛くてのたうちまわりながら英語で言えるはずがない。そもそも胆石を英語でなんて言うのだろう…。いずれにしても、大切なことは予防的措置をすることだ。近いうちに、日程を調整して予防的胆石除去処置をすることとしたい。真剣に考えなくては……。

ところで、胆石の処置の際に、点滴その他の処置をしてもらった感謝に堪えない看護師の女性の苗字が、僕にとっては大変に珍しいものであった。僕は若い頃からユニークな苗字に関心があり、地域性との関連に強い興味を持っている。だから珍しい苗字の人に出会うと、不躾にもご出身はどちらですか、などと聞いてしまうという悪い性癖がある。耐えられないような痛みに襲われながらも、僕は彼女の珍しい苗字に魅(ひ)かれて話しかけていた。何という苗字なのか。良く考えてみれば、不思議でもなんでもない苗字である。でも今までに出会ったことのない苗字なのだ。何と「後田」というもの。そうかなっと思って「うしろだ？」と聞くとそうだと言う。珍しい苗字だ、初めて出会ったと思う。「うしろだ」ねえ。

ちなみに、前田や中田は普通にある。上田や下田も。横田や奥田もある。そもそも山田や村田や森田がある。稲田もあれば粟田、稗田、種田、草田もある。金田も針田もある。飛田というのもある。薄田、肥田という知人もいる。川田、沼田を忘れてもいけない（きりがないのでこれ位にして…）。いずれにしても、苗字ウォッチャーの僕にしても初めて出会った「後田」である。彼女は福井の人だということだ。福井の苗字か…、しっかり覚えておこう。

さて、ウシロダとマエダが結婚したらナカダになるのかねぇ。ウシロダとナカダが結婚したら…、ナナメウシロダだったりして…、えへへへへ。僕はこういうふうに、大切な苗字を遊び心で崩しながら楽しんでいる不心得者なのです。申し訳ありません。でも、言葉遊びは楽しい。とは申せ、彼はどこに…？　君のウシロダ！　なんていう程度の悪いことは言いませんよ。

2018年

●4月23日

一昨日、新宿御苑での桜を見る会のあと、一人で横浜美術館に行ってきた。「ヌード NUDE―英国テート・コレクションより」を鑑賞したかったからである。ロダン作の大理石像《接吻》には圧倒させられた。しばらく動けなかったほどだ。今夜にも買った図録を見ながら、あの場の空気を思い出してみたいと思う。

美術館に着いて受付で入場料一六〇〇円を払う際に、一万円札を出しておつりを待っていたら、ふと「六十五歳以上 一五〇〇円」という記載があることに気づき、知らずに「あの…、六十五歳なんですけど…」と口にしていたのだった。去年の八月に六十五歳になって以来、初めてシニア料金で支払いをした。別に一〇〇円が惜しかった訳じゃないけれど…。少し気恥ずかしくはあったけれど、ついにシニア料金で払ったのである。別段理由は無いのだけれども、しばらく感慨に浸っていた。僕の後にやってきた男性三人組は、最初から躊躇（ちゅうちょ）することなく「シニア三人!」と言って支払いをしていた。僕も早く慣れなきゃね。

●5月9日

連休にローマに行ってきた。数年前から続けている世界の美しい書店巡りの一環である。久しぶりのローマを楽しめて良かったと思う。充実した連休になった。

短い滞在だったが、地下鉄を使いながら、あとはとにかく歩いて歩いての移動であった。正味で言えば二日間しかない滞在時間の中で、今回のイタリア旅行の目的である書店まで、歩いていける距離のホテルに投宿できたのは幸いだった。

さて、今日披露したいのは帰国途上でのできごとである。フィンランド経由での帰国便だったので、ヘルシンキの空港でEU圏からの出国のためのイミグレーション審査を受けたのだが、大変長い列に並ぶこととなった。そのうちにあの国の人と思しき青年が、搭乗券を手にしながら割り込んできた。搭乗予定の便のボーディング・タイムが迫っているから先に出国させて欲しいということらしい。多くの日本人旅行者は不満げな顔をしながらも、彼のなすにまかせていた。

僕は彼の両手に免税店での買い物と思われる袋が幾つもあるのを認めて、英語で注意した。きちんと時間管理をすべきだったのだから列に並ぶべきだと言い、デパーチャー・タイムまで時間があるから大丈夫だと付け加えた。そしたら少し前にいた日本人の女性が、彼のチケットを見た後で、流暢な英語で「自分の便の方がもっと早いのにこうやって並んでいるのだから、あなたに割り込む権利は無い。ルールを守りなさい！」という趣旨の発言をした。それでも彼は英語が分からないという表情を見せながら、列を横切ってイミグレーションのカウンターに向かったのであった。

驚いていると、次にまた同じ国の人と思しき青年が割り込んできたのだ。

こんどもまた、僕とくだんの女性とで強く注意したのだが、効果は無く、また列を横切って行ったのであった。おそらくギリギリまで買い物などをして、時間が無いからと言って割り込むという手法を、あちこちで繰り返しているのだと思う。これがあの国のやり方であり、文化なのである。まことに困った国柄である。それにしても、立派な日本人女性がいたものだと感心させられた。時間が迫っていても並ぶというルールをちゃんと守る。そしてルール破りに対しては毅然と注意する。これこそが我が国の文化であり、国柄なのである。日本人に生まれてよかったとつくづくと思った次第。良い旅になった。

●5月15日

先週のブログでも少し触れたが、数年前から『世界で最も美しい書店』という本に紹介されている本屋巡りを続けている。この本では全部で二〇軒の本屋が紹介されているのだが、それぞれの店は世界中に散らばっている。ヨーロッパ、アメリカ、南米、アジアという具合。時間を見つけ、資金を調達しては少しずつまわってきた。この連休に行ったローマの書店で一三軒を巡ったことになる。残りの書店を一年に一軒ずつ訪ねたとしても、まだ七年かかる。まあ、のんびりやるさと思いながらローマから帰ってきた。

ローマにある書店の訪問記ともいうべきエッセイを頼まれていたので、記憶の新鮮なうちに書こうと、ワードを立ち上げた。資料が欲しいとネットで調べていると、同じ書店を紹介している『世界の夢の本屋さん』という本があることを知った。そして、よせばいいのに、この本を注文してしまったのだった。

届いた本を見て、ああ危険なものを買ってしまったなと強い後悔に苛まれている。なぜならこの本には、最初の本には無かった魅力的な書店が数多く紹介されていたからである。編集も写真も文章も素晴らしく、一瞬でこの本に掲載されている書店に魅入られてしまった。先の本で紹介されている二〇軒の本屋巡りが、まだまだ途半ばなのに、魅力的な本屋を新しく紹介されてはたまったものではない。

困ったことになってしまった。僕の性格を知る人には容易に予測がつくと思うけれど、極めて危険な状況に陥っているのである。最初の本の書店巡りが終ったら、新しい本の書店巡りに突入しそうだということが察知されるからである。危ない、危ない。新しい本からの情報もあって、頼まれていたエッセイを書き終えたのだから、『世界の夢の本屋さん』はもう用済みだということになる。ならば明日にも廃棄することとしたい、と今は思っている。いや、必ず廃棄しないと、僕のこれからの時間はひたすら本屋巡りに費やされてしまう危険性が高い。

そうは言え、こんな素晴らしいナレッジ本を廃棄できるのか？二冊の本を前にして悩みは尽きない。甘く危険な香りがする本を持て余している…。困ったことになったなあ…。軽率だった本のネット注文に後悔しきりです。もうアマゾンでは暮らせない。日本人は熱帯雨林地域に立ち入らないようにしましょう。教訓です。

●6月3日

今日は数日ぶりに、自宅で娘と夕食を摂った。毎日そういう時間を持ちたいのだけれど、とてもそういう訳にはいかない。会議の後の外食や懇親会などの機会が多い。また県外への出張もしばしばなので、家で夕食を摂る日を作ることに苦労している。なにも今に始まったことじゃないけれど、一人で夕食を摂っている娘のことを思うと可哀そうであり、不憫だと思う。何とか一カ月に十五日ほどは一緒に夕食をと思っているのだけれども、十日程度しかできない月もある。情けないけれどそれが実情。すべては僕の責任だ。せめて朝は何とか一緒にいて話そうと思って頑張っている。そんな思いもあって、最近は日帰り出張が多くなっている。大丈夫、頑張れるさ。

たまに台所に立って料理をする際に、僕がいつも心がけていることを、そのまま表してくれたような文章に今日出会った。我が意を得たりと思わされたので紹介してみたい。

「ご飯を炊き、フライパンで野菜や肉を炒め、味噌汁を作り、漬物を切る。盛り付ける皿をこだわって選ぶ。食べ終わると食器を洗い、拭きあげて元の棚にしまい、シンクまわりの水滴を拭い、コンロの油汚れを拭き、スポンジや台ふきんを漂白して干す」

特に、シンクまわりの水滴を拭くことや、コンロの油汚れを拭くことは、まったく僕のこだわりに符合している。おかげでわが家の台所のシンクまわりは、いつもピカピカなのである。この心構えでこれからも頑張ろう。と思う…。

●6月8日

平成二十九年九月一日付のこのブログで、北陸新幹線の男性用トイレの位置が気になると書き込んでいるのだが、昨日もちょっと困った状況が起きた。僕が尿意を覚え、トイレに行こうと立ち上がり、十二号車との間のトイレ方向のデッキを見ると、女性が二人、洗面台の前に立っているではないか。おそらく女性用トイレが使用中で、空くのを待っているのだと察せられた。きっと男性の小用トイレは空いているのだろうけれど、並んでいる女性二人のわきを通り、その小空間に身を置くことはいささかはばかられ、もう一度シートに身を沈め、何事も無かったかのように静かにデッキが空くのを待っていたのだった…。

なにせ男性小用トイレは、通路から中に使用者がいるかどうか見えるように、ドアの一部が透明なアクリル?製の構造となっている。女性用トイレが空くのを待っている女性が、僕が用を足しているところをじろじろと見ることはないだろうけれども、落ち着かないこと甚だしい。小心者の僕としては、尿意を我慢しながらただただ待っていたのであった。

2018年

●6月17日

今日は日頃から親しくお付き合いを願っている方に、なんとヘリコプターに乗せてもらった。仕事上必要となり新車（?）を購入したのだという。エアコンを付けるのに一〇〇〇万円掛かったということだから、本体はいったい幾らくらいするのだろうか。恐ろしくて聞けなかったけれど…。その運転のために操縦者を二人雇ったとのこと。大きな投資である。それでもビジネス上手な人だから、ちゃんと計算されているのだろうなあ。僕の理解の外である…。

幸いにも今日は梅雨とは思えない好天気だったので、富山空港から室堂周辺まで、青空の中を遊覧してもらうことができた。帰りには自宅周辺を飛んでもらい、初めてわが家を上空から眺めることができた。マイ・スイート・ホームの屋根瓦が輝いているのを認めた後、ゆっくりと空港に戻ってもらった。お陰様で楽しい時間を持つことができた。有り難いことだと思う。感謝、感謝。

帰宅後、天空から眺めたわが家の様子を思い出しながら、突然に思い立ち、仏間と座敷の障子戸を簀戸に取り換える作業をした。毎年の作業とは言え、今年もかなり苦労しながら、何とかやり終えることができた。おそらく明日は筋肉痛に違いない。でも季節の風物詩のようなものなので、気持ちの良い達成感がある。しばらく簀戸を開け放ち、庭を眺めた後、仏壇に向かって座り直し、線香に火をつけた。ヘリコプターと簀戸の取り換えとではあまりに落差が大きいけれど、良い一日となった。有り難いことだと思う。

●7月5日

久しぶりに入院しています。病名は「腸閉塞」。めったにない入院なのだから、もう少しお洒落な病名の病気だと良かったのに…。例えば、マイコプラズマ症候群だとか何とか…。などと冗談を書いていますが、数日前までは術後の辛さで死んでいました。手術がこんなにつらいものだと初めて体感しました。今は術後の療養なので落ち着いています。

先月の二十八日の深夜から、強い吐き気に襲われて、朝まで眠れずに吐いていました。二十九日は議会の最終日だったので、無理を押して閉会の挨拶を終えました。まったく声が出ず、議場からいぶかる声が出ていたことも認識していました。

閉会後に診察してもらって、「腸閉塞」と判明。夕方からの緊急手術と相成った次第です。褒められた対応ではなかったと反省しています。後は、もう数日間ドクターの許可が出るまで、入院して体力の回復につなげたいと考えています。多くの方にご迷惑をおかけしたことに、心からお詫び申し上げ、またご心配頂いたことに感謝申し上げて、とりあえずの報告とさせていただきます。

●7月6日

今日も入院中。朝食を終え、新聞を読んだ後、ワールドカップ関連の軽薄な番組を見るともなく見ていたら、驚くべきニュースが流された。麻原こと松本智津夫死刑囚の死刑が執行された。思わず興奮した。感動した。我が国の法治のために最大の決定であり、断行であると思う。世論の流れがどこへ向かおうとも、世界の潮流がどちらを向いていようとも、わが国の法治の現状と日本人固有の道徳観から見て、死刑は肯定されなければならない。初めて法律を学んだ若い日から今日まで、変わらない僕の信念である。最近の世相を見ても、いわれなき殺人を抑止する観点からも、被害者や遺族の感情への配慮からも、その信念を強くするばかりだ。そんな中で行われた今日の執行を断固として支持する。

とりわけオウム事件の異常性に鑑みれば、一般の死刑囚に対する執行以上に重大な意味を持つと思う。上川大臣に対して賛辞を送りたい。いや大絶賛したいと思う。報道では共犯である早川紀代秀死刑囚、中川智正死刑囚の執行もされたとのこと。さらにオウム関連の死刑が、今日中にあと四名についても、執行されるのではないかとも報道されている。上川法務大臣の大決裁を支持する意味で、大臣の後援会に政治献金をしたいと思う。それが僕ができる日本の正義と理性に対する支持の姿勢の表明になると思うからである。

感動のあまり一気に書きなぐってしまった。敢えて、読み直すことをしないでこのままアップしたいと思う。誤字脱字、事実誤認などあるかもしれない。いずれにしても文責はすべて僕にある。

●7月7日

まだ病院にいる。今日は次女の誕生日。今年も一緒に祝ってやることができず、申し訳ない気持ちでいっぱいだ。昨夜チョットだけメールでやり取りしたので、気持ちだけでも伝わっていると良いのだが…。

さて、昨日知り合いから借りた本に『銀河鉄道の父』という小説がある。夕食後に読み始めたのだが、一気に進んだ。あの宮沢賢治の父のストーリーである。こういうタイトルをつけられると、まったく参ったなあという気持ちにさせられる。そうか『銀河鉄道の父』か。素晴らしいネーミング・センスじゃないか。こういうところが僕にはまねのできないところなのだ。参ったなあ。

昔、劇作家の山崎正和さんの戯曲、『野望と夏草』を読んだときには、そのタイトルのつけ方に圧倒的に、完膚無きまでにやられたと思った。『野望と夏草』。このタイトルだけで、その戯曲の大筋が容易に予想できるじゃないか。この〝夏草〟という言葉の使い方。こういうセンスに憧れるものの、わが身の非才さを知らされるのみ。教養のなさがなせることだ。今さら嘆いてもなあ。焦らず読書を続けますかな。

今のわが身は、「読書する豚」か「腸閉塞がくれた時間」といったところだな。

●7月9日

いよいよ明日十日に退院することとなった。退院後もしばらくは静かに暮らす必要があると思う。焦らずに通常の暮らしや仕事ぶりを回復していくつもりだ。あらためて多くの方にご迷惑をおかけしたことをお詫びし、お見舞いいただいた方やご心配いただいた方に感謝します。

ある意味では良い経験になったと思う。なにせ本格的な手術が初めてであるうえに、長期の入院というのも初めてのことである。ドクターやナース、スタッフのご苦労がよく分かったし、入院患者やご家族の悩みもうかがうことができた。これからの仕事に生かしていきたいと思う。

ところで、今日で十六日間、まったくアルコールを摂取していない。今の感覚としてはそれほど欲しくもない感じである。こんなに長期間にわたって断酒をしたということは過去にあっただろうか。少なくとも成人してから今日までの日々で、初めてのことだと思う。主治医の先生にお願いして、退院直前に採血してもらい、断酒の影響があるのかないのか分析してもらいたいと思う。二カ月もの間断酒したのならともかく、この程度じゃ何の改善も無いとは思うけれど…。いずれにしても貴重な経験をしたと思う。今後は健康管理に気を使い、元気に暮らしていきたいものだ。

●7月10日

いよいよ午前中に退院する。今夜は娘たち二人と快気祝いをしようと思う。

次女の誕生祝いも兼ねてね。

昨日に続いて、くどいけれどもドクター、ナース、そしてスタッフの皆さんに心からのお礼を言おう。お世話になりました。本当にありがとうございました。

今日は退院にあたって、ひっそりと、自分自身に誓いを立てようと思ってデスクトップを開いた。僕の父は今年九十五歳になる。おそらく入院したことは無いのではなかろうか。少なくとも僕の記憶の中では、父の入院というシーンは無い。今日も元気に畑仕事をしているに違いない。父がかように元気にしている中での息子の入院は、あまりにも情けない。そこで密かな誓いにつながるのだが…。

僕は今後の生き方を見直し、父の歳までは決して入院しないように生きていくことを目指したいと思う。誓ってできることではあるまいが…、健康管理を意識することはできる。適度に運動しながらストレスをためず、暴飲暴食を慎むことはできるはずだ。よし、今日からは生き方をリセットだ。もう無理の利かない歳になったことを受け止めて、長持ちのするライフスタイルで生きていくのだ。頑張ろう。まだまだ人生は三十年間も残されているのだ。青年期を経て壮年期を過ごし、いよいよ老年期に入ったということだ。しぶとい年寄りとして、父に負けない人生を紡いでいくこととしよう。

2018年

●7月31日

今日で七月が終わる。退院してから二十日ほどが過ぎた。ゆっくりと焦らずに、通常の暮らしに戻そうと、早い時間に帰宅するなどしながら過ごしてきた。入院中に五kgほど落ちてしまった体重も、二kgほど戻ってきた。まあ順調にきたかな、と思う。明日から月が替わるので、そろそろいつもの調子に戻していきたい。大きな仕事も待っている。ストップウォッチのスタートボタンをリセットするつもりで、フルスロットルで行きますかな。頑張ります。

●8月5日

相変わらず猛暑の日が続いている。良くないと思いつつ、昼も夜もエアコンのお世話になりっぱなしだ。たまに外を歩くとフラフラする気がする。歩くだけでそうなのに、外で作業をするとなると大変だ。熱中症に充分注意する必要がある。

わが父は、もうすぐ九十五歳になろうとしているのに、猛暑をものともせずに、体調を気遣いながら梨畑で作業をしている。心配をした僕は、外に設置した小さな冷蔵庫にスポーツドリンクを常時冷やして置いている。時どき休んでドリンクを飲むように勧めてあるのだが、しっかりと飲んでいるようなので、少しばかり安心している。

最近、この父に関して面白いエピソードがあったので披露したい。それは訪ねて来た長女が、父を気遣って、熱中症に注意するように言った時に起きたのだった。なんと九十五歳の父が次のように言ったという。

「熱中症というのは年寄りがなるもんじゃ、心配しなくてもいいよ」と。

●8月13日

今日が誕生日。六十六歳になった。一年前に六十五歳になり、いよいよ自分も高齢者だと口にし始めたのだが、あっという間に六十六歳。今までの人生で一番早く時間が流れたと感じさせられる一年であった。こうやって加速度的に加齢していくのだろうか。九十五歳になる父を見ていると、時間が止まったように見えるのだけれどなあ…。まあ、一日一日を充実した気持ちで過ごせたらそれでいいということだろう。（僕の世代より若い人は誰も知らないだろうけれど）来生たかおの名曲「Goodbye Day」の歌詞のように穏やかにその日を過ごせたらそれでいい、ということかな。

話は変わるが、今朝の体重は六五kgであった。なんと年齢の六十六よりも小さい六五kgである。体重でエイジシュートを達成したのは（先の手術入院の終了直後は例外として）おそらく生まれて初めてのことだと思う。何の意味もないけれど、ちょっとだけ驚いた。ある種の分岐点に立ったということだ。これもまた加齢がなせることだ。それだけに今日をしっかりと生きていこうと強く思う。

娘たちからプレゼントをもらった。自宅に花も届いた。誕生日だねといって電話やメールももらった。ありがたいことだ。先ずは体力を回復しなくては。頑張ります。

●8月27日

久しぶりに北京に行ってきた。噂に聞いてはいたが、キャッシュレス社会が実現していることに大いに驚かされた。例えば屋台で肉まんを一つ買うといった買い物でさえ、QRコードにスマホをかざしているのだ。乞食や物乞いまでもがQRコードを使っているというジョークも聞かされた。Eコマース（ネット経由の通信販売）と電子マネーによる支払い。

なんと店員のいないコンビニまであらわれている。あらかじめ登録してある者だけがスマホをかざして入店でき、品物を持って店を出ると、自動的に電子マネーで精算される仕組み。公共交通の運賃も電子マネー。電子マネーはクレジットカードよりも簡単迅速に精算ができるので、あっという間に普及したのだろうなあ。

確実なことは、スマホを持っていない僕は北京では暮らせないということだ。自分が完全に時代遅れになっていることを実感した。いっきに老いを意識させられた。それでも僕のガラケー生活はこれからも続いていくだろう。ガラケー携帯が生産されている限りは…。はたしてあと何年もつのか分からないけれど。

●9月4日

車の中でケータイを受送信するために、ブルートゥースで接続している。今使用している車は、音声入力ができるので大変に便利である。運転中に発信する場合は、ハンドルを握りながら「登録先に電話をする」などと言うと、「相手先を指定してください」などと返ってきて、掛けたい相手の名前を述べると発信されることになる。

ところがこちらの滑舌が悪かったりすると、機械が間違った登録先と認識してしまい、誤発信されることがある。発信する前に確認のために「…さんですね」と聞き返してくれると良いのだが、僕の車の設定がそうなっていないため、いきなり意図した人と違う人に繋がってしまうということが起きる。その場合には慌てて切断するのだけれども、間に合わずにワンコールしてしまう場合もある。そうすると相手のケータイには着信記録が残るので、迷惑を掛けてしまうこととなる。そんなことにならないように、充分に注意して音声入力をしなければならない。

分かっているのだけれども、過日も失敗してしまった。「ノシロ」さんに掛けたかったのに「モリヨシロウ」さんに繋がってしまい、慌てて切ったのだがワンコールしてしまった。しばらくするとあの元総理の大先生から返信があり、大慌てであった。大変にご迷惑をかけてしまったことを猛省している。やはり運転中は電話をするなということだ。大きな戒めとなった次第。

●9月10日

関西空港の被災に代表される台風二十一号の大きな爪痕。そして北海道での大地震の発生。道内全域の停電。今月は大変な月になってしまった。大変なことが起きたと眉を寄せている間に、次の大事が次々と起きる。日本列島が大災害列島になってしまったのか。こんな状況の中で僕らは何を成せば良いのか。どう生きれば良いのか。自問するばかり。亡くなった方へのお悔やみと、被災した方へのお見舞いを。そして早期の復興を願う。

土曜日は時間が出来たので、恒例の簀戸から障子戸や襖への取り換えをした。術後の回復期なので、激しい運動を避けるように言われているものの、季節の移ろいにあわせた家の調整は避けられないと思って作業をした。取り換えが終わると家中を大掃除。とは言っても、ルンバが頑張り、僕はモップがけをしただけなのだけれども。

その後は廊下に掛けてある絵画を交換し、玄関の置物を入れ替えた。どちらも季節感あふれるもの。少し急ぎ過ぎたかも知れないけれど、わが家は既に秋の風情である。最後に仏間と座敷の座布団を冬ものに取り換えた。家の中の空気まで取り換えたかのようにサッパリした。

半年ごとにこの作業をするけれど、その半年間にわが家を訊ねてくる人はいない。何のためにやっている作業なのか分からないけれど、僕の中での風物詩なのである。自己満足だけど続けていきたい。全部が終って仏壇に線香をたてて火をつけた。子どもたちの無事を祈って手を合わせた。お陰様で両親も元気だ。家族の無事がありがたい。被災した皆さんに申し訳ないような思いがよぎる。僕らは何を成せば良いのか。誠実に生きるということか。

●9月25日

三連休を使って三島市にある吊り橋の視察をしてきた。富士吉田市にあるホテルに宿泊したのだが、到着時から翌日にかけて、厚い雲がかかっていて富士山を見ることができず残念であった。静岡県側からも眺めることができなかった。それでも好天気の中で、目的であった吊り橋(三島スカイウォーク)を楽しむことができたので良しとしようと思っていた。

ところが、目覚めた最終日の早朝、朝日をあびて少しずつ明るさを増していく富士山の全貌を眺めることができて感動した。登山道まではっきりと認めることができた。しばらくの間、言葉もなく眺めていた。子どもたちがまだ小さかった二十五、六年前に、同じく富士吉田市のホテルの窓から富士山の全貌を眺めて声を上げた記憶があるが、それ以来の体験となった。

やっぱり富士は素晴らしいと思わされた。登山道を目で追っていると、登ってみたいという衝動にもとらわれた。いつかは挑戦したいと思いつつ、この歳になってしまった。挑戦するとしたら来年だ。そしてその時僕は六十七歳になる。家族に言わないで、密かに準備を始めますかな。

●10月9日

先週の人間ドックで、今年も大腸の内視鏡検査を受けた。十数年前から毎年受けているので、もう慣れたもの。僕はこの検査を受けてもあまり痛がらないので不思議がられているのだが、今年は七月に開腹手術をしたので、きっと痛くなるに違いないと脅されながらの検査であった。やってみるといつもと同じようにまったく痛みが無く、穏やかに検査を終えることができた。

検査を始める前に、看護師の人に全体の何割くらいの人が検査中に痛みを訴えるのかと訊ねてみたのだが、返ってきた返事に驚かされてしまった。その返答は、ほとんど一〇〇パーセントの人が痛みを訴えるというものであった。それにもかかわらず、痛みを感じない僕の体質がおかしいのだろうか、と内視鏡を操作中のドクターにも訊ねてみると、ほぼ全員が苦痛を訴える検査であり、すすんで毎年受ける人は珍しいとのこと。なによりも検査中に話しかけてくる人はまずいないとも話してくれた。

僕の腸は異常なのかも知れないなあ。実は胃カメラの検査もそれほど辛くはない。もちろんカメラの先頭が咽頭（いんとう）を通過する際に抵抗感はあるものの、それは一瞬のことなので大したことはない。もしも可能であれば、二つの検査を同時にやってみたいものだ。もちろんそんなことはできないとは思うけれど、一日に二つの検査をすることはできそうなので、来年はチャレンジしてみようかな。どちらの検査も異常なしとの結果だったので、こんな冗談を言っていられるのだけれども、毎年進んで検査を受けることができることは恵まれているとも言える訳で、自分の体質に感謝したいと思う。

話は大きく変わるけれど、最近見た面白い映画を紹介したいと思う。インド映画の『ダンカル』というもの。インド映画史上モンスター級大ヒットの感動実話！　といううたい文句に惹かれて買ってみたのだが、面白かった。お薦めです。

●10月20日

ついに丸亀製麺デビューをしました。富山大学の五福キャンパス近くに丸亀製麺のお店がオープンして随分経つけれど、一度も行ったことがなかった。僕はマクドナルドやスターバックスなどにも一人では近づけない。何をどのように注文すれば良いのか分からないからである。モタモタしているうちに自分の後ろにほかの人が並んだらどうしようかと考えると、足が遠のくことになるのだ。同じように丸亀製麺も注文するのが難しそうで距離を置いてきた。車で店の前を通りかかる時に店内を見てみると、いつもお客さんが並んで進行しているように見える。これじゃ僕のような素人が行くと周りに迷惑を掛けてしまうに違いないと考え、遠くから店内を観察するばかりだったのだ。

そんな中で先ごろ『丸亀製麺はなぜNo.1になれたのか?』という新書を読んだ。お店の仕組みや工夫、従業員のことなど多くのことを知ることができた。そこで今日、僕のことを知る人がいないであろう石川県の丸亀製麺の店に、オープン直後の時間に一人で行き、デビューということになった次第。あたりまえのことだけれど、新書に書かれていた通りのシステムであった。最後に食器とトレーを返却した際に、洗い物をしているオバさんに、本に書かれていた従業員の呼び方を聞いてみた。「皆さんもパートナーって呼ばれてるの？」と。僕より年長だと思われる彼女は、胸を張って答えてくれた。「はい、パートナーです」と。高松市で何度か食べたことのある讃岐うどんを思い出させるコシと味であった。はたして僕が五福のお店に行くのはいつになるのやら。

そして僕の次の挑戦は、モニターで注文すると聞いている回転寿司店か？

●11月6日

今朝早く、わが家に新聞紙で包まれた自然薯(じねんじょ)と柚子が二個届いた。僕が奥の部屋で片づけをしている間に、誰かが持ってきてくれて、おそらく声を掛けていただいたのだろうが、僕が気付かなかったので、勝手口のドアを開けてそっと置いておいていただいたらしい。どなたのお蔭なのか何の手がかりもなく、困ってしまった。わが家は時どきこういうことがある。誰か分からないのだけれど、どなたかが野菜や果物を届けてくれているという状況だ。お礼を言わなきゃと思うけれど、手がかりがない。そんな時は途方にくれてしまうのだが、お昼頃になると「黙って置いてきました」などと電話があったり、メールが届く。有り難いことだと思う。

今日も昼時にメールがあり、落ち着くことができた。頂いたからには心して食べなきゃなと思うのだが、相変わらず外食の日が多いのが悩みである。先日、長芋や大根を電動でおろす器具を買ったので、近いうちにいただいた自然薯で試してみたいと思う。鍋が美味しい季節である。晩秋は美味しく野菜を食べることとしたい。

●11月11日

過日、新しく買った除雪機が届いた。除雪幅八〇cm、除雪高五八cm、投雪距離最大一九メートルという性能を備えた最新型である。去年の大雪に懲りてのことだ。下取りしてもらった旧来のものも、同じようなサイズではあるものの、二十年以上も前に購入したものなので、ここ数年は雪をとばす機能が落ちてしまい、ほとんど雪を押すだけの除雪機と堕していた。そこで今年こそ買い替えようと思い、なんと猛暑だった八月に注文しておいたのである。それがいよいよ届いたという次第。ガソリン・エンジン駆動なのだが、燃料も満タンにしてある。雪が降り始めるまでまだまだ間があるけれど、心のどこかでは早く雪が来ないかとワクワクしている。六十六歳になっても、おもちゃを手に入れた子どもそのままである。雪よ来い！　か。

●11月26日

一週間かけて南米チリの首都サンチアゴに行ってきた。チリの大統領夫人主催の国際セミナーに、ゲストスピーカーとして招かれたからである。移動時間が二十五時間を超えるという地球の裏側への旅は、興味深くもあったがさすがに疲れた。

そんな旅の疲れを癒そうと、帰国した日の夜に、馴染みのお店で知人とお酒を飲んでいた。何組かのお客で賑わっていたそのお店に、やがて若いカップルが来店した。男性のほうがそのお店で以前にアルバイトをしていたとのこと。その男性が、前日に同行の女性にプロポーズをしてOKを貰ったので、その嬉しいニュースを、かつて世話になった店の店主夫婦に報告に来たと言った。店主も驚いたが、お店で飲んでいたお客全員が驚いた。そしてその場にいたみんなが、温かい目で輝いている二人をみつめ、おめでとうと言って祝福したのだった。

僕は少しやりすぎかなと思いつつ、お店にシャンパンを一本オーダーし、みんなで乾杯をして若い二人を祝福しようと提案した。そして厨房にいた従業員も含めて、その時にお店にいたみんなで、二人の未来が輝くようにと願って乾杯したのである。二人はすごく喜んでくれたし、僕らはみんな幸せな気分になることができた。得がたい瞬間を持つことができて良かったと思う。お洒落な祝福の時間を持てたことを、僕自身の気持ちとしてもすごく嬉しく思った。僕もそれなりにシャンパンをお洒落に使える大人になれたということか？　支払いが高くなってしまったけれど…。

●11月27日

今朝は凄く寒い。今年の秋一番の寒さではないかと思う。予報では、日中は逆に暖かくなるようだが、そういう日ほど、朝の六時から七時頃にかけて冷え込む。考えてみればもう初冬なんだな。そんなことを思ってやっと気付かされた。廊下に架けてある絵を取り換えなきゃと。寒い廊下だったけれど、頑張って《パリの秋》から《パリの冬》に架けかえた。気分はもう冬モードに入った感じ。玄関に飾っていたススキと月見の飾り物も、慌てて片付けた。ついこの間まで暑い、暑いと言っていたのになあ。今年の秋はあっという間に過ぎて、また季節が移ろっていく。時の過ぎるのが早い。こうやって老いていくということか。

●12月9日

今朝、目を覚まして廊下に出るとすごく寒く感じ、もしかしたらと思って窓から外を見ると、雪がうっすらと積もっていた。朝刊の記事によれば、富山市内は昨日が初雪とのことだが、僕にとっては今朝が初雪だ。幾つになっても初雪の朝は訳もなくワクワクする。子どもの頃のこの時期、玄関の外が白っぽく見えた気がして、雪が積もった訳じゃないのに、戸を開けて外を見てみるということが何度もあった。今になってみると、何故に初雪を待ち望んでいたのか分からないけれど、とにかく雪が待ち遠しかった。そんなことを思い出しながら、今朝の初雪を眺めていた。しばらく前にも書いたが、今年は新しい除雪機を買っただけに、いよいよ来たか！と奮っていたのだが、昼を待つ間もなく融けてしまった。そりゃあそうだよね。本格的な冬はこれからだ。雪よ来い‼　わが家の準備は万全なのだよ！

●12月15日

過日の全国紙の一面広告に興味をひかれた。ある外資系の、家庭用雑貨や洗剤などの製造販売をしている企業の広告である。一面に穏やかそうな男性のバストショットの写真を載せ、左隅に次のような一文が書かれていた。

小学校ではみんなで一緒にしていた掃除。

「家では、いつの間にか妻にまかせっきりになっていたことに自分でも驚きました」

そうなんだよ。小学校の頃はみんなで一緒に掃除をしていたのだ。手を抜いていい加減に雑巾を使っていて、同級生の女子から叱られたことがあるが、今でもその時のことを良く覚えている。僕より身体が大きかったその子が、仁王立ちになって僕を睨(にら)み付け、「森君‼　ちゃんとやって‼」と言いながら叱ってくれた。少年の僕は大いに反省したのだった。

いよいよ掃除の季節となった。少年の日を思い出しながら、ちゃんとやることとしたい。師走のど真ん中である。頑張ろう。

●12月17日

今日は前から予定されていた京都大学での講義。毎年この時期に、臨時講師として九十分間の講義を頼まれている。学生の皆さんにしてみると、単位にかかわるので、僕の話も真剣にならざるを得ない。僕にとっても楽しみな時間である。

今日は素晴らしく幸運な日であった。恒例の講義に行くのだからということで、ノーベル賞を受賞なさったばかりの本庶先生の研究室にお願いして、名誉市民章の贈呈式の打ち合わせの時間を取ってもらっていた。約束の時間に伺うと、なんと本庶先生ご本人が応対してくださり、恐縮してしまった。気さくにいろいろとお話をしてもらい、親しくお人柄に触れさせていただいた。有り難いことだったと思う。

そんな気分のまま帰宅すると、いつもは自室に入っている時間なのに、娘が僕の帰宅を待っていてくれた。先に掃除や片付けものを済ましていた娘とシャンパンを飲み始めたところ、小腹がすいたと彼女が言うので、冷凍してあったシチューを解凍した。その後、テーブルに運ぼうとしたところで、酔っぱらいのオジサンは、器を手元から落としてしまい、大変なことになってしまった。

床に投げ出されたシチューを片づけ、壁面に飛び散った汚れをふき取り、匂いがしなくなるまで拭き掃除をするのに、娘と二人で大仕事であった。二日前に掃除の季節が来たと書いたばかりに、酔って帰宅したオジサンが、せっせと拭き掃除という事態にいたったという次第。娘と二人で大笑いしながら掃除をしたのは初めてのことかもしれない。まあ、良しとするか。

●12月20日

昨夜、市民病院のクリスマスパーティーに参加してきた。十年ほど前には何度か顔を出したことがあったものの、本当に久しぶりのことである。その訳は、今年の夏の入院の際にお世話になったことのお礼を言いたかったからである。もちろんその時のドクターやナースの人たちが揃って参加している訳じゃないけれど、病院の多くのスタッフに、直接感謝を述べることで僕の気持ちを表したかったからである。

あの時のみんなの働きぶりや気遣いには、驚かされたし感心もした。頭の下がる思いであった。どこまで伝わったのかは分からないけれど、僕自身の気持ちである。感謝、感謝。

僕にとって初めての開腹手術であった。本格的な入院であった。この一年もいろいろなことがあったけれど、一番特筆すべき出来事だったと思う。病に臥（ふ）すということ、そして健康で暮らすということについて考えさせられる期間であった。これからは自己管理をして、身体をいたわって生きていかなくてはなるまい。もう若くはないのだから…。歳の瀬が近い。過ぎし日をじっくりと思い起こして明日の糧にする機会である。落ち着いた歳の瀬にしたい。

●12月29日

昨日が執務納め。ところが昨日の朝から雪が積もり始め、夜に巡回した歳末消防特別警戒の際も、山手の地域は大雪状態で驚かされた。今日になっても降り続いていて、わが家の周りも二〇㎝近くの積雪になっている。明日までの寒波だと予報が出ているが心配である。

いよいよ年末だ。今年もいろいろなことがあったが、概ね良い年であったと思う。有り難いことだ。家族が元気で市政が順調で、わが国が平和で活力があれば大満足だ。雪のことを心配しつつ、今日から年末年始の冬眠に入ります。良いお年を！

二〇一九年（平成三十一年・令和一年）

一月

平成が終わる

年があらたまって平成最後の年を迎えた。あの日から三十年が過ぎたのだ。昭和天皇が崩御されたのが、昭和六十四年一月七日土曜日の早朝だった。その日から日本中が喪に服し、歌舞音曲を自粛し、静かにその死を悼んだのだった。僕はその時三十六歳だったが、起こったことを厳粛に受け止めつつ、初めて経験する歴史的な変化にいささか狼狽（うろた）えていた。やがて元号が平成と定まり、新しい時代が動き出したのであった。そして今年、あの日から三十年の時が巡り、今上天皇の退位が予定され、平成の時代が終わることとなる。

この平成という時代には、大きな出来事がたくさんあった。例えば消費税のスタート、数次にわたる政権交代、小選挙区制の開始、郵政民営化、自衛隊の海外派遣、北朝鮮による拉致事件の表面化と一部被害者の救出などであり、昭和時代後半との大きな違いを意識させられる。東日本大震災や原発事故をはじめとする大災害の時代でもあった。いつも穏やかな天皇皇后両陛下のお姿のような表情を見せながらも、時には荒れ狂う激動の時代であったと思う。

わが家の次女は平成元年生まれである。したがって、わが家族にとって平成という時代は、次女の三十年の成長の時代であるとも言える。僕自身にとっても、亡き妻にとっても、長女にとっても、両親にとっても、同じように流れて行った平成の三十年間である。それでもその平成の時代は、次女にしてみると、生きてきた全ての時間なのだ。今、僕は平成の時代を、次女の成長をなぞりながら思い起こしている。いろんなことがあったけれど、わが家の三十年の歴史なのである。そしてわが家は、大正生まれから平成生まれまでの各世代が揃って、新しい時代に進んで行くのだ。

元号が変わるという機会に、天皇陛下が和歌をお詠みになると思われるので、ここでおさらいをしてみたいと思う。

天皇陛下の詠まれた和歌を御製（ぎょせい）といい、皇后陛下の詠まれた和歌は御歌（みうた）、その他の皇族の詠まれた和歌は、お歌（うた）というのである。このことはあまり知られていないように感じる。あるいは誤って使われていることもある。情けないことだ。この際だから御製、御歌、お歌を使い分けることができるように理解しておきたいと思う。

明治天皇は生涯に一万首もの御製を残されていて、和歌の天才だと言われている。大正天皇は漢詩をよくされ、詩集も発行されている。ちなみに天皇の漢詩は御製詩という。あまり知られていないけれど、呉羽山に大正天皇の御製詩碑がある。一度ご覧になることを勧めたい。今は解散してしまったけれど、以前はこの碑を守るために、婦負郡行啓記念会という社団法人があった。

僕は皇后陛下の御歌を編まれた本を持っているので紹介したい。扶桑社から出ている『皇后宮（きさいのみや）美智子さま 祈りの御歌』(竹本忠雄 著)というもの。フランス文学者が御歌を解説しているもので、奥が深い。良書だと思う。一読をお勧めします。

女の階段　　二月

「日本農業新聞」に〈女の階段〉という読者の投稿欄がある。一九六七年から今日まで続いている歴史のある投稿欄なのだ。このコラムを創設した編集者は、次のように綴っている。農村生活をしながら、喜びや悲しみや苦しみを胸に秘めて、人生の階段を一歩一歩、上っている農家のお母さんたちの姿が目に浮かぶようだったので、〈女の階段〉というタイトルにした、と。そしてこの〈女の階段〉の五十年間の投稿文を分析した『農家女性の戦後史』という書籍が出版されている。

このコラムの初期の投稿者は、敗戦直後に農家に嫁いだ女性たちであった。そこから読み取ることができる特徴を、次のようにまとめることができると思う。女性農業者は、まず農業生産に従事する労働者であった。そして農家の嫁としての役割は、農家の後継者を産み、育てることであった。農家であれ商家であれ、当時は家族が一つの経営体としての存在であった。その経営体の中で働きながら、家事も育児も介護も専一的に担いながら〈女の階段〉を上ってきたのが、この世代の女性たちであった。僕の九十歳の母もまさにこの世代である。この世代の女性は、男女同権と言いながらも、男性優位の時代の不条理さを感じながら生きてきたのである。

その不条理さは少しずつ改善されながら、時代は移ろってきたのだ。例えば僕の姉は僕より五歳上だが、高卒で就職している。それが当たり前の時代だったのだ。僕の中学の同級生の女子の大学進学率は、おそらく二〇%を下回っていたと思うが、最近のそれは五〇%を超えているというデータもある。その限りにおいて、男性優位社会は少しずつ改善されてきているのだろう。しかし社会においても家庭においても、まだまだ機会や負担に男女間の偏重が残されていることも実態である。

そのことは男女の差別の解消が進んでいると思われるアメリカ社会にあっても同様なのだ、と思わされる映画に出会った。全米で大ヒットしたドキュメンタリー映画の『ＲＢＧ』がそれである。一九九三年に任命されて以降、現在まで女性の地位と権利の擁護のために、闘い続ける八十五歳の現役最高裁判事の、ルース・ベイダー・ギンズバーグの生涯を辿っている作品だ。鑑賞をお勧めしたい。

いずれにしても、性差による偏重を解消するための努力は、不断に続けられなければならない。男性の家事労働時間や育児時間が長い国ほど出生率が高い、というデータもある。男性の一人として、自らのライフスタイルを謙虚に振り返ってみたいと思う。

最近になって、潜在している問題として、夫の海外駐在に帯同する駐在妻が抱える課題について気付かされた。共働きが一般化した現代の社会であるのに、多くの駐在妻にとって、夫に帯同することは自身のキャリアの中断を意味することになるという課題である。多くの企業が社員の海外駐在に妻の帯同を求めていることから生じる現象だ。

この点について、富山市には配偶者同行休業という制度がある。市の職員が、外国で勤務する配偶者と生活を共にするために、三年を限度として職務に従事しないことを可能にする制度である。三年以内に帰国すれば市職員として復職することになる。女性職員にとってキャリアの中断にならない良い制度であると思っていたが、今年度、ついにその制度を利用する第一号女性職員が誕生し、すでに海外に移住している。

階段を一段上ったと言ってもいいのではなかろうか。

Mind your manners.（マナーに気をつけて）　三月

僕は学生時代に、短い期間だけれど、ある団体の代表者の運転手をしていた。仕事がら有名ホテルや議員会館などの駐車場にも出入りした。この時に高級車の運転を仕事にしている運転手の人達から、運転技術の指導を受けるという大変良い機会を得た。免許を取得してから日の浅い大学生の僕の運転が、危なげで見ていられなかったのだろう、手取り足取りといった具合に徹底的にテクニックを仕込まれた。

おかげで今まで大きな事故を起こすことなく運転してくることができた。基本的に僕は、急発進することや急ブレーキを踏むこと、急ハンドルを切るということがない。どんなに急いでいても静かに運転する。同乗者が車酔いすることなく安心して乗っていられるような運転を、いつも意識している。若い時の経験が生きているということだ。

若い時に仕込まれたのは運転技術だけではない。大切なことはマナーを守ることだと教えられた。走行上の優先権の有無よりも、走っている複数の車の競合状態の中での、全体利益の最適化を考えろと教えられた。みんながマナーを守れば、そして譲り合えば、快適にかつスムーズに運転できるということだ。

教えられたマナーの中には、当然に駐車マナーも含まれる。駐車スペース枠をはみ出さない。白線に沿って真っ直ぐに止める。なによりも障害者等用駐車スペースに、健常者である僕が止めてはならない。あたり前のことだ。

ところが世の中には、この障害者等用駐車スペースに我がもの顔で止める不適正利用者がいる。おそらく、ハンディがある人のためのスペースであると知りながらの不届きな振る舞いであろう。こういう人たちに注意と反省を促す目的で、市内の商業施設や公共施設に障害者等用駐車スペースであることの案内標識を設置し、さらにマナーを守ることを訴えるポスターを掲示するというキャンペーンを、数年前に市の施策として行った。キャンペーン実施前の調査では、不適正利用率が、つまり不届き者の使用率が七割を超えていたのだが、実施後の調査では、マナーが改善したという回答が四割を超えていた。結果を見る限り、マナーを守るための運動をすることに意味があるということだ。

報道によれば、県が今度「パーキングパーミット」と呼ばれる駐車スペースの適正利用を促す制度を導入するとのこと。利用できる対象者に利用証を交付する制度らしい。数年前に市が行ったキャンペーンでも分かるように、啓蒙活動を継続すれば成果が出るのだ。県の制度に協調しながら、市としても更なる取り組みを考えていきたい。

僕がこれは良くないマナー違反だと思っているものを、もう一つ挙げておきたい。それはコンビニとかラーメン店などのお店で、交差点の角にあり、かつ広い駐車場を備えているお店の駐車場を、交差点の赤信号で止まることを避けて、勝手に斜め横断していく横着者の運転態度のことである。そのお店の利用者が普通に歩いて利用している中を、猛スピードで突っ切っていく車に遭遇すると、驚くと同時に呆れさせられる。緊急性の無い時でも、よそ様の土地を勝手に横切って、信号の停止時間を免れようとする車には呆れるばかりだ。私有地に無断で侵入している行為だと思う。社会の一員としての当然のマナーを守れない不適正ドライバーに、猛省を促したい。そんな小さな近道、ショートカットをすることで、人としての品格や評価を著しく落としていることを知るべきだと言いたい。

ドライバーマナーを大切にしたいものだ。

平成最後のチンドン

四月

今年のチンドンコンクールは、四月五日(金)から七日(日)までの三日間。一方、今年は暖冬だったので、桜の開花が例年より早くなるだろうと予想されている。開催時には桜が散ってしまっているのではないのかと心配しながら、三月半ばにこの稿を書いている。平成の御代(みよ)で最後のチンドンなのだから、満開の桜の下で夜桜流しが見られると良いのだがなあ…。

そんな心配を口にしていると、なぜ富山市でチンドンコンクールが開かれているのかと、訊ねる人に出会った。十年ほど前に詳しく背景を書いたことがあったが、時が移ろうと分からない人が増えてしまうことに気付かされた。そこで今回の稿は、以前に書いた文章を下敷きにしながら、もう一度チンドンについて述べることとしたい。

大空襲で焦土と化した富山市は、再建の槌音を響かせながら、昭和二十七年四月二十八日の平和条約発効の日を迎えた。この日をもって米軍による占領が終わり、わが国は完全なる主権と独立を回復したのである。そして富山市はここから大きく動き出すこととなる。当時の富川市長は、復興のシンボルとして、昭和二十九年の富山産業大博覧会の開催を決定する。そしてその関連施設として、公会堂と富山市郷土博物館、すなわち富山城天守閣を建設していったのである。江戸時代の富山城には天守閣はなかったにもかかわらず、米軍からの解放を喜び、日本人の心を再生させるシンボルとして天守閣を作ったのである。このときの富川市長の思いを忘れてはならないと思う。

やがて昭和二十九年四月十一日に富山産業大博覧会は開会し、五十五日間で百万人の入場者数を記録するという大成功を収めた。実はこの博覧会の宣伝のために、三人構成のチンドン屋二組が県内を回ったことが記録されている。

その後、博覧会後のエアーポケットに落ちたかのように、消費が冷え、商店街が沈滞する時期を迎える。そこで当時の商工会議所副会頭の瀬川朝秀氏が、チンドンコンクールの開催を思いついたとされている。チンドン屋が多いわけでもない富山で提案した同氏には、博覧会宣伝時のチンドンの記憶があったのかも知れない。やがて昭和三十年四月に、全国チンドンコンクールという他に例のないイベントが、いよいよ幕を切ったのであった。

　そして昭和から平成へと長い歴史を刻んできたのである。その間、長く裏方として、このイベントを支えてきた高沢滋人氏の功績を忘れてはならない。司会・進行役、審査委員長として活躍された。何よりも全国から参加されたチンドンマンの協力が大きかったと思う。平成十年からは素人チンドンコンクールも併催。チンドンは富山を代表する大イベントとして進化したのである。平成十七年には、サントリー地域文化賞の受賞もしている。昨年九月には「全日本チンドンコンクール」の登録名で商標登録の出願をし、現在審査待ちのところである。最近は予選を四ブロック各八チームに分ける方式として、プロの参加チームは三十二チームとなっている。コンクールの会場が富山県民会館なので、雨天でも開催できるうえに、街流しやチンドン大パレードなどと一体に楽しむことができる。市民の皆さんには、仮に桜が散ってしまったとしても各会場に足を運んで欲しいと思う。

　ところでオープニングパレードのスタート時に、チンドンマン全員で大合奏される「竹に雀」というお囃子をご存じだろうか。チンドンの世界のテーマソングである。数年前まで、僕自身がソプラノサックスを演奏して職員とともに参加していたのだが、僕の練習不足が露呈して取りやめとなった。僕の演奏は人前で披露できる水準じゃないからねえ…。笑いは取れるかもしれないけれど。

『生き心地の良い町』　六月

新元号になって書く最初のエッセイが、この内容で良いのだろうか、と思いながら重い筆を取っている。重いテーマではあるけれど、極めて重要なことであり、そして富山市における状況が改善傾向にあることを考え、思い切って書いてみることとした次第。

その重いテーマとは、自殺死亡率についてである。実際の死亡者数を人口十万人あたりに換算したものが自殺死亡率である。一般にはあまり知られていないのだが、全国の自殺死亡率が毎年減少傾向にある中で、富山県と富山市の数字は全国の数字を超えていた。ところが富山市の率が、三年前から全国の数字を下回っているのだ。自殺対策は、特効薬のように即効性のある取り組みを見つけることが難しく、地道に対応していくしかない。悩みでうつ状態になっている人を温かく見守ってあげて、少しずつ悩みを和らげ、笑顔に導いていくことが大切である。そのためには対人関係の改善と地域での連携がポイントになる。

何とかして富山市の改善傾向をもっと伸ばしていきたいと思っていたところ、『生き心地の良い町』という本に出会った。そして驚くほど自殺率の低い町の存在を知った。それは徳島県にある旧海部町（かいふちょう）という町である。今は両隣の町と合併して海陽町（かいようちょう）となっているのだが、海部町を挟む二つの町の自殺率が、全国平均値より高い地域であるのに、中間にある海部町だけが突出して低いのだ。もちろん人口が三〇〇人くらいの離島の村で、三十年間自殺者が一人もいないという例はあるのだけれど、陸続きでありながら、ある町だけが極端に低いということは、その町の暮らし方や地域性に秘密があるということになる。そんな興味からこの本をじっくりと読みこんだ。

総面積二十七平方キロメートルという小さな町である。そして合併時の人口は約二六〇〇人ということ。そのうえ住民のほとんどが、長屋のようにびっしりと連担した二階建ての住宅群に住んでいる。多くの家庭が漁師であり、男性は早朝に漁を終えると、昼寝をしたりしながら網づくろいをして談笑をする。女性は共同の洗濯物の干し場で世間話をする毎日。夕食の準備中に赤ん坊が泣いていると、隣の家のお婆ちゃんがあやしに来てくれるような地域なのだという。要するにみんなが一つの家族のように、地縁性が強い地域だということだ。なるほどねと思いつつ、逆の見方をすれば、過干渉で鬱陶しい社会じゃないのかと心配にもなる。

百聞は…の例えもあると思って、この町に行ってきた。町をブラブラと歩き、漁港で共同作業している様子も見てきた。本での予備知識があったものの、街並みは想像以上の過密ぶりであった。人口密度が極端に高い地域なのだ。宿泊した宿では何人ものスタッフに話を聞いた。「この町ではみんなが自由気ままに生きている」「お互いに多様な生き方を認め合っている。だから老人クラブの加入率が低い」という声がある一方で、朋輩（ほうばい）組という相互扶助組織があって、それが地域活動を支えているという。そしてそれぞれの人が主体的に地域にかかわっているらしい。だから「どうせ自分なんてと考えない」のだという。

二泊三日の訪問では謎が解ける訳がないのだけれども、この町は何かが違うな！　と感じて帰ってきた。帰りしなに若いママに出会った。ベビーカーを押しながら明るい笑顔で挨拶をしてくれた。清々しい思いにさせられた。

いずれにしても、富山市の改善傾向を確かなものにしなければならない。そのためにも、明るい笑顔で自然に挨拶が生まれる地域を作っていきたいものだ。

「令和」になって明るい雰囲気に満ちている。明るい時代にしたいと強く思う。

七月

カラスに告ぐ

富山市は城址公園内にカラスの侵入禁止看板を設置した。カラスは文字を読めないのだから、看板に意味があるのかと訝る人が多いと思うけれど、それなりのねらいがある。本稿ではその背景をお伝えしたい。

城址公園の周辺では、夕方になるとたくさんのカラスが集まってくる。公園内の樹木だけではなく、ビルの屋上などにおびただしい数のカラスが羽を休めることとなる。このカラスたちは早朝に餌を求めて飛び立ち、市域を超えて飛び回り、そして夕闇が訪れると、ねぐらとなっている城址公園界隈に帰巣するという行動様式をとっているのだ。

しかし数年前までは、もっと多くのカラスがうるさいくらいに鳴き声をあげながら、城址公園あたりを埋め尽くしていたのだ。あのヒッチコック監督の名作ホラー映画『鳥』を思わせる有様だった。あの映画の中の鳥のように集団で人間を襲うということはなかったけれど、頭を突っつかれたり糞を落とされたりという被害が時おり発生していた。公園管理者である市としては、看過する訳にはいかないので檻を設置したり、カラスが嫌がる忌避剤をまいたり、巣を取り払ったり、夜間に強い光をあてて追い払うとかというふうに、いろいろな手立てを講じてきたのである。

その成果は、城址公園周辺におけるカラスの生息数調査結果にはっきりと表れている。ピーク時の平成十九年には一一〇〇〇羽ほどのカラスが確認されていたものが、年々減少し、今は三五〇〇羽程度になってきている。

しかしそれでも、まだまだ看過できない生息数だと思う。新幹線開通後、県外や国外から訪れる観光客が増えていることを考えると、もっと思い切った対策を取ることが必要だと判断し、平成二十九年から今年度までの三年間に、八〇〇〇万円以上の予算を計上した。今年もこの予算を執行しながらカラスの捕獲や巣の撤去などを行っている。成果としては一年間に二〇〇〇羽を超える捕獲実績が出ている。

それだけ捕獲しているのにもかかわらず、生息数を三〇〇〇羽以下に落とすことができない。何故なのだろうか。その理由の一つとして、(僕には理解できないことだが）ある行為が影響しているのである。なんと城址公園周辺や松川沿いの歩道などで、積極的にカラスに餌をやっている人たちがいるという実態があった。捕獲や追い払いをしても、一方で餌をやる人がいたのでは、カラスの生息数を減らすことは難しい。そこで給餌をやめて欲しいとお願いすることとしたが、ハトに餌をやることは良くて、カラスに給餌することがなぜ駄目なのか、と反論されると規制する術がなかった。

そこで条例で禁止することとなった。三月議会での議決を経て、この七月一日から富山市カラス被害防止条例が施行された。この条例により、給餌によりカラス被害を生じさせてはならないこととなった。つまりどんなにカラスが好きな人でも餌をやることはできない、ということだ。もしもこの条例を守らない場合、罰金を科せられることもあるので注意してほしい。冒頭に書いた侵入禁止看板は、そのことを周知するためのものなのである。たとえ蚊さえも殺さないという強い動物愛護精神の持ち主であっても、カラスに餌をあげるという行為はしないでいただきたい。条例で禁止したねらいを、是非ともご理解願いたいと思う。

設置された看板は全部で三種類。それぞれの看板には次のように書かれている。

①「カラス居座リ禁止」

②「城下ニオイテ烏（カラス）為ルモノニ餌ヲ与エル事ヲ禁ズ」

③「烏（カラス）ニ告グ　ココデ餌ヲ食ウベカラズ」

遊び心に満ちている看板である。頭の良いカラスが理解してくれると最高なのだがなあ。

八月

新しい朝がまた来た…♪

八月五日に環水公園の親水広場で、二〇一九年度夏期巡回ラジオ体操・みんなの体操会が開催される。（この号の広報とやまが配布される頃には、すでに終了しているかも知れないけれど…）

夏休み期間中に指導者やピアノの演奏者などが全国を巡回し、それぞれの地域の住民が、会場で一斉にラジオ体操する様がNHKのラジオ放送で生中継されるあの企画である。十年以上前に早朝から参加した記憶があるので、富山市で開催されるのは久しぶりということになる。できれば当日に多くの人に参加してほしいものだ。そんな思いもあって、この稿はラジオ体操について述べてみたいと思う。（十年以上前に「新しい朝が来た…♪」というラジオ体操の歌の歌いだしを引用したタイトルでエッセイを書いていたので、今回のタイトルを「新しい朝がまた来た…♪」として遊んでみました）

調べてみるとラジオ体操の起源は、大正十二年に逓信省の課長が、アメリカ出張の際に知ったアメリカ版ラジオ体操を紹介したことに遡る。それを受けて、文部省が昭和三年に「国民保健体操」の名前で発表。その後、天皇の御大典記念事業の一環として、東京で放送が開始された。全国放送として定着したのは昭和九年以降であった。その後、終戦でいったんは中止となったものの、昭和二十六年に現在のラジオ体操第一が制定され、翌年に第二が制定された。そして昭和二十八年に、夏期巡回ラジオ体操会が開始されている。

ちなみに現在のラジオ体操の歌は、昭和三十一年に藤浦洸（ふじうらこう）作詞、藤山一郎作曲で作られている。

子どもの頃になじんだ歌は今も忘れていないし、そもそも何故か僕はこの歌が大好きなのだ。同じように「若い力」とか「富山県民の歌」とかも大好きなので、死ぬまで忘れないのだろうなあ。

閑話休題

そして、全国の町内会や自治会で行われているラジオ体操の会は、昭和五年に神田万世橋署の面高（おもだか）という巡査が「早起きラジオ体操会」を実施したことが起源とされている。僕は子どもの頃から早起きだったので、この行事が大好きだった。体操の後に列に並んでハンコを押してもらい、得意げに帰宅していたものだ。

ところでラジオ体操第三というものがあったことを、ラジオ体操の歴史を調べて初めて知った。動きが複雑で躍動的すぎたため、ラジオの音声でその動きを伝えることが難しく、普及しなかったらしい。その後、平成十一年には「みんなの体操」という座位の体操が作られている。不明にもこのことは良く知らなかったのだが、おそらくテレビ体操の時間に放送されている、椅子に座って行う体操に違いない。

さて、山行の楽しみの一つに朝のラジオ体操がある。早朝の山並みの景色を楽しみ、爽やかな空気を吸い込もうと散策している人たちが、ラジオ体操の開始を告げる音楽が流れてくると、自然に並びはじめ、ラジオから流れる名調子にあわせて、見知らぬ者同士で一斉に体操を始める。日頃あまり体操をしない人も含めて、老若男女を問わず、心が通じているかのように真面目に体操をする様子は、感動的でさえある。一緒にやってみると、うろ覚えだった第二体操までやれるのが不思議である。

ラジオ体操は、日本人のほとんどが共有している一つの文化だと言っても良いと思う。日本人が世代を超えて共有している記憶なのである。僕は見知らぬ同士がラジオを前にして共有できるこの記憶を、大切にすべきだと思う。

この話をある人にしたら、富山駅の中で進行中の、路面電車の南北接続工事の現場でも、始業前にラジオ体操が行われていると教えてもらった。恐るべし!ラジオ体操。

九月

早朝除草作業に嵌(はま)ったか?

十数年前に「草むしりは奥が深い」というエッセイを書いた。そのエッセイでも述べている筈(はず)だが、実は僕は草むしりが好きである。いや、長い間自宅の庭の除草はシルバー人材センターに任せていて、自分では作業をしていないのだから、かつては好きだったと言うべきか。長く人任せにしながら、そんなことを言ってもにわかに信じてはもらえないとは思うけれど、二十年ほど前までは、早朝によく庭に這いつくばって草むしりをしていたものである。もちろん汗みどろになるし、腰は痛くなるし、爪に泥が入り汚くなる。それでも僕は草むしりが本当に好きだったのだ。

何が面白いのか？　上手く説明できないのだけれども、雑草の根の先まで引き抜くことができた時の満足感、とでも言えば良いのだろうか。微妙に指の力を加減しながら引き抜いて、根っこの先まで取れた時の快感は何とも言えないものがある。一方、草は取れても根っこが残った時は不満が残る。だから作業には集中力が求められることになる。その結果、一時間ほども続けていると無心になれるのである。ストレスや雑念が消え、心が解放されると言ったら言い過ぎか。

そうは申せ、実際には随分長い間、その作業を人任せにしてきたのである。ところがここにきて、庭の草むしりとは違うかたちの除草作業に、時間を割く必要に迫られることとなってきたのだ。それは自宅の隣にある梨畑の除草である。父が今まで老体に鞭打ちやってきてくれていたのだが、九十五歳の身には重い作業だと愚息がやっと気付き、遅ればせではあるけれど、僕が始めることとなった。

まずは、父が使ってきた乗用の除草作業車を使ってみた。車高の低いゴーカートのような作業車で、畑の中を縦横に動いて除草していく。結構面白いのだが、梨の樹体や鉄線棚の支柱などにぶつからないように注意をはらうことを学ばされた。これだけでは樹体の際までの除草ができないので、次はよく使われている刃が回転する刈払い機の登場である。僕は早朝にしか時間が取れないので、近所迷惑にならないように、バッテリー式のものを購入し、刃ではなくナイロンワイヤーを回転させる方式で作業をすることとした。さらには、除草剤を噴霧して面的に草を枯らすことも必要だ。父が使ってきた噴霧器があるのだが、初心者である僕に大容量のものは向かないと考え、これもまた充電式の七リットル容量のものを購入した。

同時に、知人が勧めてくれた除草剤を買ったのだが、その際に面白い体験をした。不明にも購入に印鑑がいることを知らなくて、出直そうとしていると、鍵のかかった保管箱の上に「六番レジの横に認印売り場があります」と記載されているのを見つけて、驚くと同時に笑ってしまった。

いずれにしても、そんなこんなで道具をそろえながら、僕の除草作業が始まったのであった。前述の庭の草むしりと違って、面的に刈ったり枯らしたりするという作業だから、根っこを引き抜くという快感はないものの、結構無心になって作業をすることができ、なかなかに楽しい時間となっている。雑草にあわせての除草剤の希釈率など、勉強しなければならないことが沢山あるけれど、楽しみながら経験を積んでいきたいと思っている。

実はこの稿を、三日連続で早朝除草作業をした午後に書いているのだが、今朝、娘に次のように注意された。「いつもと違ってお父さんが後からお風呂を使うので、バスタブを洗えない。今日は洗っておいてね！」と。今朝は除草で出た汗を、お風呂で流した後、汗をかきつつお風呂掃除ということになった。それもまた楽しい作業ではあったけれど…。

十月

仲良し友達親子

今年も新規採用職員の採用試験のための面接をこなした。初めて市長として採用試験の面接に臨んだ日から起算すると、十七年経ているのだから無理もないのだけれど、年々、受験者の若者と僕との年齢差に驚かされる。彼らにしてみると、親よりも年長の年寄りにあれこれと質問されるのだから戸惑っているのだろうなあ。一方の僕にしてみると、面接は若者たちのまぶしい若さに圧倒されてしまう時間なのである。毎回感じさせられることが、もう僕が失くしてしまった若さが惜しいということだ。日頃から、老人クラブの中の青年団だ！などとうそぶいていても、若者の瑞々しさの前では老いを感じさせられる。あたりまえのことだけれど…。

さて、今年の受験者の中に驚くべき苦労人がいた。県外から富山大学に入学し、食費も家賃も被服費も遊興費も、すべてアルバイトで賄ってきたというのである。シングルマザーの母には負担させられないから、自分が働いて生活費を作るのは当然のことだ、と外連味なく話した。僕の学生時代の、親の援助を前提にした自堕落な日々と比べると、なんという違いなのかと思わされた。若者の頑張りに圧倒されてしまった。たまにこういう若者に出会えることが面接試験の楽しみでもある。

もちろん他の受験者も、面接試験への緊張で硬くなりながらも、輝く若さを発揮してくれる。誰もが誠実さやひたむきさを発してくれて気持ちが良い。みんな良い若者ばかりだ。

でも、男女ともに多くの受験者が、市内の高校を出て地元の富山大学に入り、卒業を前にして富山市役所を受けにくる、そんな、親に心配も負担もかけなかった〝いい子〟が大多数なのである。世の中は、一人暮らしの経験がなく、自分の生活費の心配をしたこともない、ひょっとしたら一人旅もしたことのない〝いい子〟が増えているのかも知れないなあと感じさせられる。悪いことじゃないけれど、物足りなさを感じるのは僕だけだろうか。

以前に、富山大学の入学式には、学生の数より多い保護者が夫婦連れで参加していることに驚いたというエッセイを書いたが、今は高校の入学式や卒業式に、親のみならず祖父母が来ることが普通にあるのだと聞いて、更に驚いてしまった。親が働いているので、小さい時から祖父母が面倒を見てきたからか。そういえば市役所の近くで、孫の塾での学習が終わるのを待つため、時間貸し駐車場があるにもかかわらず、堂々と迷惑駐車を長時間している高齢者を見かけるのはしばしばだ…。

見方を変えると、一人っ子を両親のみならず祖父母も一緒になって大切に育て、いつも仲良くほのぼのとした家庭の中で、暖かく養育された〝いい子〟が増えているのではなかろうか。ある時に読んだ高校の先生たちの談話集に驚かされた。いわく、「最近の子供たちは親に対する反抗期がない。親も反抗期がないことを自慢している。そもそも父親も母親も子供を叱らない。子どもは叱られたことがないから、教師が注意すると驚いた後に泣き出したりする。反抗期がないということは、壁にぶつかったことがないということ。全部親が決めてくれている。そして自分で決められないのにすぐ人のせいにしてしまう、そんな傾向の子供が増えているのが心配だ」と。反抗期がないまま親子で仲良く過ごし、反発しないまま友達のような親子関係が出来上がり、祖父母もそこに加わり、諍(いさか)いも反発もない、穏やかで平和な家庭が増えていく。タイトルに書いた「仲良し友達親子」の、あるいは「仲良し友達家族」の出来上がり…。良し良し。

「仲良きことは美しき哉」と武者小路実篤は言ったけれど、荒野を歩む強さを育むことも必要では？

仲良きことだけで良いのだろうか…？

お洒落な？体験談　　十一月

ちょうど十年前のことになるが、職員の有志とポートランドやサンフランシスコに視察旅行に行ったことがある。その時の面白いエピソードを披露したいと思う。

僕らはポートランド空港で出発を待ちながら、飲食をしていた。やがてウエーターが笑顔で近づいてきて「君らは素晴らしい友達がいるね。君らの飲食代は、先ほど店を出た人が済ましていったよ。ラッキーだねぇ」と告げてくれた。僕らは何が起きたのか分からずにいたのだが、確認してみると、見ず知らずの白人の男性が、僕らに御馳走してくれたということであった。それも僕らには何も言わないで、黙って支払いを済ませてくれたのである。確かにラッキーではあるが、釈然としないでいると、となりにいた白人女性が「彼は日本語が凄く分かる人で、あなた達の会話を聞いていて思うところがあったのではないのか？」と推測してくれた。

僕らはその時、ポートランドの交通政策や街づくりの素晴らしさを絶賛していた。また職員の対応を褒めちぎっていたのだった（もちろん富山弁で）。おそらく彼女の推理どおり、富山弁の会話を理解できるほどに日本語が上手な白人男性が偶然にとなりのテーブルにいて、僕らの会話の内容を嬉しく受け止め、黙って御馳走してくれたということなのだろう。

もしも僕が彼の立場だったら、一緒に会話に加わったうえで、これ見よがしに支払いをしたに違いない。それにひきかえ、黙って支払うという大人ぶりのスタイルには驚かされてしまった。こういうのをお洒落とかダンディズムとかと言うのだろうなあ。真似ができないけれど、いつかどこかで富山市の取り組みを評価してくれる外国人の会話を耳にしたならば、お返しをしたいものだと思っている。

次は数カ月前の出来事。あるお店で知人とお酒を楽しんでいると、やがて若いカップルが来て、店主夫婦と談笑を始めた。聞いてみると、男性の方がかつてこの店でアルバイトをしていたとのこと。その彼が同行の女性にプロポーズをしてＯＫを貰(もら)ったので、かつてお世話になった店主夫婦に報告に来たのだということだ。店主夫婦だけじゃなく、お店の客全員が驚き、そして温かい目で二人を見つめ、おめでとうと言って祝福したのだった。僕はやりすぎかなと思いつつ、シャンパン一本をオーダーし、みんなで乾杯をして若い二人を祝福しようと提案した。そして厨房にいたスタッフも含めた全員で、二人の未来が輝くように願ってグラスを空けたのだった。二人はすごく喜んでくれ、僕らはみんな幸せな気分になることができた。僕もそれなりにシャンパンをお洒落に使える大人になれたのかな?と思った次第。

最後は数日前のエピソード。高岡にある馴染みのお蕎麦屋さんでの出来事である。近くにあるショッピングセンターが増築オープンしたため、周辺の道路が大渋滞であった。店内に関西風の言葉で話す家族連れのお客さんがいた。そのうちに食事が終わり、精算をしながら店員と話す男性の口から、京都に向かうため、北陸自動車道高岡砺波スマートインターに行きたいという声が聞こえた。僕はこっそり他の店員を呼んで、渋滞を避けるためには能越自動車道の高岡インターに向かう方が良いと教えてあげたら良いのでは、と告げた。すぐに気付いた彼女は、その旨を伝えるため京都からのお客と話し始めた。やがて彼らが店を出る際に「親切な良い店だね」と話しているのがかすかに聞こえた。僕と店員とは目を合わせながら小さく笑っていた。以前の僕なら京都へ向かうお客に直接伝えていたに違いないと思うが、今回少しはお洒落に対応できたのかな? ポートランドの彼には遠く及ばないけれど…。

十二月

お迎え用ではありません

過日、初めてネパールに行ってきた。機内からエベレストが見えないかと期待していたのだが、残念ながら厚い雲に覆われていた。それでも首都であるカトマンズの熱気あふれる喧騒に驚かされ、圧倒されて帰ってきた。道路整備が不十分なうえに信号機が無い中を、おびただしい数の車とバイクと歩行者がうごめいていた。時折、日本の協力により設置された信号機があるのだが、まったく作動していなくて、警察官が交通整理をしていた。ほとんどセンターラインも消えかけているような道路を、まるで無秩序状態で大量の車が走行しているのである。

案内してくれた人に聞いてみると、接触事故はあるものの、人身事故はほとんど無いと言う。不思議な思いで交通の状態を観察していると、あることに気付いた。車のドライバーもバイクも歩行者も、ギリギリのところで微妙に譲り合っているのである。自分に優先権があると主張するのではなく、交通全体がスムーズに流れることを優先しているとでも言うべきか。つまりみんなが全体の利益を考えているのだろう。ひょっとしたら見習うべき文化ではないのかと思わされた。

一方、富山の交通事情はどうか。富山は道路整備率、改良率、舗装率が全国でも比較的高い地域であり、歩道の整備も進んでいる。また道路交通法や条例などによって、交通に関するルールが徹

2019年

底しているし、安全対策も施されている。ネパールとの彼我の違いは大きいものがある。にもかかわらず、人身事故が後を絶たないのは何故なのだろうか。ここに僕たちが考えなければならないポイントが潜んでいると思う。交通ルール上の優先権意識がはたらいたり、自らが譲るという意識よりも、相手が譲るべきだという意識が勝っているということがあるのではないのか？　全体の利益のために、お互いに譲り合うという運転姿勢が求められていると思うのだが…。

譲り合うどころか、目を疑う運転姿勢のドライバーを見かけることとさえある。最近話題になることが多い、あおり運転がその一つだろう。車に乗ってドアを閉めた瞬間に匿名性が高くなり、性格が急変して乱暴な運転に繋がっているケースも多いのではないだろうか。車体に運転手の住所と名前を表記しないといけないことにでもすれば良いのかもしれないな。

以前にも書いたことがあるが、赤信号で止まるのが嫌で、交差点の角にあるお店の駐車場を、勝手に斜めに横断していくという横着者も目につく。そのお店の利用者が歩いているにもかかわらず、猛スピードで突っ切っていく車には呆れてしまう。猛省を求めたい。

ちょっと趣きが違うけれど、富山駅の降車用駐車スペースの使い方に触れてみたい。富山駅には新幹線や在来線に乗るために車で送ってもらった人を降ろすためのスペースがある。電車の出発時間ぎりぎりに到着した人でも慌てずに降車できるようにと設けたものだ。ところがこのスペースで、新幹線などで到着した人を迎えるために駐車している車が後を絶たない。お迎え用の車は、別に設けられている二十分間無料の駐車スペースを利用してほしいと思う。送車と迎車のスペースの譲り合いということだ。これから雪の日や雨の日が多くなると、高校生を迎えに来た親の車のルール違反利用も増えると予想される。降車専用スペースがルール通り利用されることは、富山のイメージアップにもなることから理解願いたい。

過日、お迎えのために停まっていた車に、出張帰りと思しき男性が乗り込んだ瞬間に通りかかったので、迎えのために駐車してはならない、ときつく注意をしておいた。もう選挙には出ないと宣言した身としては、評判が悪くなっても一向に構わないのだ。いよいよ令和の打擲(ちょうちゃく)おじさんの出番か？

今週の一言

●1月4日

平成最後の年が明けた。おめでとうございます。今年も宜しくお願いします。五月一日に新しい天皇が即位され、新元号の時代になる。国民にも国自体にも大きな転換点になると思う。マインドフルな新時代にしていかなくてはならないと思う。先ずは平成最後のこの四カ月、しっかりと取り組み充実したものとしていこう。例年の年明けとは少し違う、逸(はや)るような、燃えるような、荒ぶるような思いが湧いてくる、そんな新年である。良い年にしたいと思う。

今年も年賀状を出さなかったのに、多くの人からいただいた。お心づかいに感謝、感謝。有り難いことだ。思いに応えなくてはと、気持ちを引き締めている。今年も宜しく願います。

●1月10日

インドネシアへの出張から帰ってきた。年があらたまった後の恒例行事である初市や出初め式という、風物詩とも言うべき早朝行事が続いた翌日の朝に出発して、ジャカルタに向った。前日までとの気温の差が大きくて面食らった。ジャカルタに一泊した後に、目的地であるジャワ島のスマラン市に移動。インドネシア政府の省庁幹部や海外機関も出席する、スマラン市主催の式典に参加した。富山市との連携事業を高く評価してもらったうえに、インドネシア国内のいくつかの市から、今後の富山市との連携の要請を受けた。中央政府からも強い要請があった。富山市内企業の海外ビジネスチャンスのために、今後とも海外連携事業に励みたいと思う。

さて、ジャカルタやスマランの国内線の空港内では、アルコールが販売されていなかった。ホテル以外の、飲食店や公式セレモニーの会場でも同様であった。やはりイスラムの国なのである。ヒンズーの国であるバリとは大きな違いがある。

公式行事が終わった後の僕らは、すぐに帰国のための移動にうつり、スマラン市の空港内のラウンジにお酒が置かれてないことに驚き、空港の中の幾つものお店で、ビールがないかと尋ね、ことごとく断られ続けた。空港だけじゃなく、市内の飲食店も基本的にはビールさえ無いとのこと。僕らの暮らしぶりとは大きな違いである。これがイスラムの国なのかと思い知らされた。

イスラム教徒じゃない僕らのような外国人には、特別に提供してくれれば良いものを、と愚痴を口に出してみて気が付いた。例えば、マリファナが合法化されている国の人が、成田空港や羽田空港内のラウンジや飲食店に、マリファナが無いことを愚痴っている様を思ってみればうなずけることだ。僕らがイスラムの国でアルコールを飲みたいと言っていることは、大麻・マリファナ・売春が合法化されているオランダ人が、わが国で薬や売春宿を欲しいと言っていることと同じなのだと。

酒量を落とすしかない、という環境に身を置いて良かったのかも知れないなあ。などと思いつつ、この稿を書きながら、杯を重ねている情けない自分がここにいる。あ～あ。これで良いのだろうか。思いは複雑である。

●1月15日

早朝から、神棚や仏壇に供えていたお正月用のお飾りやお酒をかたづけた。玄関に飾っていた羽子板などもしまった。暦のうえで、今日がそういう作業をする日として正しいのかどうか分かっていないのだが、三連休が明けて本格的に予算編成作業の開始日だからとの思いで節目に位置付けた。

続いて、昨日届いていた啓翁桜(けいおうざくら)を、比較的大きな花瓶にさして玄関に飾った。冬に咲く寒桜の切り枝である。毎年この時期に届けてもらうようにお願いしてある。わが家の歳時記である。すでに桃色に色づいている若芽もあるので、月末には満開の桜になるかもしれない。今のところ暖冬である今年の冬。このままで済むとは思わないけれど、わが家の玄関先に、春が来る日は近いのかも知れないな。今日から月末まで、ほとんど庁議室に缶詰め状態になりながらの作業が続く。頑張ろう。

●1月29日

昨日手にした本で面白い言葉を知った。〝あれおれ詐欺〟という造語である。「あれはおれがやった」「あれもおれがやった」とか「あれにもおれがかかわっていた」とか「……のお蔭で(おれが)あれを進めることができた」とかというニュアンスで、しょっちゅう自慢話をしたがる手合いを揶揄する新造語らしい。〝アレオレサギ〟という音と響きもなかなか良い。考えてみると、詐欺かどうかは別にして「あれおれ」タイプの人は世の中にいるものだ。結構身近にもいそうである。子どもの頃から、過ぎた自慢話ほどみっともないことはないと考えて生きてきたので〝あれおれ〟タイプの人の話を聞くのは結構つらい。忍耐が必要だ。その前に、他山の石ととらえて、わが身を自省するべきだな。

ものはついでの例えもある。この際だから僕の感性に合わないタイプの話しぶりを、もう一つ挙げておこう。それは同じ話を臆面もなく堂々と何度もする、厚顔無恥な話し手のことである。例えば何かの会場で、壇上に立って話をしなければならないとする。壇上から見渡した会場に、何度も一緒だった聴衆がいる。中には毎日のように同席している人もいる。そんな人がいたら、僕は前回と同じ話はしない。ましてや毎回同じ話をすることは、絶対に避けたいと思う。いつも会場の空気や雰囲気を見ながら、なるべくその場にあわせた話をすることが僕のスタイルである。いつもいつも満点は取れないけれど、なるべくそうありたいと思っている。

選挙の個人演説会の弁士に呼ばれると、同じ顔ぶれの弁士陣で、一晩に何会場か順番に回ることとなる。会場ごとの聴衆が違うのだから、全ての会場で同じ話をしても良いものだが、一緒に回っている弁士に、同じ話をしていると思われるのが恥ずかしくて、工夫をすることが大変だ。でもそれが僕の美学なのだ。前に聞いた人がその場にいると感じたなら、なるべく同じ様には話さない。それが僕のやり方なのである。

ところが、世の中には臆面もなく同じ話を繰り返す人がいる。何度も聞かされるので、こちらが覚えてしまうほどである。求められれば代役ができるほどだ。出来のいい話なのだから、同じ話を何度でも提供することが良いことなのだ、という考えに立ってのことだと思うけれど、僕のやり方とは大きな乖離（かいり）がある。なによりも、何度も同じ話を聞かされる立場としては、目を閉じて耳の感度を落とし、ひたすら時が過ぎるのを待っているのだ、ということに思いをして欲しいものだ。

僕らは耐えているのである。僕らは短くて面白い話を待っているのだ。丸谷才一さんのエッセイに『挨拶はむづかしい』というものがあったと思う。挨拶はむずかしい。せめて面白く楽しく話したいものだと思う。幾つになっても、出来のいい挨拶ができていないけれど、まあ死ぬまで勉強の時というところか。

●1月30日

もうすぐ一月が終わろうとしているのに､相変わらず雪が積もらない。朝、目覚めると畑や屋根の上に、うっすらと雪が積もり白くなっていることはあるものの、あっという間に溶けてしまう。日中にちらちらと降ることがあっても、積もる気配はない。除雪の心配をすることもまったくない。

おかげでわが家の新型除雪機も、出動の機会がないまま敷地の角に鎮座したまま。以前に、準備万端だからいつでもやって来いと雪前線に挑戦宣言をしたけれど、肩透かしにあっている。車庫の入り口に、電気で暖めて融雪するシートも設置したのだが、まったく用をなしていない。少しは活躍の場を与えてほしいものだ。新型除雪機は、導入の際に操作方法のレクチャーを受けたのだけれど、ほとんど覚えていないほどだ…。

今年の天邪鬼（あまのじゃく）な雪前線の耳に、僕のつぶやきが届いた場合に、反撃に出てくるかも知れないので、挑発はこれぐらいにしておこう。新車を購入したのに、ドライブ日和がやってこなくて、フラストレーションを溜めている若者の心理と同じか？　まだまだ若い？　いやいや、もう高齢者なのだから、落ち着いて雪を待つことにしましょ。雪よ来い。

●2月1日

一昨日、雪よ来い！と書いたら早速来ました。自宅の周辺はまだ除雪をするほどのこともないが、おそらく山手では除雪車が出ていると思う。今はもう雪がやんでいるので、わが家の除雪機はまだ出動せず。まあいいか。

二月に入ったので、早朝からお雛様が描かれた小さな屏風と、男雛、女雛の人形を飾った。かなり寒かったけれど、玄関が急に春になったようだ。今日がお雛様を飾りだす日として、伝統にかなっているのかどうかは知らないけれど、毎年二月の頭にこの作業をする。僕の中での歳時記である。季節感である。誰も訪ねてこない玄関なんだけど、今日から一カ月余の華やぎを楽しむこととしよう。

●2月17日

ある本で『クラウディア最後の手紙』という物語を知った。戦後五十一年間、日本への帰国が許されず、クラウディアというロシア人女性と夫婦として暮らしてきた日本人が、ずっと母一人娘一人で夫の帰りを待ちながら苦労してきた日本人妻と、再会がかなったという物語である。映画『ひまわり』のマルチェロ・マストロヤンニのような人生を紡いできた日本人がいたということだ。

この物語については、後日改めて紹介することとして、今日は森鷗外の短編について書きたいと思い、本稿となった。まったく突飛な展開だと思った読者が多いに違いない。僕自身も意外な展開に驚いているのだから。

『クラウディア最後の手紙』についてある人に語ったところ、それ鷗外の短編、「じいさんばあさん」に通じるね！と教えられた。不明にも森鷗外のその小説のことをまったく知らなかったので、大恥をかいた次第。さっそく鷗外の短編を幾つか編んだ文庫本を取り寄せて「じいさんばあさん」を読むこととなった。それなりに唸らさせられる話であった。しかし、今日僕が書きたいことは、その短編の内容ではない。買ったついでにと、その文庫本を通して読み終えた後の驚きについて伝えたいのである。

結果として、「山椒大夫」「最後の一句」「高瀬舟」「魚玄機」「寒山拾得」「興津弥五右衛門の遺書」「阿部一族」「佐橋甚五郎」などを読むこととなった。生意気な中学生だった僕が、かつて走り読みした作品もあれば、初めて読んだものもある。あらためて森鷗外の知識と教養の深さに、完膚なきまでに叩きのめされた。

七歳から九歳まで漢籍を学び、十歳からドイツ語を学び、十二歳から第一大学区医学校（今の東京大学医学部）予科で学び初め、二十二歳でドイツ留学という英才である。いや天才である。それにしても彼の漢籍の知識と深さははかり知れない。淡々と静かに綴られる文章でありながら、なんという奥行きであろうか。吾が身の非才を恥じ入るのみである。同じ森氏でありながら、彼我の違いを思い知らされ落ち込んでいる。天才とはかくや！ということだ。

中学生の頃に読んで以来、久しぶりに「高瀬舟」を読んだけれど、改めて足るを知ることの意味を考えさせられた。

その割には、昨日までのスマトラ島への出張中、アルコールの出てこないレセプションに不満を言っていたのは誰でしたかね。足るを知れば分かろうものを…。疲れていることもあり、凡人はせめて、今夜はおとなしく寝るとしますかな。

昔、「読まずに死ねるか！」と言った読書家の芸人がいたけれど、今夜の僕は「飲まずに寝れるか？」と言ったところか。

●2月24日

先日のブログの冒頭で紹介した『クラウディア最後の手紙』について書きたいと思う。

終戦時に親子で満州に住んでいた蜂谷弥三郎という日本人が、軍人ではないのに、スパイの罪でソ連軍に連行されてしまう。残された妻と乳飲み子は、着の身着のまま何とか帰国したものの、蜂谷は戦後五十二年という気の遠くなる年月を、大変な困難にさらされながら、かの地を転々としながら生き抜いた。抑留された日本人のうちの多くが現地で死んだものの、それ以外の人達は、時間をかけながらも何とか帰国することができた。しかし蜂谷はいつまでもスパイの容疑がついてまわり、絶えず官憲の監視下にあった。極寒の地で彼が生きることができたのは、彼の強い精神力と、物事を吸収して自分の業にする器用さと、誠実な生き方のお蔭であった。そして苦渋の選択としてのロシア国籍の取得と、健気なロシア人女性クラウディアとの出会いがあったからである。

一方、日本では生き別れた彼の妻の久子が、彼の生存を疑わず、彼の帰国を信じて、母一人娘一人で待ち続け、苦労しながら生きてきた。そして五十二年の時を経て、ついに消息が繋がるのであった。結果として大変な葛藤と逡巡、そして決断が待つこととなる。帰国することは、長く共に苦労してきた愛するクラウディアとの決別を意味し、帰国しないことは、ずっと彼の帰りを信じ、母と娘とで生きてきた愛する妻子を捨てることとなる。そして日本には、彼の帰国を待ちながらも亡くなってしまった父母が眠る故郷がある。彼は長く辛い葛藤の末に、帰国を決断したのであった。

まずは乳飲み子の頃に別れたきりの娘が、彼の地を訪ねる。娘を抱きしめる彼の思いを、さらに大きな気持ちで抱きしめるクラウディアの思いに感動させられる。彼の帰国の手続きが進む中で、故郷では久子の身体が病んでいく。残された時間を惜しむように、みんなの気持ちがはやるけれど、作業には時間が要る…。そして、ついに彼の帰国が実現し、鳥取駅頭で蜂谷と久子との言いようのない、深い思いのこもった抱擁がかなう。こんな劇的な人間劇が、現実のものとしてあるのだろうかと圧倒された。しかし一方では、クラウディアの失意と喪失感と哀しみがあったのだ。なんという悲劇だ。

やがて蜂谷のもとに、クラウディアからの手紙が届く。この手紙の一部を切り取って紹介したい。涙を禁じ得ない手紙である。

「この素晴らしい日に、貴方に贈りたいものがあります。それは心の自由です。あなたの心がふたつに引き裂かれないように、早く私から離れて、ただただ一途に久子さんのために尽くしてあげてください。これからは、お互いになるべく手紙を書かないように努めましょう。早く私を忘れて、あるだけの愛情を久子さんやお子さんに尽くしてあげてください。私は今日まで貴方と共に暮らせたことを心から感謝しています。ありがとう」

蜂谷は久子との暮らしを慈しみながら、クラウディアとの文通や電話を定期的に続け、周囲の協力も得て、クラウディアの訪日を四回実現することもできた。彼らの夫婦愛や家族愛の深さに打たれるばかりである。人の愛とは深いものだ。

二〇〇七年、久子九十歳で死す。二〇一四年、クラウディア九十三歳で没す。二〇一五年、蜂谷弥三郎九十六歳で逝く。愛は強し。合掌。

●3月1日

今日から三月。いよいよ春だ。昨年の十二月に導入した、電気で融雪するマットのコンセントを抜いて片付けた。年末に二日だけ電源を入れたが、ほとんど使わないまま使用休止となった次第。昨年の夏に買い替えた新型の除雪機にいたっては、一度も稼働しないままエンジン内のガソリンを抜くことになることは確実だ。いつでも出動できるように二台の除雪機の体制を整えて、雪よかかって来い、と遠吠えをしていたのだが、空振りに終わったということ。

一年前は記録的な大雪、そして今年は記録的な暖冬。これも気候変動の一端か。新車を買ってドライブに出たいとタイミングを見ていたのに、車庫にしまったまま新古車になっていくような運命だったのか。まあそれも良しとするか。庭の隅で蕗(ふき)の薹(とう)が顔を出している。春が来た。

2019年

●3月4日

早朝四時三十分に起きて、玄関に飾っておいた男雛・女雛の人形と、飾り屏風を片づけた。かわりに桜の絵を下駄箱の上に飾る。すっかり春の気分。今年の啓翁桜は不思議に長持ちをしていて、今朝も満開状態。玄関の中で、絵画の桜と本物の桜花が競い合って咲いている。わが家の玄関は春本番だ。

調子に乗って、廊下に架けていた戸出喜信さんのリトグラフ、《パリの冬》を《パリの春》に架けかえた。パリの街並みのマロニエの白さがまぶしい。季節の変わり目のわが家の風物詩だ。気分がリセットされて清々しい。今週も気合を入れて働きますかな。

●3月22日

四歳の時に、東日本大震災による津波で、両親と妹を失った昆愛海さんが、小学校の卒業式を迎えたという記事を見た。行方の分からないお母さんに「ままへ。いきているといいね　おげんきですか」と手紙を書きながら、眠ってしまった彼女の写真が忘れられない。そうか、あの子が来月から中学生になるのか。

涙を禁じ得なかった報道に感動して、彼女のことを初めてこのコーナーに書いたのが、平成二十三年（二〇一一年）三月三十一日。爾来、平成二十五年（二〇一三年）三月十三日、平成二十六年（二〇一四年）三月十二日、平成二十八年（二〇一六年）三月十一日と、何度か彼女のことをブログに書いてきた。今年の三月十一日の読売新聞に、彼女の記事が無いことを寂しく感じていたが、なるほど、小学校の卒業という視点で書いてきたか。さすがは大手の新聞社だ。目の付け所が違う。かなわないなと思わされた。

それはともかく、愛海さんに、卒業おめでとうと言おう。いつも前を向いて、元気に充実した中学校生活を過ごしてほしいと思う。頑張れ！（過去に四度、彼女について触れている僕のブログを読んでみて頂けると有難い）

●3月25日

過日、「王子様」という名前を自らの意志で「肇」と改名したというニュースがあったが、おかしな名前を付ける親がいることに驚いた。改名を許可した家庭裁判所の判断は当然のことだと思う。この報道に触れて、初めてこういう風変わりな名前のことをキラキラネームと言うのだと知った。たしかに最近は、いかにも当て字読みの名前とか漢字とまったく関係のない読み方をする名前などに出会って、面食らうことがある。そういう名前の総称をキラキラネームと言うらしい。

そして偶然にも、伊東ひとみという人の著書『キラキラネームの大研究』という本の存在を知ったので、早速購入してみた。読み進むにつれ、呆れた親がいるものだと絶句させられてしまった。親の命名権をなんと心得ているのであろうか。不思議でならない。まあ、勝手にやってくれという気がしないでもないけどね。

この本の中に、はたして幾つ読めますか、というクイズが掲載されているので紹介してみたい。

①楽汰(男) ②手真似(男) ③愛夜姫(女) ④紗冬(女) ⑤陽夏照(男)
⑥心(女) ⑦空翔(男)

(正解は後日この欄に書きましょう)

●3月27日

先に書いたキラキラネームの正解を、早く知りたいという声が届いたので、少し早すぎる感が無いでもないけれど、披露することとします。

正しい読み方は次のとおり。

①るんた ②さいん ③あげは ④しゅがあ ⑤ひげき ⑥ぴゅあ
⑦あとむ

自分の子どもにこういう名前をつける親の気持ちが、全く理解できない。①の「るんた」は楽しくて「るんるん」からきてるのかな。②の「さいん」は「sing」からか、③の「あげは」はまったく分からない。漢字を見ると、どう考えてもキャバクラ嬢の名前じゃないか。④の「しゅがあ」は「さ+とう」からか。⑤の「ひげき」は異常だ。音からイメージするのは「悲劇」だけどね。⑥の「ぴゅあ」はピュアな心という意味だろう。⑦の「あとむ」は空を飛ぶ鉄腕アトム?かな。どれも読めた人がいるとは思えないけれどね。名刺を使う時にはふり仮名が必須であろう。

もっとも著者の伊東さんによれば、大伴家持だって普通に読めば「やかもち」とは読めまい。源頼朝も知っているから「よりとも」と読んでいるのだということになる。たしかにそうだよね。徳川将軍の家斉(いえなり)も家茂(いえもち)も慶喜(よしのぶ)も、知っているから読めているのである。そう考えてみると、キラキラネームは昔からあったとも言える。命名した親の気持ちを尊重して、認めてあげるべきということなのかな。いずれにしてもご勝手にどうぞ。

ちなみにわが家の娘たちは「蕗子」と「頌子」。読みにくいと言えば読みにくいか。僕が勝手に命名しました。

●4月1日

いよいよ四月一日。新しい年度となった。前にも何度か同じことを書いたが、四月から新しい年度が始まるという仕組みは、日本の国柄にあった良い制度だと思う。年があらたまった元旦にリセットした内心を、桜の季節にもう一度リセットできるからである。清新な気持ちで迎えた新年を、三カ月後にもう一度、さらに清新な気持ちになって再起動ができる。旺盛な意欲で仕事に取り組もうという気にさせてくれる。

そのうえ今日は、五月一日に予定される改元を前に新元号が発表された。「令和」とのこと。聞いたばかりで出典や含意が不明にも分からないけれど…、詳しく報道されることを待ちたい。良い時代になることを願うばかりである。

●4月16日

初めて徳島県に行ってきた。全国四十七都道府県の中で、徳島県だけ行ったことがなかったので、心の隅のほうでかすかにひっかかっていたのだが、解消することができた。せっかくの初訪問だったのだが、申し訳ないくらいに大爆笑の空港到着となってしまった。羽田からの便が、今まさに着陸しようとするときに機内アナウンスが流れたのだが、その瞬間に吹き出してしまったのだった。そして徳島県民に失礼なくらいに、声をあげて笑うことを止められなかった。アナウンスの声が「間もなく徳島アワオドリ空港に着陸します」というものだったからである。

いつも近くの空港の○○○○空港という呼称を、恥ずかしくて聞いていられないと感じていたが、アワオドリ空港という呼称には驚いてしまった。誰が仕掛けてこんなおかしなネーミング空港が増えているのか知らないけれど、空港の管理者は恥ずかしくないのだろうか。「徳島空港」でいいじゃないか。何がアワオドリ空港だ。おかしな時代になったものだ。もっとも空港の正面入り口前に、阿波踊りを踊っている彫像が何体か置かれていたので、徳島県にとってはアワオドリ空港が誇りなのかもしれない…？

その日の宿での夕食に、鶏の胸肉と思しき部位の蒸し焼きが出された。サーブしてくれた人が得意げに「アワオドリの焼き物です」と言ったので、また吹き出してしまった。阿波お鶏という鶏らしい。なんともはや。

レンタカーを返した後、空港まで送ってくれたお嬢さんに、恐る恐るアワオドリ空港について感想を聞いてみると、小さな声で「恥ずかしいです」と返ってきた。そりゃそうだよね。良く分かります。どこの県の人も郷土愛に溢れているということだ。ああ、恥ずかしい。

●4月26日

いよいよ平成の御代(みよ)が終わる。平成の三十年間が終わる。僕の三十六歳から六十六歳までの、三十年間の「時代」が終わる。死ぬときにどういう風に総括するのかは知らないけれど、僕の人生において、おそらくピークの「時代」だったのだろうなあ?

奔放な自然児のようだった少年期。放蕩の限りを尽くしていた青春期。そして二十五歳で仕事を始め、家庭を持ち、やがて長女を生(な)し子育てをした。一人前の大人になろうと頑張っていた青年期?(壮年期前期?)。そんな時代を経て、三十六歳の時に、時代は昭和の御代から平成の御代に移った。そのころの僕は、充実していると誤解し、自己満足していた。何らの不安も感じなかった。そしてその年の七月に次女が産まれた。(この次女の学年は、平成三十年間を年表のように生きた世代だ)

しかし好事魔多しの例えのごとく、その年の八月に、妻が病魔に襲われ、家族の暮らしは一変した。それでも新生児を含めた家族は結束して、この時期を乗り切り、わが家なりの平安を得た。子どもたちは伸び伸びと育ち、仕事も充実し、奉仕活動にも取り組んだ。やがて議員という立場となり、僕は一生懸命にその活動に励んだ。妻は妻で、さまざまな社会活動に頑張った。子どもたちに我慢を強いながらも、家族が結束して過ごしてきた。

そして僕は今の立場となった。お陰様で充実した時間を持てたと思う。すべては『お陰様』ということだ。やがて子どもたちは成長し、それぞれに職を得た。しかし、そんな心の隙を見透かしたように、病魔が再び妻を襲い、あの東日本大震災の年に、妻は逝ってしまった。僕ら親子は、その日から今日まで、時に感じる悲しみを悟られないようにしながらも、お互いに家族の絆を確かめながら、仲良く過ごしてきた。心の中でいつも繋がりながら、それぞれの立場で役割を果たしていくことが、僕らの生き方であり誇りなのだ。

妻を亡くした二年後に大親友も失くした…。喪失感はいまだに癒えないでいる。時には今も彼に話しかけている。かっての親友の存在は、今も大きな心の支えなのだ。

この三十年間を語ることは難しい。今日書いている思いとは違う気持ちで、後日語ることもあるだろう。でもまあ、今日のところはこれくらいで…。

令和の時代が来る。僕にとっては老壮期から老年期、終末期に入る時代ということだ。よし、やってやろうじゃないかという気分である。頑張ります。

●7月5日

久しぶりの書き込みとなる。令和の時代の到来にあわせて「森のひとりごと」のフォームを改めようと、知り合いにお願いして更新作業を続けてきたが、やっと整ってきたので、少しずつ挑戦していくこととしたい。

先ずはお試しで、過去の「ひとりごと」から懐かしいものをコピーしてアップしてみたい。

過日の朝のニュース番組で、市川市の市長公用車が高価すぎるというという話題が流れていて思い出したのだが、過去に僕が書いたものがそのままコメントとしてあてはまるようなので、再度紹介してみたい。

この頃の僕は筆が冴えていたなあ。反省。猛省。

——二〇一〇年十月二十二日に書き込んだ「ひとりごと」。

「昨日、職員組合との交渉に臨んだからだろうか、変わった夢を見た。

細井平洲や山田方谷といった人たちが登場しては世間話をしてくれるのである。備中松山藩ではこうしているし、米沢藩の取り組みがどうだとか、といった具合。その中で聞かされたある藩の話。

その藩では領内の移動用の駕籠(かご)を最新のものにしたらしい。二人かき型の駕籠ではなく、悪路にも強い四人かき型のもので、さらには複合電気動力型という代物。さすがに代金もはり千五百両。なかなか立派なものだ。今まで使っていた駕籠は、江戸屋敷で引き続き使うらしい。つまりまだ使用可能ということだ。でも新しいのは気持ちがいいよね。それにしても千五百両とはね。日頃から倹約を心がけていて、御家人の俸禄も削減している中で、思い切った買い物だ。四人かき型で複合電気動力型の駕籠がご所望なら、同じ駕籠屋が販売している同じ名前の駕籠の中にも、もっと廉価な駕籠もあるのになあ。民・百姓が不況や不作で苦しむ中で、消費の拡大のために思い切ったということか。そんな大型の駕籠でなくとも、領内の移動や巡回はできると思うのだが。勘定方や参議会、重臣会議などで議論はなかったのだろうか。もっともこの藩では、かつて唐土に旅した際に最高級旅籠を使ったりしているから、威厳が必要なのかもしれないな。細井平洲の言う「心の壁」の問題かな。

領民の立場に立てば複雑な思いになる」

●7月8日

過日、母親の使っている電動ベッドを、トイレに近い場所に移動させた。家の中での移動距離が長いことで、転倒する事態が発生したからである。しかしながら、電動ベッドは非常に重く、一人で運ぶことができない。九十五歳の父や非力な次女に協力を頼むわけにいかず、母親のベッドをトイレ付近に移動する作業の手伝いを、友人に頼むのも憚(はばか)られた。

　しかたなく川崎にいる弟に連絡し、そのためだけに来てもらった。当初は弟と二人で運ぶことも無理ではないかと考えていたが、何とかやり終えることができた。後日に筋肉痛はあったものの、腰痛が出るということはなかった。前期高齢者の僕には、無謀な作業だったかも知れないけれど、何とか終えることができた。

　この作業をしながら気付いたポイントがある。それは「せーの」と声を掛けあうことである。この「せーの」によって、二人が力を入れるタイミングがぴったりと合い、力を最大化できるということだ。この「せーの」という習慣は、日本人のほとんどが身に付けていて、重作業をする際の強力な武器になっているのだ。

　このことを知らされたのが、以前に読んだ『日本兵捕虜はシルクロードにオペラハウスを建てた』という本であった。終戦後にウズベキスタンに抑留された日本兵たちの苦労と働きぶり、そして成し遂げた成果をルポしたものだが、面白く読ませてもらった。その本の中で、何故同じ作業をロシア人や現地の人よりも、日本人が早くこなすのかが取り上げられている個所があり、ポイントが「せーの」という声掛けにあったと分析されていた。面白いのは、作業効率の悪いロシア人などのチームにも「せーの」を教え、練習させると効率が上がった点である。恐るべし「せーの」文化。途絶えさせてはならない日本人の隠し業である。今日も「せーの」で行きますか。

●7月11日

僕は五十歳で登山を始めて以来、夏に色々な山に挑戦してきた。もう今ではは加齢による体力の衰えで、叶わぬこととなってしまったけれど、一日に十三時間歩くという無謀なこともやってきた。そして二〇〇六年の八月十三日に、水晶岳の頂上でハッピーバースデーの歌を同行者と歌って以来、なるべく誕生日である八月十三日は、何処かの山に登るということを目標にしてきた。山小屋のスタッフが、必ずしも十分とは言えない食材を上手く使ってバースデー・ケーキを作ってくれたこともあった。有難いことであった。

しかしながら、昨年は腸閉塞の手術の術後だったので、山行をすることができず、自宅で静かに誕生日を迎えていた。今年に入り、年齢を考えるとこれが最後のチャンスだと思い、誕生日を富士山で迎えることを思いついた。富士吉田市の旅館を予約し、七合目の山小屋の予約もし、新しいレイン・ウエアも購入し、意欲満々で夏を待っていたのだが、六月に富士山の八合目と九合目の間で登山道が崩れてしまうということが起きた。七月に入っても復旧のめどが立たないとされていたことから、キャンセル料が発生する前に決断しなきゃと思って、過日全ての予約を取り消していた。そして、きっと僕は富士山に縁がないのだなと受け止めていた。

ところが昨日になって、ある人が登山道が復旧したというネット情報を知らせてくれた。何ということだ。キャンセルした直後に復旧するなんて。本当に縁がないのだと思い知らされた。情けないなあ。でもまあ、歳を考えて無茶をするな、という誰かの啓示だったのかも知れないなあ。御身大切にというところか。

●7月22日

どうでも良いことなんだけれど…。とても違和感を感じる表現に触れて戸惑っている。過日のこと、あるホームセンターで買物をし、支払いの際に店員から次のように言われて、戸惑ってしまったのだ。いわく「ポイントをおためですか?」と。一瞬、何を言っているのか分からなかったけれど、直ぐにその意を解し、「いえ、おためではありません」と返した。最初は、何でも〝お〟をつければ敬語になると思っているバカ娘がいるもんだ、と笑い話の種にしようかと思っていたのだが…。良く考えてみると、一人ひとりの語感に起因する違和感であり、一〇〇パーセント間違いだとも言えないのじゃないかという気になっている。例えば、どういう靴をお履きですか?とか、何をお捨てに?とかと一緒で、何をお貯めに?でも良いじゃないか。さすれば、「ポイントをお貯めですか?」は問題ないのではという気にもなる。でも違和感があるね…。言ってみれば、「公園をお歩きになったら?」は違和感がないけれど「公園をお走りになったら?」はおかしいよね!という感じかな。だんだん分からなくなってきた…。あ〜あ、いよいよ日本語さえあやしくなってきてるんだなあ。これも老化のせいか…。

それでも、富山駅の新幹線ホームで流れる次のフレーズは、絶対におかしいよね。いわく、「車内でおタバコはオスイニナラレマセン！」だって、なんてこっちゃ!!!!

●8月3日

数年ぶりに立山登山をした。昨年、生まれて初めて開腹手術をして以来、ゴルフを二回しただけで、激しい運動を控えていたが、そろそろ再開して良かろうと思い、富士山登山を計画していたのだが、お流れになったことは先日書いたとおり。それではということで、久しぶりの立山行きとなった次第。雄山神社の宮司さんの懐かしい顔を見れて、話ができたことが嬉しかった。せっかく来たのだからということで、本当に久しぶりに、大汝山のてっぺんにも上ってきた。途中でいろいろな人と話すこともできて、良い山行となった。

そして一ノ越から雄山山頂までの登山道が、見違えるほどに整備されていることに驚いた。しばらく行ってなかったせいで、不明にも知らなかったことが恥ずかしい。登りのルートと下りのルートが分離されているので、安全性が高まったうえに、三ノ越までの途中の最大の渋滞個所であった狭い岩の間のルートが、登り専用となっていることもあり、時間短縮の効果を生んでいる。林野庁や環境省や富山県や山小屋関係者などの、山岳登山にかかわる多くの人達の努力のおかげである。もともと視線を落とし、足元を見ながら下山するのだけれども、今回は不明を恥じつつ、特に頭が下がる思いで帰ってきた。

それにしても、わが身の体力が落ちていることに驚いた。開腹手術をすると筋力が落ちると聞かされていたが、これほどまでに運動不足であったかと猛省した。加齢による影響もあるのだろうけれど…、何度も休みながらの登りであった。情けないなあ。ゆっくりとやっていくしかあるまい…。


話はまったく変わるけれど、やっとの思いで山から帰宅してみると、驚くべきことが起きていた。廊下に置いてあったルンバが、勝手に動き回っていたのだ。朝、出かけるときに充電用のコンセントを抜いておいたので、充電器とコードを引きずりながら動いていたのである。室温が上がりすぎて誤作動したに違いないのだが、ホラーっぽい現象であった。こんなことで涼しくなるような室温ではなかったけれど…。

●8月15日

一昨日が誕生日であった。ついに六十七歳となった。六十六歳の僕と、何も変わるところはないのだけれど、いよいよ七十歳が見えてきたなという感じかな。見えてきたと言うよりも、指呼の間である。チコちゃんに叱られないように、漫然と生きるのではなく、毎日を大切にして、中身の濃い生活をしたいと思う。

そんな思いも込めて、今朝は早朝より、父と二人で今年初めての梨の収穫

2019年

作業をする。後半疲れたように見えた父を気遣い、早々に切り上げる。その後、父には家で休むように伝え、一人で段ボール箱を仕立て、収穫した梨を選別し、発送用に箱詰めをした。五kgの発送用の完成品を十個仕上げ、宅配便に依頼。正直に言えば、梨栽培農家の人が当たり前にしているこの一連の作業を、フルバージョンでこなしたのは初めてのこと。心なしか、若干得意気にこの稿を書いている次第。

その後は、畑の周りに設置してあるカラス侵入防止用のネットの裾に、アンカーを取り付けた。最後に明日のための箱作りをして作業終了。おかげで夕飯の準備をしながら、美味しいビールが飲めた。中身の濃い一日だったかな?

●9月3日

今朝、わが家の畑の幸水をカイモギした。畑に残っている梨を、仮に少しばかり収穫には早いものがあっても、すべて採ってしまうことを、わが家ではカイモギと言っている。漢字で書けばおそらく「皆もぎ」となるのだろうなあ。結果としては、まだ青くて収穫には早いな、という梨はほとんど無く、きれいに色づいた見事な梨ばかりであった。次は少しだけ栽培している豊水に移るけれども、今年の収穫期の大きな区切りとなった。

収穫が始まる前の畑の除草に始まり、八月十五日から今朝までの早朝の収穫、玉の大きさにあわせた分別、箱詰め、発送とこなしてきた。例年とは違い、今年はフル稼働で頑張ってきた。九十五歳の父にとって、畑での収穫作業がかなり重いものになっていることを、愚息がやっと気付いたという次第。

そうは申せ、九十五歳の父と六十七歳の息子で、全ての作業をすることはできず、前半は六十二歳の弟が、後半は七十二歳の姉が帰省して手伝ってくれた。農業の現場が高齢化している状況そのものである。それでも兄弟が一緒になって両親と農作業ができることは、得がたいことであり、幸せな光景だと思う。あと何年できるかは分からないけれど…。

●9月8日

五年ぶりくらいに呉羽カントリーに行ってきた。と言っても、プレーをしてきた訳じゃない。自分のロッカーの中に、なにが入っているのかを確かめに行ったのだ。なにせこの七年間に、一度しか呉羽でプレーしていないのだから、自分のロッカーの番号もすっかり忘れてしまっていた。昔はロッカーキーを貰うカウンターに立てば、担当の女性がさっと渡してくれたものだが、僕があまりに久しぶりに顔を出したものだから、机の中からノートを取り出してきて、僕の名前を探してロッカーの番号を調べるという始末。無理もない。

何故にわざわざ中に入れてあるものの確認に行ったのか。それはロッカーを解約しようと思っているからである。呉羽カントリーの場合、会員としての年会費が四万円と、ロッカー利用料二万円が必要となる。七年間に一回しかプレーしていない僕のケースだと、そのプレー代は、実質四十二万円プラスその日のプレーフィーということになる。いっそ脱会しようかとも思ったのだが、同級生である支配人の立場もあるなと思い至り、せめてロッカーだけは解約することとした。当然に空っぽにして解約しなければならないので、内容物の確認に行ったという次第。

　はたして何が入っていたのか。かなり古くなっている会員規約のような冊子が一冊と、クラブが三本入っていた。かつて使っていた三番ウッドと四番アイアン、そして五番アイアンである。いつごろからロッカーの中でじっとしていたのかは分からないけれど、忘れられた存在となっていたのだな。可哀そうに…。十五年ほど前に二年ぶりくらいでプレーに行ってみたら、ロッカーの中に干からびたシューズが入っていた、という記憶がある。熱心にクラブなどを手入れしているゴルフ愛好家が多い中、僕の姿勢はあまりにいただけないなあ。でも毎年、年に二回程度しかプレーしないのだからなあ。

　僕の場合、ゴルフをしているのではなく、ゴルフのようなものをしていると言うべきか。若宮支配人、あのロッカーは、真にゴルフを愛している人に使ってもらって下さい。それはそれとして、年内に一度プレーに行かせてもらいます。いや、行きたいと思います。いや、行けたらいいなあ。かな。

●9月10日

　朝から一人で苦笑いをしていた。まだまだ暑いけれど、もう九月の中旬なのだからということで、玄関に置いていたガラスの器を片づけて、うさぎが月を愛でている飾り板を出した。ここまでは良い。わが家の恒例作業。季節感を楽しめる時間なのだ。

さて次は、ということで戸出善信画伯のリトグラフ《パリの夏》を《パリの秋》に換えようとしたところ、驚くと同時に苦笑いすることとなった。壁に掛かっていたのは、なんと《パリの春》だったのだ。冬から春に換えた後、今日までそのままになっていたということ。こんな猛暑の年だったのに《パリの夏》を忘れていたとは。これも老いがなす仕業か。

●9月18日

昨日、思い切って髪を短くカットしてきた。四年ほど前に短くしていた時期があったが、最近は髪を人生で一番長くしていたので、落差が大きい。サザエさんの息子のタラちゃんのようになってしまった。

随分長期にわたって、頭皮のかゆみに悩まされている。染めるのが良くないと思い、ここ数カ月間はなるべく染めないようにしてきたが、なかなか改善されない。皮膚科に通い、処方された薬を熱心に塗布しても来たのだが…。ここにいたり、整髪剤を使うのも控えてみようと思い、髪を洗いざらしで過ごせるように短髪にしたという次第。しばらくはタラちゃんカットで行きます。ときどきヘアスタイルを変えては、広報課を困らせてきたのだが…。

2019年

●9月27日

わが父は齢九十六歳にして、要介護認定を受けることもなく、ひとりで何でもこなし、今年も大きくて美味しい梨を沢山実らせた。収穫こそ僕ら子どもたちが手伝ったけれど、剪定、施肥、摘果、防除という作業は一人でこなしてきた。驚くべき若さと体力だと思ってきたが、ここ数日の出来事は、今まで以上に驚かされた。はっきり言って化け物じゃないのかと思う。

二週間ほど前から、梨の老木を五本ほど除去して、空いた空間に若木の枝を伸ばしたい、と説明してくれていた。チェンソーを使い、枝を払い、根の周りを掘り、残った幹を根っこごとトラクターで引っこ抜くという作業の工程を話してくれたので、老体が一人でやる作業ではなかろうと思い、友人に超小型のユンボの手配を頼み、自分の日程をにらみながら、一緒に作業をしようと考えていた。手伝いに来てくれる人も頼んだのだと父に説明をしたうえで、二泊三日の出張に出かけたのだが、帰ってみると、父が一人で既に二本の梨の木をひっこ抜き終わっていた。すべてひとりでやったのだと笑いながら語った。無理をすると良くないので、機械と友人の助けに頼ろうと何度も説得したのだが、父の答えは「少しずつゆっくりやれば楽しいのだから、ひとりで思うようにやらせてくれ」というもの。楽しいと言われては反論できなくなってしまった。

今日、仕事を終えて帰ってみると、三本目が終わっていた。慌てて友人にユンボの依頼と手伝いのお願いのキャンセルを入れた。二人の友人が言った一言が「まるで化け物だね」というものだった。いや、「超人的！」と言うべきか。驚くばかりである。僕も負けずに頑張らなくてはね。

●10月4日

一昨日、薬師岳の太郎平小屋まで行ってきた。薬師岳方面遭難対策協議会の会長の立場として、山系の山小屋経営者の中心人物である五十嶋博文さんにお会いして、今シーズンの事故の状況を伺うことが責務だと思い、毎年のように協議の時間を持ってきた。昨年は僕が入院したことで山行ができなかったけれど、二年ぶりにお会いして、いろいろとお話を聞くことができた。また環境省の交付金事業で、実施されている登山道の改修事業の状況を見ることができたし、作業をしている人たちと話をすることもできた。今月の末には今年の夏山シーズンが終わる。今年の山行は大汝山と太郎平の二件だけだったけれど、去年と比べれば大違い。まあ良しとしようか。

さて、本稿で書きたいのは下山した後のエピソードである。

下山した後、同行者と飲食をした。疲れもあり、早めに帰宅しようと思い、富タクをお願いした。酔いも手伝い、運転手の方と談笑しながら自宅に到着。登山の際にはいつも登山用ザックに財布を入れずに、小さなビニール袋にカードとタクシーチケットと現金を入れて、ポケットに突っこんで移動している。この日も同じようにしていたので、ビニール袋からタクシーチケットを取り出し、一枚ちぎって支払いをした。

家に上がり、しばらくして、袋の中にはカードとチケットしかなかったことに気が付いた。室内や玄関前など探したのだが、現金を見つけることができず、途方にくれていた。やがてタクシーの中で支払いをした際に落としたに違いないと気付き、富タクの配車センターに電話をかけた。事情を話すと、通話を切ることもせずに、僕の乗っていた車の運転手に確認してくれた。受話器を耳にあてながらもほとんど諦めていたのだが、シートベルトの留め金の挿入口の隙間に、小さく折った一万円札が三枚あったと報告してくれた。僕のほっとした様子が感じられたのか、親切にも家まで届けてくれると言う。しばらくして届いたお札を見ながら、なんと正直な運転手なんだろうかと感心させられた。

車内に残されていたのは財布やバッグじゃなくて、裸の一万円札だったのに、ちゃんと返ってくるなんて。そのうえ僕のあとに一人お客さんを乗せたというから驚いた。富タクさんには日頃から随分とお世話になっているうえに、この度は素晴らしい対応をしていただいた。感謝にたえない。しっかりとした教育がされている良い企業だと感じさせられもした。有り難い経験であった。他人の目で見れば、愚かなエピソードではあるけれど…。

●10月6日

作業用のズボンを二足買い、あわせてすそあげテープも買ってきた。こういう商品があることは知っていたが、手にするのは初めてである。ボタンをつけることは、少しは上手になったと思うけれど、手縫いですそあげをすることはとてもできない。やっぱりこういう商品に頼るしかないので、思い切って買ってみた。さて、やってみるとなかなかに難しい。股下の寸法を測って、余分な部分をハサミでカットする直前に、はたと気づいた。折り返しの部分を残してカットしなきゃならないことに。もうちょっとで、折り返し部分の分だけ短いズボンの出来上がりとなるところだった。

その後にズボンの内側に折り返し、苦労して苦労して、粘着テープをズボンの内側にアイロンで貼り付けることができた。出来上がったズボンの裾が、少し斜めになっていることが気になるものの、まあ良しとしようと思った瞬間に、初めて気付いた。あっ、最初にズボンを裏返してから作業をすれば簡単だったのだ、と。一人で声をあげて笑い転げることとなった。何をしているのやら。情けない…。

●10月26日

また仏間に置いてあるルンバが勝手に動いていた。最近は、またか！　という感じで平気をよそおっているけれど、やっぱり気味が悪い。数カ月前から時どき発生する不思議な現象なのだ。ルンバを使用しないときは、コンセントに繋いで充電をしているのだが、二台あるうちの一台だけが、スイッチを入れてもいないのに勝手に動くのである。特に仏間で充電するようにしてから、その頻度が上がっている。先ほども、仏壇に線香をあげに行って昨日とは違う場所に移動していることに気付いた。仏壇には位牌が三つある、祖父、祖母そして亡き妻の位牌である。はたして誰かの霊がルンバを動かしているのであろうか？　そんな馬鹿なことがあるものか、と思いつつ、気付かないふりをしてコンセントに繋ぎなおしている。

知らないうちに定期的に動くためのタイマーをセットしてしまったに違いないのだろうけれど、どうやってセットしなおせば良いのか分からないので、やっぱり霊のせいにしておこう。南無阿弥陀仏…。

●11月5日

先日、わが家の自動掃除ロボットのルンバが、仏間で勝手に動いているという書き込みをしたけれども、今度は電動歯ブラシの事件である。洗面所に置いてあるフィリップス社製の電動歯ブラシが、充電中に「トン、トン、ツー」というリズムで勝手に動き出すことが続いているのだ。洗面所の隣が浴室なので、歯を磨いてから充電状態にして、裸になってバスタブに気持ちよく浸かった頃に、勝手に動き出すのである。止む無く、濡れた身体で洗面所に移動して、再度電源スイッチを動かしたり、充電中の本体の向きを変えたりしていると「トン、トン、ツー」が止まる。しかしながら、しばらくすると同じ現象が起きることとなる。しかたなく充電を取りやめ、放置することとなるのだが、その後に、歯ブラシが勝手にフル回転で動き出したこともあった。電動歯ブラシにはタイマーの機能は無いので、セッティングのミスということではなかろう。わが家になにが起きているのであろうか。不気味である…。

数日前にもう一つ不気味なことが起きた。父が九十六歳という老体に鞭打って、梨の古木を抜き取ったことを前に書いた。その大きな大きな古木を、僕が過日、チェーンソーで苦労しながら持ち運びできる程度の大きさに切り分け、畑の道路沿いに積み上げておいた。薪ストーブを使っている知人が、後日、これを取りに来ることとなっていたからである。数日前に、この梨の古木の切り分けたものが、いや、まだ切り分けてなかった大きな古木の胴体も含めて、すっきりと畑から姿を消していた。

知人が持って行ったと思っていた僕は、何の不思議も感じずにいたのだが、三日前にこの知人に会って驚いてしまった。彼は、仕事が忙しくて時間が取れないでいたが、やっと取りに行けるようになった、と話したのであった。えーっ!!と言って絶句してしまった。それじゃ知らない誰かが、わが家の畑から梨の古木を持って行ったということになる。勝手に持って行ったのだ。電動歯ブラシが勝手に動く事件の勝手とは違う意味での、勝手の持ち去りということだ。不気味な出来事である。

幸いわが家では、この夏に、自宅の壁面に高性能の監視カメラを複数台設置して、隣にある梨畑を常時録画している。今回の切り分けた梨の胴体が置いてあった場所は、道路沿いであり、そういった箇所こそ、監視カメラのターゲットであるので、かなり鮮明に、勝手な持ち去り状況が記録されている筈だ。車のナンバーなども記録されていると思う。早速にも再生して見たいと思う。はたして勝手の犯人がだれであろうか？　急に不気味な事件が、楽しみな事件に変容してきた。（それにしても、勝手に動き出す電動歯ブラシはどうしたら良いのだろうか？）

●11月22日

一昨日の市町村長と県との会議で配布された資料の中に、世界で最も美しい湾クラブの総会において採択された「富山宣言」なるものが入っていた。一瞥しただけでは意味が読み取れないような、だらだらとした文章である。まず、前文という部分が約六〇〇字ほどの文章なのだが、最後まで句点が無く一つのセンテンスなのである。何が主語で何が述語なのか真剣に読まないと分かりにくいうえに、二、三行ごとに左端に一から七までの番号が付されている。箇条書きにしていくつかの文章を並べた時のような体裁である。しかし文章は箇条書きではなく、長い長い一文なのだ。じつに不思議な文である。

さらに言えば、最後の三行までの分の主語は「二十九湾」という非人格なものでありながら、最後の三行になると、急に主語が「我々」になり、人格化してくるのである。おそらく最初の「二十九湾」は「二十九湾の代表者」と置き換えて読めということなのだろうな。もっと不思議なのは、前文があるのに肝心の宣言文が無いことである。また日付の後に、具体的な行動目標のようなことが三箇条書かれているが、これもまた箇条書きの体をなさずに一文章で書かれている。

おそらく富山県のホームページに掲載されていると思われるので、興味のある人はご一読ください。不明にもこういう体裁の宣言文は見たことがない。僕の常識や理解がついて行っていないということだろう。お叱りを承知で言えば、かなりの悪文であると思う。日本国憲法の前文もひどい悪文だと思うが、この前文もまた…と思う。ただ直訳すれば良いというものでもなかろうに。県民の一人として恥ずかしい限りである。

●11月29日

今日の富山新聞に、僕が過日、自身のブログ上で、世界で最も美しい湾クラブの「富山宣言」なるものがかなりの悪文だと苦言を述べていることの紹介記事が掲載されている。興味のある方はご覧あれ。ところがその記事を見て驚いてしまった。ブログの中で指摘しておいた箇条書きのように、一から七まで付番されていたものが、記事の中で紹介されている宣言の全文からは消えているからである。長い長い一文でありながら、箇条書きのように付番するのはおかしい、とする僕の指摘を受けて修正したのだろうか。今日の記事中では、担当者の言として「世界総会で採択されたという性格上、文章の修正は考えられない」としていながらのことである。

ちなみに英文の方も以前は付番されていたのだけれど、今日確認してみると無くなっていた。はたして二十九の湾の代表に連絡のうえ、了解を得て、付番されていたものを取ったというのだろうか。そもそも英文では、カンマとセミコロンが使い分けられており、セミコロンで区切られた文章ごとに付番されていたのである。記事においては「忠実に直訳」したと反論しているようだが、カンマとセミコロン、ピリオドの使い方まで忠実に訳されているとは思えないのだが…。何れにしても、いったん公開されたものが、世界総会で採択された性格を鑑みたうえで修正されていることは、如何なものかと思わざるを得ない。

この書き込みを見た担当者は、ひょっとして「付番された数字を消すことは文章の修正にあたらない」と言うのかも知れないなあ。もしもそういった抗弁をするとしたら…、そういうのを恥の上塗りと言うのだと言っておこう。もとより宣言文に手を加えたということになることは、議論をまたないからだ。

●12月5日

今議会で一つの異変が起きた。平成十五年十二月議会以来、十六年連続で前年度決算の認定に反対し、採決の前に反対討論を行って来たある会派が、意外にも、今議会では反対討論をしないまま採決に応じたのである。いったいどうしたのだろうか？（僕としては、自分とは違う意見の主張であっても、討論らしい討論を聞くことが嫌ではなく、楽しみにしているのである。したがって、今議会で反対討論が無かったことをアイソンナク感じている）

僕は、彼らの決算認定に対する反対姿勢については、おかしなことだといつも思っている。そもそも、予算案に異見を述べたり、反対する立場があることは当然のことである。予算議会において滔々と反対討論を展開するのは、当然のことである。しかし、多数決により予算が議決されれば、それが議会の意思ということになる。審議の途中において反対意見を主張していたとしても、議会の意思が決まれば、それを尊重するのがいわゆる〝議会制民主主義〟のルールであろう。いくら不本意でも、多数決による結果にしたがうことが民主主義の尊重ということだ。そうだとすれば、議会の議決にしたがって執行された結果としての決算に対して、その妥当性の認定に反対するということは、予算に対する議会の意思を認めないことになり、矛盾が生じることとなる。予算案に反対していたから、議会が議決した予算どおりに執行されている決算に対しても同意できない、という態度は、議会の権威を議員自らが否定することであり、自己矛盾であり、議会の否定ということになる。

そういう思いで、毎年の十二月議会に臨み、決算認定に対する反対討論を聞いてきた（先述したとおり、内心では楽しみながら…ということだ）。その反対討論が、今議会では無かったということは、彼らがやっと僕の言う自己矛盾に気付き、予算案に対する議論はしても、決算認定については予算との整合性こそをチェックすべきであり、予算審議の際の反対主張を繰り返すことはおかしい、ということを自覚したということなのだろう。遅ればせではあるが、評価すべきだと思う。見上げたものだと思う。立派、立派。

さらに付言すれば、十六年連続で反対討論をして来たその会派の討論登壇者は、全部で三名いるが、十一回は一人の議員が行っている。討論を聞くことを楽しんでいる僕に言わせてもらえれば、この人の討論技術は年々着実に向上していると思う。良くやっているなあと思って、気持ちのうえでは応援している。そのうえで、あえて老婆心から言えば、今回、反対討論が無かったことの背景に、この人の疲労感や徒労感や意欲の減退などがあるとすれば、心配である。そうでないことを祈りつつ、頑張ってもらうことを期待したい。元気いっぱいに、徹夜してでも頑張れ‼ と言っておこう。

●12月11日

以前に、このブログに書いたわが家の不気味な電動歯ブラシが、いよいよ本気を出し始め、スイッチを消してあるのに、時々激しく作動するようになって来た。以前は充電中に「トントンツー」と音を出すだけだったのだが、今朝からは勝手に動くようになったのだ。OFFにしても動くのだから、止めようがないので放置するしかなく、不安な気持ちのまま家を出てきた。はたして帰った時にどうなっているものやら…。放電し終わってから廃棄することとしよう。

さて、今朝、出がけにもう一つ驚いたことがあった。一人で朝食を摂っているはずの父のところに顔を出したら、とても分厚い本を読んでいた。表紙を見ると『富山連隊史』というもの。小さいポイントの文字のうえに、九五〇ページほどある大部である。僕にはもうこんな大部の本を開く読書欲は残っていないが、九十六歳の旺盛な読書欲には驚かされる。一昨日はトラクターにロータリーを装着して、梨畑を起こしていたかと思えば、今日は大部に挑んでいる。いくら時間があるとは言え、真似のできない暮らしぶりだ。戦争を経験した世代はかくなるものか。

ここ数日、宴会続きで落ち着いて読書をする時間を作れないでいたのだが、原田マハの新著二巻が、ページを開くのを待っている。今日は深酒せずに帰り、読み始めることにしよう。ただし、赤ワインをチビチビとやりながら…？

●12月28日

『幕末下級武士の絵日記』という興味深い本を読んだ。現在の埼玉県行田市にあった忍藩（おしはん）という十万石の藩の下級武士であった尾崎石城という武士が書き残した『石城日記・七巻』という古文書を、わかりやすく解説したものである。この『石城日記・七巻』は現在、慶応義塾大学文学部古文書室が所蔵しているとのこと。江戸時代末期の、小藩の下級武士の暮らしに触れることのできる貴重な資料である。

この解説書によって、初めて実感を持って、侍の毎日の暮らしに触れることができて面白かった。下級武士は毎日登城するわけではないので、時間に追われずに暮らしていたことに、まずは驚いた。そのうえ日記を書いた石城は、咎(とが)めを受けて逼塞(ひっそく)を命じられているので、時間を待て余しているくらいだ。したがって大量の古書を読み、武芸を磨き、仲間と語らい、そして朝酒をも辞さないという暮らしぶりを続けていることになる。当然のことながら、しばしば二日酔いで苦しむこととなっている。生活は逼迫しているのに他人に施しをする。弱者を見過ごすことができないという美学に立って生きているのだ。そして「情けは人のためならず」と独り言ちて、また飲むという日々なのだ。

僕も他人のことは言えない毎日だけれども、石城も毎日飲んでいる。僕らの時代と違って日本酒しかないのだから、とても敵わないなあと思わされた。ビールを飲んだり焼酎にしてみたりワイングラスを傾けたりという、腰の引けた飲み方じゃないのだからなあ。そもそも氷が手に入らない時代なのだ。僕らのような軟弱な酒飲みではないということだ。宴会が多い時期に手にした本としては、時宜を得たものだったのかもしれないなあ。どうせ敵わないのだから、少しずつ酒量をセーブしていきますかな。二日酔い防止の薬を飲みながら酒を飲んでいる毎日を、猛省しなくてはね。

毎年のことですが、今日からしばらく冬眠します。今年も一年間、多くの人の温かいご理解ご協力をいただきました。感謝に堪えません。大変お世話になりました。来年もよろしくお願いします。

二〇二〇年（令和二年）

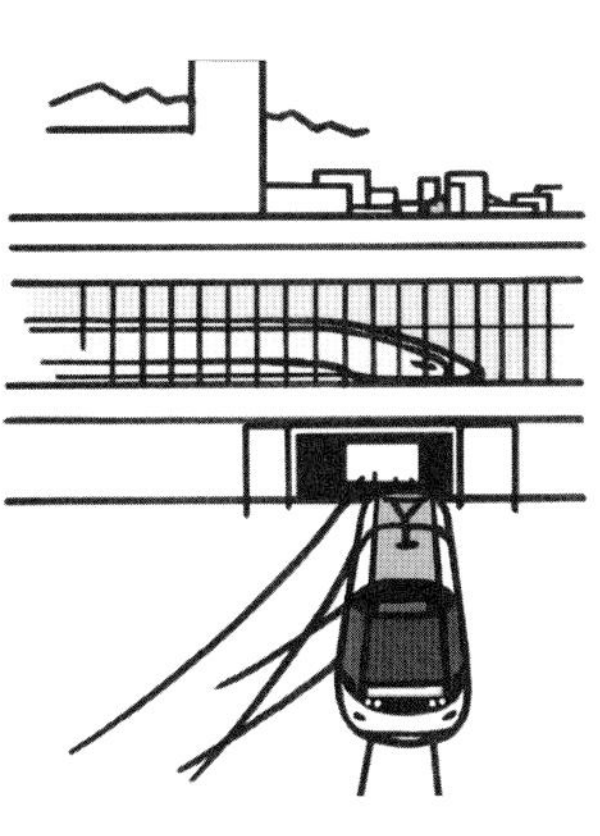

一月

言の葉選び

ＯＥＣＤによる国際学習到達度調査で、日本の十五歳の読解力が落ちていることが分かった。若い世代は小説を読まないうえに、新聞や雑誌のように、内容を精査しながら長文を読むことさえ少なくなってきているそうだから、読解力が落ちるのも当然であろう。

そのうえ、インターネット上のチャットやＬＩＮＥで、短文をポンポンと送り合うことに慣れてしまって、助詞や助動詞、接続詞の使い方さえもおかしくなっているという指摘もある。最近僕も、そんなことを思わされる場面にしばしば遭遇する。さらには、まったく意味の分からない省略語には面食らってしまう。言葉は時代にあわせて変化するものだとは言え、極端すぎてついていけない。

僕は日本語が良くできた言語だと思っている。例えば、「僕は森です」と「僕が森です」とでは意味が違う。間に入っているひらがな一字が変わるだけで、意味がさらに変化する。「僕も森です」「僕の森です」「僕と森です」という具合だ。さらに言えば、似たような文章でも単語の順番が変わると、微妙にニュアンスが変化する。「さっきから雨が降っていた」と「雨がさっきから降っていた」とは微妙に違う。「雨はさっきから降っていた」となると「さっきから」が強調される。僕はこういう微妙なニュアンスの違いや語感を、大切にしたいと思っている。そのためには読書が欠かせない。特に小説や詩歌を読むことが必要だ。これからも、若者を中心にして日本語が変わっていくとしても、僕は自分の語感にこだわって生きていきたいと思う。

話は変わるが、新幹線のホームで流れるアナウンスに違和感を禁じ得ない。「車内ではおタバコをお吸いになられません」というものだ。助動詞の「る・らる」の使い方の問題だ。この場合は可能を表す「る・らる」なのだから、僕の語感では「車内ではおタバコをお吸いになれません」となる。ただし「先生は車内ではタバコをお吸いになられません」は正しい。尊敬を表す「る・らる」だからである。ことほど左様に、日本語は複雑で面白い言語なのである。だからこそ言葉を選びながら使っていきたいと思う。

言葉選びと言えば、キャッチコピーやキーワードを考えるのも楽しい作業だ。僕が今まで使ってきたキーワードの幾つかを紹介してみたい。初めての県議選では「あなたの体温を、県政へ」という言葉を使った。初めての市長選の際は「とやま新時代」というものだった。前回の選挙では「暖かい手と手をつなぐ」というワードを使い、僕らしくないとも言われた。どれも呻吟しながら自分で考えてきた。楽しい思い出だ。

一方、新年の執務始めの挨拶の際にも、毎年キーワードを披露してきた。就任して最初の正月だった平成十五年は「シンク・ビッグ」「スピード」。平成十七年は「他とはちがっているか　新しい刺激にみちているか　時の試練に耐えうるか」というものだったが、ある所で見つけた言葉を使わせてもらったもの。以後も「フルスロットル（出力全開）」「原点回帰」「変化の実現」「ネクストステージ」「再点検」「質を高める」「イマジネーション」といった具合に使ってきた。どれも年初にあたっての自分自身の気持ちや意気込みを、言葉を選びながら表そうとしたものである。

ところが長く続けてきたこともあって、ここ数年のキーワードは、意味の分かりにくいものだったと今になって反省している。例えば、「思考は原点、姿勢は頂点」とか「共進化」とか「音叉の共鳴そして共鳴の連鎖」とかといった具合だ。最後のものに至っては、かなりの読解力の持ち主でも説明がないと分からないと思う。反省しきり。

今、本稿を書きながら、令和二年のキーワードを思案している次第。はたしてどういう言葉になりますやら。

二月

一〇〇年の夢 叶う

この稿が掲載されるのは二月五日号の広報なので、本稿を読んでもらえるとしたら、その一カ月半ほど後に三月二十一日がやってくる。この日は富山市にとって大変に意義深い記念日なのだという話を綴ってみたい。

三月二十一日、この日に富山駅の高架下で、南北に分かれていた路面電車の軌道がつながる「南北接続事業」が完成する。富山駅から岩瀬浜駅まで運行していた富山ライトレールの富山港線と、富山地方鉄道が運行している環状線などの軌道とが、接続することになるのだ。今まではいったん富山駅で降車して、もう一度乗り換える必要があったのだけれども、これからは乗り換えなしで、南富山や大学前から岩瀬方面まで行けるということになるのだ。市の北方向に暮らしている人が、乗り換えなしで中心商店街まで行けることになるのだ。本当に便利になると思う。

例えば高校生の通学経路が変わるかもしれない。あるいは通院する医療機関への移動手段が変わるかもしれない。買い物行動にも変化が生まれるかもしれない。コンサートや映画鑑賞に出かけること、美術館巡りをするなどの文化活動をすることにも、広がりが生まれるかもしれない。とにかく、市民のライフスタイルを劇的に変えることになるに違いないと確信している。そして、その日は既に、指呼の間に迫っているのである。本稿を書いている今も、僕は興奮と高揚する気持ちを抑えられないでいる。富山市の新しい時代がやってくるのだ。

明治四十一年に富山駅ができている。そして北陸線が東に延びていった結果として、ずっと鉄路が富山市を南北に分断する、万里の長城のような状況が続いてきた。その結果、市内には「開かずの踏切」がいくつも生まれることとなった。富山はそれを解決するために、金沢や福井に先んじて、線路の下に道路を通す、アンダーパスという解決策で対処してきた。しかし、「開かずの踏切」の解決が遅れた金沢や福井の方が、結果として線路全体を高架化するという連続立体交差事業の着手が先行することとなった。良かれと思って進めたアンダーパスでの整備が、高架化において遅れをとることとなったのである。

それがやっと完成し、それどころか金沢駅や福井駅では考えられない、駅の中を南北に路面電車が貫き、新幹線やあいの風とやま鉄道線とシームレスに乗り換えができるという、全国にも例のない駅空間が生まれるのである。

明治二十二年の市制施行から一三〇年、さらには平成十七年の合併から十五年という節目の年に、路面電車の南北接続事業が完成するのだ。まさに、富山市民一〇〇年の夢であった南北市街地の一体化が実現するのである。人口減少と超高齢社会という大きな潮流に立ち向かい、将来に希望が持てる持続可能な都市構造へと、大きくかつ着実に転換を成し遂げたという意味において、富山市の歴史に新たな一ページを刻んだ都市計画事業であると言えよう。

蛇行していた神通川の直線化に加え、富岩運河を開削し、その掘削土で神通川の廃川地を埋め、その地に県庁や電気ビルを建てるという大土木工事を、富山市都市計画事業の第一ステージだとすれば、空襲によって焦土と化した富山市街地の復興事業を、第二ステージと位置付けることができる（ちなみにこの戦災復興事業は、全国に一一五あった戦災復興計画の第一号認可を受けているのだが、多くの地権者の多大な理解と協力によって実現したものだ）。そして、今回の南北接続事業というコンパクトなまちづくりの大きな到達点は、富山市にとって第三ステージの実現なのだ。

冒頭で、三月二十一日は富山市にとって大変意義深い日だと述べた真意を、分かってもらえただろうか。いずれにしても目の前である。心も身体も逸って（はや）いる。一〇〇年の夢が叶うのだ。

三月

ラオスの七段飾り

毎年のことだが、一月の末から三月四日まで、わが家の玄関には、お雛様の描かれた小さな衝立と男雛・女雛の木目込み人形が飾られる。そして、毎年三月四日の早朝にこのセットを片付けて、満開の桜の絵を飾る。季節の変わり目のわが家の風物詩である。

さて、お雛様の衝立と木目込み人形、この二つのお雛様にはちょっとした違いがある。それは男雛と女雛の並ぶ位置が、全く逆であるということだ。衝立の方は向かって右側に男雛が描かれているのに対して、人形の方は向かって左側に男雛が置かれているのだ。よく言われる関東雛と京雛の違いというものだ。わが家の場合の、衝立の方の配列を京雛と言い、人形の方を関東雛と言うらしい。何故こういう違いが生じたのだろうか？

京雛の、向かって右側に男雛、つまりお殿様が座るのは、御所における玉座の位置に基づいているらしい。わが国古来の、「左上座」に倣えば（なら）、お殿様が一番偉いのだから、向かって右側に座るのが慣わしということになる。

では、何故に関東雛では、お殿様が向かって左側に座っているのだろうか。それには大正天皇のご即位が関係しているらしい。明治時代、なんでも西洋に倣うという風潮が強くなった時期がある。その結果、並び方においても、国際儀礼である「右が上位」という考え方が取り入れられることとなった。「左上座」から「右上座」への転換ということだ。そして、大正天皇ご即位の際に、天皇陛下が皇后陛下の右に立たれたことから、広くこの「右上座」という風習が広まっていったのだった。お雛様の配列においても、このご即位時のスタイルが定番となっていったのだ。その結果、関東雛と京雛という違いが生まれ、最近は関東雛が主流とのこと。そんな背景など知らずに、わが家では二つの並び方が同居しているということだ。

ちなみに、僕には僕なりの並び方のルールがある。並んで立つ場合には無頓着で、何も気にしないけれど、女性であれ子どもであれ、守るべき対象と並んで歩く場合には、絶えず僕が車道側を歩き、相手が歩道側を歩くということにしている。当然至極のことである。

さて、わが家も娘たちが小さかった頃は、座敷に七段飾りのお雛様セットを飾った。このセッティングはひどく寒い時期に、底冷えのする座敷で、僕が一人で担当する難業であった。そのうえ三月四日中には、何があろうと片付けなければならない、という第二の難業までもがあった。やがてわが家では、長女が中学に進級した頃に、難業を見かねた娘たちが提案してくれて、現在の衝立と木目込み人形を飾るやり方に変わったのである。爾来、七段飾りセットは、わが家の物置に忘れられたまま仕舞われていた。

ところが、数年前にあるラオス人の若者と知り合ったことで、七段飾りセットの運命（？）は大きく動き出すこととなった。彼は母国と日本で事業をしている実業家で、ラオス政権中枢に繋がる人脈を持つ人物であった。例えば、ラオスの文部科学大臣が彼の叔父であり、ある日、その大臣が、日本の伝統的なお雛様を、両国友好の証しとして庁舎に飾りたい、という希望を持っていることを告げられた。その時、僕が急に、わが家の物置で忘れられているセットを思い出し、提供しても良いと提案したところ、一気に話が進展し、ラオス政府の文部科学省庁舎に、わが家の七段飾りが飾られることとなったのだった。僕がかなり苦労して、何とか梱包したお雛様セットは、コンテナに入れられ、とっくにビエンチャンに届いていると聞いていた。組み立て方や並べ方についても、詳しい写真付きの資料を同封しておいたのだけれども、未だに展示された写真が届かない。果たしてどうしているのだろうか、ラオスの七段飾り。かの地で大事にされているのなら本望なのだが。

四月

再びの『巣立ちの春』

四月を迎え、また巣立ちの春がやってくる。この季節に、新しい生活に向けて希望を膨らませている若者の姿を見るのが大好きだ。春の光景だ。春はいいなあという思いを抱きながら、今年も新年度を迎えることとなる。

新年度に入れば、僕の残りの任期は十二カ月。広報にエッセイを書く機会もあと十二回しかない。そう思うと、懐かしさに動かされ、過去のエッセイを読み直してみた。そして、自分の書いた原稿でありながら、昔は今よりチョットだけ良い文章を書いていたものだ、と驚かされてしまった。横着ではあるけれど、過去のエッセイを再掲させていただくことをお許し願いたい。決して手を抜こうとしている訳ではなく、今の僕の心境そのままのエッセイなので、もう一度読んで欲しいという思いからです。何卒、ご理解願います。

『巣立ちの春』

僕が執務室でコーヒーを飲むときに、決まって使う陶器のコーヒーカップがある。もう長い間このカップを使ってきているので、内側の部分や持ち手の辺りが黒ずんでしまっている。実は僕の持ち物や身の回りの品の中で、このカップの愛用期間が一番長い。昭和四十六年の四月に買ったものなのだから、もう三十六年間も使っているということだ。良くぞ毀(こわ)れずに使用に耐えてきたものだ。褒めてやりたいくらいである。

そのうえに、僕はこのカップを購入した日も場所も、チャンと覚えているのだ。四月三日、世田谷区の小田急線・経堂駅前の小さな雑貨屋で買ったのである。なぜそんな昔のことなのに覚えているのか。それは、その日が大学に入学し、東京で暮らし始めた最初の日だったからである。

東京の大学に進学することを決めたものの、東京は不案内のうえ、親戚もないことから、父の戦友を頼って、まかない付きの下宿を探してもらったのであった。それが経堂駅から徒歩十五分という下宿屋だったのである。いよいよ四月に入り、東京での一人暮らしを始めるべく上京し、四畳半の生活に必要な品物を調達した中に、そのコーヒーカップが含まれていたという次第である。

僕には姉がいるが、彼女は高校を出て富山で勤めていたので、僕が家を出て、東京で一人暮らしを始めることは、家族にとって大事件であったに違いない。そのせいもあって、初めて下宿に入るというその日は、父親が一緒に上京してくれた。父は下宿のおばさんに挨拶をし、僕の部屋を確認し、部屋を探してくれた戦友を訪ねたうえで、その日のうちに帰って行ったと記憶している。あまり多くを語らず、ただ「頑張れよ」と言って上野駅へ向かった父であったが、その胸中を去来したものは大きかったに違いない。息子の巣立ちに対する喜びと期待、親としてのチョットした満足感、そしてかすかな不安と寂しさなどであったのだろうか。その時は、そこから始まる新生活にばかり気持ちが向かっていて、そんな親の気持ちに気付かない僕であったが、この歳になると、その時の父の思いが良く分かる。親とは本当に有り難いものだと思う。その親の思いや東京での多くの記憶を、手元のコーヒーカップが時々思い出させてくれるのだ。その意味では大切な宝物なのである。

そしてまた四月がめぐって来た。巣立ちの季節である。あの日の僕のように、あふれる希望を胸いっぱいに抱いて、新生活に入る若者が沢山いる。彼らの青春の日々が充実したものであることを願おう。一方、あの日の僕の父のように、成長していく子どもを送り出しながら、期待と同時に寂しさを感じている親も多いことだろう。その親御さんたちにもエールを送りたい。

しかし何よりも、巣立っていく若者たちが、温かく見守っている親の思いを、きちんと受け止めてくれることを願わずにいられない。親とは本当に有り難いものだ。（平成十九年四月五日 掲載）

五月

果樹手伝い？

僕の任期があと一年間となったことから、最近、退任した後の自分の状況を想像して楽しんでいる。遊び心で、フリーになった後に使う名刺の素案を考え、試作してみたりもしている。パソコンで作ったものを何人かに見てもらったが、全員が面白がってくれた。普通の名刺サイズの紙の上部に、大きな幸水梨の写真を配し、下部には横書きで名前、住所、電話番号、メールアドレスが並んでいる。

これだけでも面白いのだが、やっぱり何らかの肩書が必要だろうと思い至り、編み出した肩書が「果樹手伝い」というものである。さらに、自らの経験の無さを示すために、小さな文字で（見習い）と付記されている。家事の方は何とかこなしているので、手伝いではなく主体だと思うけれど、農作業の方はまだまだ見習いなので、「家事手伝い」ではなくて「果樹手伝い」なのである。まだ一年間あるので、名刺についての修正や見直しがあるだろうけれど、この肩書はぜひ使いたいと思っている。

さて、肝心なのは農作業をどうやってこなしていくのかということ。僕は梨農家の長男でありながら、この歳までほとんど農作業をしないまま生きてきてしまった。もちろん若い頃から、時には人工授粉を手伝ったり、収穫作業に加わったりはしてきた。それとても、ほんの数日間のことである。いつかはやらなきゃと思いながら、踏み込むことができずにきたのである。しかしながら、現在九十六歳になる父が、老体でありながら楽しんで梨づくりに精出している様子を見ていて、一昨年あたりから、梨づくりの作業や手順を、少しずつでも体験していこうと思い至った。もう若くはないのだけれども、自分の原点である農の心に触れてみたいのである。果樹見習いから始めてみたいと思っているのである。昨年の夏には摘み取り、箱詰め、出荷という収穫作業を初めて通しでやってみた。秋には父の指導の下、剪定作業を手伝い、肥料をまいたりした。もっとも防除や剪定や誘引・枝縛りなどという作業は、これからも専業の人にお願いしていくしかない…。それでも何とかできそうなことから、少しずつ取り組んでいきたいものだと思っている。

過日は、姉夫婦に手伝ってもらいながら、梨の花を採取し、花粉の採葯（さいやく）、開葯作業をしたけれど、素人三人を見かねてか、何人もの人に助けてもらった。そして人工授粉作業である。子どもの頃に手伝ったことはあっても、ほとんど初挑戦であった。とりわけこの作業は、開花状況と天候に左右される。そして人手も必要だ。悩んだ末に、農業サポーターの人たちの協力を仰ぐこととなった。お蔭さまで三人のサポーターに来ていただき、友人にも加わってもらい、何とかこなすことができた。ちゃんと実がなれば次は摘果作業である。こうやって僕の見習い作業は続いていくのだ。

さて、手伝ってもらった農業サポーター制度について紹介してみたい。農業サポーターとは、わが家に来てもらったように、農繁期などに農業者の元に出向き、有償で農作業の手伝いをする人材グループなのである。もともとは、僕のように農家の生まれでありながら、農業から遠ざかっていた人や、非農家であっても、農作業に興味のある人たちのために、農業技術を習得してもらうための学校である「とやま楽農学園」を開設したことに遡る。この「とやま楽農学園」の狙いは、必ずしも就農者を増やすことではなく、空いた時間に楽しみながら農作業に従事して、農業者の力になってもらうサポーターの育成にある。現在、そのサポーター登録者が五三〇名ほどいて、野菜農家、果樹農家、花き農家などの協力者として活躍している。農家は繁忙期に働き手を得ることになり、サポーターは自分の余暇時間に謝金を得て農作業を楽しむ、という良い関係が築かれているのだ。これからも続いていくと良いと思うのだが…。

（関心のある方は、営農サポートセンターまでご連絡ください）

六月

新規製造物禁止令

（新型コロナウイルス感染症がどうなって行くのか見通せない中で、発行日の数週間前に本稿を書こうとしているので、テーマを見つけることが難しい。そこでタイムリーさに欠けるけれど、ある種の雑学エッセイでお茶を濁すこととしたい）

徳川幕府第八代将軍の徳川吉宗の名を知る人は多いと思う。財政再建を目的とした享保の改革を主導した人であり、中学生の頃に習った日本史では、江戸時代における名将軍の一人として教えられた印象がある。米価や物価の安定政策としての倹約や増税、目安箱の設置、小石川養生所の開設などを行った人物であると記憶している。

その徳川吉宗が行ったもので、あまり知られていない事例を二件紹介してみたいと思う。その一つは日本の人口調査を行ったことである。一七二〇年を起点として、六年ごとの人口調査を命じたのである。この調査は、一七二一年から一八六四年までの間に二十五回行われていて、資料として使えそうなものは十八回分だけだとされている。なお当時の調査対象には、武家やその使用人は含まれていないため（何故なら課税徴税のための調査だからであろう）、今の時代の人口調査とはかけ離れた調査となっている。そういう調査ではあるものの、面白い現象を示している。十八回分の調査を通して人口はほとんど変化せず、平均すると約二六一五万人となっている。もとより大飢饉があった年には調査どころではなかったと思われ、資料が残されていないらしい。いずれにしても江戸時代後半のわが国は、人口を増加させることができずにいたのであった。それが明治維新を迎えると、あっという間に人口増に転じた訳で、面白い現象だと思う。

そのことに関係するのだけれども、吉宗の改革の中で、もう一つの特徴的なものを紹介したいと思う。それが一七二〇年に出した新規製造物禁止令というものなのである。吉宗は次のように考えたらしい。「今、世上に売り買うよろずの品物、何一つ備わらぬことなきに、なお多く造り出さば、人々身の程に超えて買い求めるようになり、自ら家資窮乏し、国の衰えとなる」と。さらに、例えば高瀬川ができたことで、琵琶湖から京都への物資の輸送が便利になった半面、牛馬での物資輸送をしていた生業が衰退したことを憂えたのであった。その結果として、新田開発は行われなくなり、鉱山においては、新しい鉱脈の発見が滞ることとなった。こんな馬鹿げた法令が出れば、人々の創造性は破壊され、経済は完全に停滞してしまうことは当然の結果である。その結果の大きなものが、先に紹介した人口の停滞なのである。

五代将軍である綱吉の「生類憐れみの令」は悪法として有名だが、吉宗の「新規製造物禁止令」はもっとひどい悪法だと思う。

分かりやすい例を示すと、佐渡の金銀山の出銀高も、別子銅山の出銅高も、一七二〇年から明治維新までの一五〇年間は、ほぼ横ばいであったにもかかわらず、明治維新後には急増しているのである。新田開発や農業用水の新設などの農業用土木工事についても、同じことが言えると思う。人口や経済が停滞すれば国力が落ちることは、経済の専門家ではない僕の目から見ても自明のことである。開国と政体の転換は必然だったと思わされる。

言葉をかえれば、規制緩和とイノベーションがいかに重要なものであるかを物語っていると思う。前時代的なものには何の価値もないと言うつもりはない。不易流行こそが重要だと言いたいのである。本質的なものを忘れない中にも、新しく変化を重ねていくということであろう。イノベーションが求められる時代が来ているのだ。

（参照　板倉聖宣著『日本史再発見』）

七月

雑学 二宮尊徳

小学四年生の時に、アメリカの大統領であったジョン・F・ケネディが、日本人の中で一番関心がある人物として、上杉鷹山(ようざん)の名前を挙げたことを知って驚いた。当時の僕は、不明にも上杉鷹山という人の存在を知らなかったからである。何日か図書館に籠もり、上杉鷹山に関する書籍をむさぼり読んだ記憶がある。

バブル崩壊の後に、幾つもの大企業が破綻した時代があったが、そういう事態に接して、日本社会が抱える制度疲労や悪弊が、いかに深刻であるかということを思わされた。そして上杉鷹山に代表される江戸時代の財政再建の指導者たちに興味を持ち、備中松山藩の再建に取り組んだ山田方谷や、上杉鷹山の師である細井平洲などの伝記ものを乱読した。

その頃に二宮尊徳についても興味を持てば良かったのだろうが、漠然としたイメージだけで二宮尊徳を理解したつもりでいて、改めて調べてみるということをしなかった。ところが最近になって、二宮尊徳の功績を広めるために『二宮金次郎』という映画が製作されていて、全国の公民館などで上映をする運動をしているグループの存在を知り、興味を持った。かつては小学校の校門の近くに、必ずと言っていいほどに「二宮金次郎」の銅像が設置されていた。薪を背負って読書をしながら歩く少年の姿は、家の手伝いをしながらも、学びを怠らない理想の姿として日本中に広められていた。ちなみに、現在の富山市内の「二宮金次郎」像の設置状況は、小学校十九校、中学校二校である。この像のお陰で、少年二宮金次郎は多くの人に知られているのだけれども、大人になっての功績を知る人はあまり多くないと思う。本稿では、大人の二宮尊徳があげた功績について簡単に述べてみたい。

彼は、現在の神奈川県小田原市内の村で、比較的裕福な農家の長男として生まれた。やがて川の氾濫により、一家が所有していた農地の大半が流されるという悲劇に見舞われてしまう。そのうえ両親が失意の中で他界。しかし彼は、荒れた空き地で菜種を育てて収穫したことで、小さな努力を積み重ねることが大切だという「積小為大」の考えを体得する。この考えのもと努力を重ね、やがて実家の再興に成功する。その成功を目にした小田原藩は、家老服部家の財政再建を依頼する。それを成功させたことにより、さまざまな大名・旗本などから、財政再建の依頼が続くこととなっていく。その頃は大飢饉が続き、農村が疲弊しきっていた時代であったが、彼が再建の手ほどきをした村は六〇〇カ所以上にのぼったと言われている。

多くの藩や旗本領の侍たちができなかったことを、何故彼が成し遂げられたのか。それは勤勉さの勧めだけではなく、彼の優れた経済的な見通しと実行力があったからであろう。

例えば、飢饉の際には年貢の取り立て率を下げるということをやっている。今で言う納税猶予や減免をして、離農や離村者を出さないようにしたのである。藩主をはじめとする侍たちが、窮乏を我慢することで、年貢の総額を抑え、農民の意欲を高め、人口増につなげるという発想だ。愛民という封建道徳の論理である。

また、当時の侍階級は、資本を回転して儲ける商人を蔑(さげす)んでいた。蔑みながらもその商人から借金をする、というのが財政危機に陥る一つのパターンであった。そういう状況に対しての、彼の功績が「五常講」という講制度である。藩の使用人や武士の生活のために、お金を貸し借りできる仕組みで、今で言う信用組合のようなものだ。資本の回転である。二宮尊徳は、その時代の農家でありながら、商人的な「資本の論理」を理解していたのだろうなあ。積小為大という「封建道徳の論理」と「資本の論理」を併せ持っていたのであろう。

先に紹介した映画をぜひとも見てみたい。

八月

雑学 トイレ考

今日は七月十四日。おー、今日はパリ祭か！などと思っているところに、秘書課長からメールが届いた。曰く、「広報のほっと・エッセイの原稿の締め切りは明日です」と。メールを見た瞬間に、頭の中が大混乱状態になった。締め切りまでに、もう少し日があるものと勝手に考えていたので、何の準備もアイデアも無く、うろたえてしまった。仕方がないので、また雑学シリーズでお茶を濁すこととしたい。ご寛恕いただきたい。

ずいぶん前のことだが、トイレの呼び方はなぜこんなに多いのか、と気になり、調べてみたことがある。（清水義範さんの『日本語必笑講座』では楽しく学ばせてもらった）

理由はもちろん、便所とストレートに表現するより、婉曲に表現した方がふさわしい状況が多くあるからであろう。そのため「お手洗い」と言ったり「洗面所」と言ったりするのだ。手や顔を洗いたくてそこに行くのではなく、用を足したいのだけれども、ストレートに言うことが恥ずかしいので、そういう表現が多用される。清水さんの著書によれば、そもそもトイレという言葉も同じ成り立ちなのだそうだ。英語でトイレット、フランス語でトワレというのは、洗面とか洗顔という意味であるらしい。また、ＷＣというのは water closet の略で、水洗便所のことだが、ストレートな表現をしないで、水の小部屋と言っているのだそうだ。ズバリ言うのを避けたいという心理は外国でも同じということだ。

柔らかく表現しようとするために、トイレを表す言葉のなんと多いことか。「厠」「雪隠」「ご不浄」「手水」などの言い方が古くからあり、今、日常的に使われているものとしては「洗面所」「手洗い」「化粧室」「レストルーム」などがある。

ところがみんなが例えば「手洗い」を使っていくと、やがてこの言葉が便所を表しているという認識が共有されることとなる。そこでまた新しい表現を見つけたくなるという次第で、結果として便所を表す言葉が増産されるらしい。

昔の表現で面白いものを知った。「閑所」（かんじょ、または、かんぜ）というもので、そこが寂しい場所だからであろう。確かに集団で利用する場所ではないからね（もっとも連れションと言う言葉があるけどね）。五十歳で登山を始めた時に、登山では、用を足すために登山道を外れるときには「キジを撃ちに行く」と言い、女性の場合は「花を摘みに行く」と言うと教わった。なんともお洒落な言い回しじゃないか。言い換えることを楽しんでいるようでもある。

ところで富山市では現在、市立小・中学校の和式トイレと公園内の和式トイレの、洋式化に取り組んでいる。まずは学校の方だが、すでに洋式化の済んでいる学校を除いた小学校六十二校と中学校二十三校の計八十五校について、改修事業が進んでいる。中には地元から和式のものを残してほしいという要望が出たケースもあるので、それを控除した残りのすべてを洋式化する。全部で一五八四台の改修であり、令和三年三月までに終了する予定だ。次に公園のトイレだが、その大半は設置してから三十年以上経過したものであり、大半は和式便所で整備されてきた。そこでこちらも思い切って改修することとした。全部で八十二公園、二二九台の便器について、令和三年七月までに洋式化を終えることにしている。生活様式の変化に伴い、和式便器の使えない子どもや、足腰の弱い高齢者、さらには外国人の定住者や観光客の増加など、学校や公園の利用にも変化がみられる。その変化に一日も早く対応するために、確実に整備を進めたいと思っている。乞うご期待というところです。

（参照・引用　清水義範著『日本語必笑講座』）

九月

『きみに読む物語』

こんな私的なエピソードを、市の広報に綴っていいものか、と逡巡しているものの、他方では、一組の高齢夫婦の姿を通して、超高齢社会の一つの断面を考えてみることも意味があるかな、とも思う。迷った末に、恥を忍んで、我が両親のエピソードを披露させていただきたい。高齢の二人に免じてお許し願いたい。

現在、父はある病院に入院している。過日、元気にしているだろうかと気にしながら、病室に赴いた。入り口で検温などの手続きを済ませて、病室に行ってみると、ベッドががら空きであった。近くにいた看護師の方に「リハビリにでも行っているのですか?」と尋ねると、優しく笑いながら「違います」と答えてくれた。すると他の看護師の人も寄ってきて、同じように、優しく、かつ楽しげに笑っている。僕が訝しげにしていると、併設されている老人保健施設に入所している母に会いに行っている、と教えてくれた。実は病院に父が入院していて、併設の施設に母が入所しているという状況なのである。

聞けば、毎週月曜日の午後三時に、まだ要介護認定を受けていない九十六歳の父が、病院のスタッフに同行してもらいながら、認知症の九十二歳の母のところに、楽しげに通っているのだと言う。もっとも母は、前の週に父と会っていたことをすっかり忘れていて、毎週、久しぶりに会ったと嬉しげにしているとか。それでも父は毎週、楽しみにして会いに行っているらしい。このことを知らされた僕は、少しばかり感動してしまった。こんな幸せな夫婦はめったにいないだろう。九十六歳と九十二歳でありながら、週に一度のデートができるなんて。前週に会ったことは忘れていても、お互いのことは分かっているのだから、家族のことや昔の思い出話は普通にできる。その程度の認知症なのだから、デートは楽しいものに違いない。七十数年、夫婦を続けてきたのだから、何も話さなくても分かり合えているのだろうけれども、週一の逢瀬を楽しめるのだから、本当に幸せな老夫婦だと思う。

そんなことを思っていると、大好きな作品の一つである映画を思い出した。ニコラス・スパークスのベストセラー小説を原作として製作された『きみに読む物語』である。詳細な説明は省くけれど、長い間寄り添った夫婦の一生の物語で、年老いて認知症を患い、施設に入所している妻に、何とか二人の日々を思い出させようとして、夫も同じ施設に入り、毎日のように本を読み聞かせる時間を設けて、二人の若い頃からの日々を、小説を読むようにして語り続けるというストーリーである。わが父に、小説風に語りかける術はないけれど、来し方のあれこれや、子どもたちのこと、孫やひ孫のこと、梨畑のことなどを語り合っているに違いない。二人の週一デートが長く続くことを願うばかりである。

これから、高砂人形や翁媼(おうおう)人形のように、超長寿のカップルが増えていくことだろう。「お前百まで、わしゃ九十九まで、ともに白髪の生えるまで」が現実になってきているのだ。ところが、片方が要介護認定を受けていて、もう片方は認定を受けていないという場合に、一緒に入所しようとすると、「住宅型有料老人ホーム」か「サービス付き高齢者向け住宅」とかが考えられる。この場合、訪問介護サービスを受けることとなり、施設介護サービス水準という訳にはいかない。一方、片方が介護認定を受けて入所している施設に、要介護状態ではないパートナーが同居することは、現状の制度では困難なのである。しかしながら、介護程度の差を超えて一緒にいたいと望む人は、増えてくると思う。もちろん自己負担は大きくなるけれども、我が両親のようなカップルが、一緒に入所できる施設介護サービスということを考える時代が来ているのかもしれない。難しい課題である。

十月

「少年よ大志を抱け」で思うこと

タイトルの言葉は、あのクラーク博士の言葉である。クラーク博士は札幌農学校の初代教頭として日本に招かれ、アメリカ式の教育プログラムを導入し、非常に高水準な教育を実現したと言われている。赴任期間を終えた彼は、翌年に日本を離れることになり、農学校を去るときに、学生たちに向けて馬上からかけた言葉が「ボーイズ・ビー・アンビシャス」であった。それが「少年よ大志を抱け」と翻訳され、若者たちへの激励の言葉となっていったとされている。

ところが、この時の挨拶については正確な記録がなく、「お金や欲望、名声のためではなく、人としてなすべきことのために大志を持ちなさい」というものであったという説もある。しかし、馬上でこんなに長い挨拶をするのは不自然だとして、この説は信憑性が低いとするのが大勢である。また、教え子だった人が「みんな私のように野心的でありなさい」と言ったと紹介している記録もある。さらには、別れ際に「まあ、お前ら頑張れよ！」という程度の軽い言葉だったという推察もある。

人の口から出た言葉というものは、この例に見られるように独り歩きしがちである。発言者の知らないところで、思いもしない意味付けがされることもある。僕自身も、真意とは全然違う意味の発言と受け取られて閉口したことがある。会話音として発した言葉が活字化されると、微妙にニュアンスが変わったり、同音異義語として受け取られることもあるのだ。今は、勝手に録音されて加工されることさえあるのだから、もうお手上げ状態である。まあ、自らの真意は一つしかないのだから、周囲の騒音など無視すれば良いと思っている。

一方では、ある言葉の意味について、自分の理解とは全く違う解釈があることを知り、驚かされることもある。例えば藪(やぶ)医者という言葉である。一般には、適切な診療能力を持たない医師を指す蔑称であろう。ところが、藪医者ではなく「養父(やぶ)医者」と書き、名医を指す言葉なのだとする解釈があるらしい。但馬国(たじまのくに)の養父にいたという名医が語源であり、その人の名声を悪用して「養父医者」の弟子を騙(かた)るものが続出して、「養父医者」の評判が悪くなり「藪医者」に変化したのではないかとする説である。兵庫県の養父市では、へき地医療をする若手医師を対象にした「やぶ医者大賞」という表彰をしているそうだ。面白い。

また、いろいろな解釈があって、よく論争になるのが、ダーウィンの次の言葉である。「強いものが生き残るのではなく、賢いものが生き残るのでもない、唯一生き残るものは、変化できるものである」という言葉。実に奥が深い。現状に満足することなく、絶えず自らを変化させることが大切だという戒めの言葉のようであり、生き残るためには変化のための努力を怠るな、と言う意味にもとれる。ところが最近よく言われる解釈は、次のようである。「生物の同じ種の中でも、個体によって形質にばらつきがある。例えば長身のものが有利な環境に暮らすと、長身の個体が長生きをして子孫をたくさん残す、結果として環境により適応した形質を持つ個体が増えていくことになる」という説だ。つまり、ダーウィンの進化論は、ある集団にどんな変化が起こったか、ということに視座があるのであり、個体の話ではないということだ。言い換えれば、環境に適応した個体がより良い子孫を残し、強い集団を形成していくということだ。

集団を組織と置き換えて考えてみよう。環境や時代に適応して、変化できる個体をたくさん持つ組織が強くなるということだろう。年老いた僕にはそんな適応能力はない。適応能力を持つ組織を牽引できる、そして組織力を最大化できる新しいリーダーの出現こそが必要なのだ。それが組織を変化させることに繋がるからである。

いずれにしても言葉遣いは難しい。だからこそ面白いのだけれども。

十一月

いつも農作業を手伝ってきた？

過日、コンビニに行こうと軽四で道路を走っていたところ、道路上に大量の梨が転がっていて、二人の人が慌てて拾っているところに出くわした。この道路は、僕が中学生の頃に農道として整備された、直線で走りやすい道であり、梨の最盛期には、収穫した梨を運ぶトラクターや軽トラと一般の乗用車などで、混雑することが多い。いずれにしても、僕が状況に気づいたときには、対向車線には既に、五、六台の車が走行できずに止まっていた。僕は車を左側に止めて、転がった梨を拾おうと走って行った。周囲に迷惑を掛けてしまって申し訳ない、といった風情で黙々と梨を拾っているのは、近所の人であった。時々、僕の梨畑での作業にアドバイスをしてくれる、八十代の男性と彼の息子の妻の二人である。

失敗したという気持ちで、緊張しながら作業をしている二人の心を、少しでも和らげようと、「僕も若い時に満杯の箱をひっくり返したことがありました…」と言いつつ作業を急いだ。気が付くと、若い男女三名が一緒になって作業をしてくれていた。車から満杯の梨の箱が落ちたのだから、転がっている梨は、ほとんどが割れて果汁が浸み出しているので、手がべたついてしまうのに、嫌がらずに手伝ってくれる若者の姿に、ほっとさせられた。彼ら以外の車から、新たに手伝おうとする人は現れなかったけれど、クラクションを鳴らす人はいなくて、静かに作業が終わるのを待ってくれていた。まだまだ助け合いの心が生きていることに触れて、嬉しくなった。作業が進み、一車線程度の幅で通行できるようになると、お互いに譲り合って、交互に通行している様子もまた嬉しく感じた。みんな「人に忍びざるの心」を持っているということだ。

ちなみに、僕が若い頃に梨の箱をひっくり返したのは、自宅の敷地内であったものの、両親が丹精込めて栽培してきた成果品を、台無しにしてしまったという後ろめたさで、小さくなっていた。そんな僕に対して父が「まあ、大なり小なりみんなやってることだ」と慰めてくれた。忘れられない記憶である。

ぼくは、毎日忙しく農作業に励む両親のために、一生懸命に手伝いをする、という健気な少年ではなかった。それでもたまに手伝いに駆り出されたものだ。そんな記憶を辿ってみると、よくぞ無事だったなと思わされる失敗ばかりが浮かんでくる。思い出せる失敗話の幾つかを綴ってみたいと思う。

小学生の頃に、茶畑で新茶葉をいっぱいに入れた畚（ふご）（藁（わら）で編んだ籠、当時わが家ではドーハと言っていた）をリヤカーで運んでいて、ひっくり返してしまったこと。

中学生の時に、耕運機でリヤカー状のものを牽引する装置を運転していて、側溝に落ちる寸前という危険な瞬間があったこと。

乗用の防除機が無かった頃の農薬散布作業は、固定した動力噴霧器から長いホースを伸ばして行っていたのだが、梨の樹に噴霧する父の、やりやすいようにホースを引いたり押したりすべきなのに、要領が悪くて、長いホースを絡ませたうえに足を取られて、思いっきりコンクリート柱に頭をぶつけてしまったこと。

脱穀機などを動かすための農業用三相交流電源をいじっていて、感電したこと。

この歳になっても、子どもの頃の失敗を忘れることはできない。その殆どは親にも友達にも言わず、そっと胸の奥に隠してきたものだ。不思議なことに、最近になってそんな小さな秘密を告白したくなり、この稿を書いた次第。父が入院し、母が施設でお世話になっている今、両親の若い頃からの苦労をしのびつつ、残された梨畑を何とか維持していこうとする思いが、そうさせたのかもしれない。ほとんど梨栽培の知識がないけれど、門前の小僧の記憶に頼りながら、かつ近所の人に助けられながら、なんとか今年の収穫を終えることができた。失敗談を披露することで、心をリセットして、秋の剪定作業から再挑戦だ。

さて、来年はどんな梨が取れることやら？　楽しみながら頑張りたいと思っている。

十二月

注射信者のひとりごと

僕らの世代は、お医者さんに診てもらう際には、最後に注射をしてもらわないと物足りなさを感じる人が多いのではなかろうか。少なくとも僕はそうだ。だから、診察が薬の処方だけで終わろうとすると、思わず「先生、注射は無いんですか？」と口にしてしまう。医療の現場では、なるべく注射をしないという傾向にあることは分かっているのだけれども…。注射信者としては、注射をした方が回復が早いという思い込みを棄てることができず、ほとんど信仰のようになっているのだ。子どもの頃の、注射で劇的に回復したという記憶がそうさせるのだろう。そうは申せ、そろそろ注射信仰を止めないと手に負えない高齢患者になってしまいそう。主治医の先生の処方通りに、病気と向き合うことが一番。「あれ、注射は無いのか」などと思っても、決して口にしてはいけないと肝に銘じている。

そうは言っても、インフルエンザの予防接種となると話は別である。毎年ワクチン注射を受けている。感染して公務に穴をあけるということを避けたいとの思いからである。もっとも予防接種を受けたとしても万能と言う訳じゃなく、何年間に一度は感染してしまい、一週間程度の自宅隔離を余儀なくされる。

この稿を書くにあたり、一番新しいインフルエンザの感染はいつだったのかと気になり、自分のブログを遡ってみた。意外にも前のことで驚いたが、二〇一四年の二月に一週間の隔離休暇をもらっていた。ブログの文章を読み直してみると、同居している娘との食事も避けるという、徹底した家庭内隔離をしていたうえに、熱が下がり、体調が回復してからも、更に二日間の自宅待機をしていた。誰かに感染させる可能性があるのだから当然である。おそらく電話とメールで仕事をしていたのだろうなあ。いろんな人に迷惑を掛けたに違いないと思うと、今になっても反省させられる。それでもその後の六年半は、一度も感染していないということだ。予防接種のお陰であろう。僕自身は今年の接種を十月の初めにしたが、六十五歳以上の方には無料接種券が配付されているので、多くの方に接種してほしいと願っている。もちろん子どもから大人まで多くの方にも受けてほしい。新型コロナとインフルエンザの同時流行だけは避けたいと思うからである。

ところで注射信者としては、昔と最近の注射事情を比較して、不思議に思うことが何点かある。思いつくままに列挙してみたい。

まず、小学生の頃の集団接種において、一本の注射で何人もの児童が注射されていた記憶があるが、よくぞ無事でいたものだと思うこと。そのうえ、昔の注射はとても痛かった記憶があるが、今はそうでもないということ。昔は注射の後でよく揉むように言われたが、今は逆に揉まないように言われること。昔は注射をした日には入浴しないように注意されたが、今は違うこと。などなどであるが、すべては医療の進歩の賜物ということだろう。その延長線上にあるのが、冒頭に書いた注射をしない診療ということになるのだろうなあ。やっぱり注射信仰を棄てる時ということか。

先に紹介したブログの中に、子どもの頃の記憶を書いている部分があり、読んでみて懐かしい思いにさせられたので披露してみたい。

「目を閉じていると、時計の秒針が刻む音が耳につく。急に子どもの頃に風邪で学校を休んで家で寝ていた時のことを思いだす。誰もいない家の中で、一人で布団に寝ながら、時計の音だけが耳に響いてきて寂しかった記憶だ。時計の音は容赦が無い。確実に時の経過を刻む。自分だけが無為に過ごしているようで不安にさせる。早く学校に行きたいと泣きそうになりながら思っていた記憶が甦ってきた」というもの。改めて童心を思い出させられているが、この時も近くの医院で、痛い注射をしてもらって、家で寝ていたのだろうなあ。

2020年

今週の一言

●1月2日

新年明けましておめでとうございます。令和二年が始まりました。雪の無い穏やかなお正月そのままに、明るい穏やかな一年になればと思います。とりわけ今年は僕にとって、長い間取り組んできた路面電車の南北接続が完成するという、生涯忘れえぬ年になります。運行開始する三月二十一日を、ワクワクしながら待ちわびています。

この日をきっかけにして、また富山市が大きく進化するに違いありません。こういう歴史的な仕事に、関わることのできたわが身の幸運を思うと、感謝に堪えない次第です。お世話になったすべての皆さんに、心から感謝します。そうは申せ、その日までまだ二カ月強あります。気を引き締めて、全力でことにあたっていきたいと思います。今年も頑張ります。ご支援ご協力をお願いします。

さて、今年もたくさんの方から賀状をいただきました。有難うございます。平成七年から年賀状を出さなくなって、不義理を重ねること二十数年。それでも変わらずに連絡をくださる皆様に、申し訳ないという思いしかありません。生来の無精者です。なにとぞご寛恕ください。今年もよろしくお願いします。

●1月6日

東京から一番遠い街、距離ではなく、所要時間が一番かかるという意味での遠い街、とされている島根県の江津市に行ってきた。江津市だけじゃなく浜田市にも足を延ばしたが、やはり遠いなあと感じさせられた。転出超過が甚（はなは）だしく、人口が激しく減っているのではないのか、という雰囲気が強く強く漂っていた。見つけた島根県のポスターを見て、失礼ながら得心してしまった。なんと「練馬区に（人口が）追い抜かれてしまった。負けるな島根県！」というもの。やっぱり事業経営者や社員やその家族から評価されるように、都市の魅力を高めていくしかない、と改めて確信して帰ってきた。人口減少を避けられなくても、マイルドに減っていく地域を作ること。そのことに尽きる。

　そんなことを思いながら帰途についたのだが、車に給油しなくては富山まで帰れないことに気づいた。高速道路のサービスエリアのスタンドだと、ハイオクが一リットル当たり一七〇円台後半だと思われたので、浜田市内のスタンドをのぞくと、一リットル当たり一六六円とのこと。富山はこんなに高くないぞ、と思いながら走り続け、米子市のスタンドで給油すると、一リットル当たり一五六円であった。ちなみに米子市は、ライバル県の鳥取県の市である。こんなに単価が違うのでは、島根県民も鳥取県で給油しているのでは、と思わされた。負けるな島根県‼

さて、今日の定例記者会見で、知事選について質問されたので、従前通りの考え方を述べた。それは、自民党本部が平成十八年に改正した各級選挙に関する公認や推薦に関する規定は、奥行きのある見識だと思っているので、自民党はその規定を尊重した対応をすべきだというものだ。その規定では、知事は連続三期までしか推薦をせず、市町村長や議員については、そういう多選排除の規定が存在しないという規定である。

つまり知事と市長では、その対応が違うということである。ガバナー、つまり統治者と、メイヤー、つまり市民の代表者とでは、権限も重みも影響力も大きく乖離しており、統治者である知事選に関しては、連続三期までしか支持しないという見識がそこに示されているのだ。二十五年ほどの長きにわたって自民党員であり、また支持を受けてきたわが身は、自民党人だと思っている。さすれば自民党関係者に、党の規定の尊重を求めることは、私の態度として当然のことであろう。

先ほどテレビニュースから流れてきたかの人のコメントでは、自らが実質的に五期務めながら、他者の多選をあれこれ言うのは変わった見識である、という趣旨の発言があったらしい。私が尊重すべきだと言っているのは、自民党のルールであり、かつそのルールは見事な見識である、と言っているのだ。したがって、私の主張を変わった見識だと発言することは、自民党本部の見識を変わった見識であると言っていることに他ならない。

私は一方で、自民党の支持を求めようとしないで、誰がどんな選挙に臨まれようと、それはその人の権利であり判断である、という趣旨の発言もしている。私の主張は、特定の誰かの是非を論じているのではなく、党人であれば党の方針を尊重すべきだ、というものである。自民党の見識を変わった見識だとされるからには、自民党とは違う立ち位置で選挙に臨まれるということだろう。それは全く自由である。もしも自民党の見識を批判しながら、それでも自民党の支持を得ようとするのであれば、それこそを変わった見識と言うのではないのか。はたして如何に?

●1月10日

出張先に届いた地本紙の記事を、面白く読んだ。僕は自分の意見を淡々と語り、粛々とブログ上に綴っているだけなのに、いろんな関係者にマスコミがそれを聞き伝え、煽ってコメントを求めているようで面白い。コメントを求められた方も、僕のブログを読み込みもしないで、記者の術にはまって口にするものだから、もっと面白くなっているようだ。いかにもなあという構図である。

言われっぱなしも良くないので、理解の及ぶ範囲で再コメントしてみたい。まず、記事にあった、言わば「言いたいことがあるなら、県連大会で言えばいいだろ」という誰が言ったかは分からない(およそ想像はつくけどね)コメントについて言いたい。僕は最終的な県連の対応に意見するつもりもないし、その立場でもないので、僕の発言は県連に対してのものではないということを言っておきたい。

僕が主張しているのは、県連の意思決定に参画するであろう同志各個人に対し、自民党が平成十八年にわざわざ改正した要綱だったか、要領だったか、規約だったかに（ちなみに党則という表現はしていないはずだ）流れている見識を尊重して対応してもらえないだろうか、というものである。同志に話しかけているのであって、県連に物申す気持ちがみじんもないことを、我がブログを読んで理解願いたいものだ。

もう一つ目についたのが、「この発言は、新田さんのためには利益にならない」という趣旨のもの。誤解のないように言っておくが、僕は新田さんの利益になればとの思いで一連の発言をし、ブログを書いているわけではまったくない。今までにも何度も発言し、かつ活字にもしてきたが、平成十八年の十一月、第一次安倍政権の時にわざわざ改正された自民党のルールの、見識の深さに感動し、共感しているからこそ主張しているのである。

どんなに優秀で実績を上げていて声望があり、かつ人格者であっても、知事、つまりガバナーの場合は連続三期までしか支持しないものとし、市町村長や議員については多選制限をしない、という自民党のルールは本当に深いものであり、憂国の真情の発露であると思う。総裁の任期を三期で制限しているいることと同根の、国家観と憂国の情が底辺にあるのだ。三島の憂国観とは距離があるものの、それまでの実績や、個人的な親近感や情実や好悪感、表面的な人気、実利的な影響など様々な魅力がある人材であっても、それを超越して国家や国民、県民、市民のために、ルールとして三期までの多選制限をした先人の決断を、尊重すべきではないか、と僕は訴えているのである。新田さんとは関係なく、今までも何度も主張してきていることなのだ。

大野黒部市長は気づかなかったのかもしれないが、四年前の知事選が始まる前から、何度となく同様の主張を繰り返してきているのだ。大野市長の発言に関する記事の見出しに、大きな違和感を感じたので、まずそのことについて言っておきたい。誰が「騒ぎ」という言葉を使い始めたのかは知らないけれど、もしも大野さんまでもが使っているとしたら、改めてもらいたい。僕は少しも騒いでいないし、自らの考えを淡々と、かつ粛々と述べ、かつ活字にしているだけなのだ。どこにも騒ぎなど存在しないのである。もちろん騒がそうなどとも思っていない。

さて、前回の知事選挙の時には問題にしていないじゃないか、という趣旨の大野氏の発言に対しては、先述の通り誤解以外の何物でもない。四年前に、誰も手を上げないのであれば、自民党の見識の実現のために、僕が検討しても良いとまで考えていたことは、多くの人の記憶にあるところじゃないのか。当時、県連の幹部の何人かと話した中で、次のようなやり取りもあった。誰も対抗者がいないとなれば、党本部のルールとは違うが、県連単位で支持することは当然だ、という説明に対しては充分に納得ができた。そのうえで、誰かが手を挙げた場合には党本部のルールが働くことになるはずだ、という僕の意見に対し、それでも当然に党本部ルールにつながるものではなく、党本部ルール解釈を含めた県連の判断によるとされた。そのうえで県連の議論が簡単に収れんされない場合には、どちらも推薦しないという選択肢もありうるという、これもまた憂国ならぬ憂県の真情とも言うべき発言があったことを忘れられない。

大変に驚きはしたが、ものすごく奥の深い発言だと受け止めて、僕はそれ以上の主張を自らの内に収めた。大野さん、あなたは知らなかったのかもしれないが、僕が誰かを推すためではなく、自民党のルールの尊重という趣旨で行動し、発言してきたことを分かってもらえれば、四年前にもそれなりの動きをしていたということを理解したもらえると思う。今になってにわかに主張している訳では無いのである。

まったく蛇足で言わずもがなのことであるが、公認料云々のことは、ルールとは違う主張をしようとする人に対してやるからには、それくらいの覚悟でやるべきだ、という激励の趣旨である。激励の対象者に制限のないことは当然のことである。いずれにしても同志諸君に訴えよう。情実や利害を捨てて憂国、憂県の情に立てと。

●1月13日

僕は今まで、県議会議員の選挙を二回、市長選挙を五回、全部で七回の選挙を経験してきました。どの選挙に際しても、本当に多くの皆さんに献身的な協力をいただいて遂行することができました。表現の方法が見あたりませんが、感謝に堪えません。本当にありがとうございました。お陰様でございます。

選挙というものは、候補者本人には分からないところで、驚くほどの人の支えで動いているものです。いつの日にか、その一つ一つにご協力いただいた皆さんに、お礼を申し上げる機会を見つけたいと思います。まずはあと一年三カ月ほどになった任期を、しっかりと働いていきます。さらなるご支援をお願いします。

さて、自分自身の選挙を七回やってきたと言いましたが、そのほかにも関わってきた選挙がいくつもあります。その都度、全力で取り組んできました。その過程で、多くの先輩から学ばされたことがたくさんあります。ああ、選挙運動というものはこんなにも自分磨きになるものなのか、と思わされたこともしばしばです。そうやって学ばされた要点の一つが、対立する相手を過剰に悪く言わないことです。あるいは彼我の違いを誇張しないことです。そしてもう一つが、得意になって自分の手柄話をしないことです。そういったことは、まったく意味の無いことだと思います。大切なことは、自分の主張を誠実に訴えることなのです。相手を論評することは逆効果につながります。しかし、選挙の経験のない人ほど陥りがちな危険な地雷領域なのです。そんなことを学ばさしてもらいながらの今日です。

もう一度言います。お世話になった多くの皆さんに心からの、心からの感謝です。有難うございました。頑張ります。

2020年

●1月25日

久しぶりに大失態を見せてしまった。一昨日のことである。仲良しの美女と、二人で楽しく食事をした。いや、お酒を楽しんだというべきか。おそらく調子に乗って、かなり飲んだものと思われる。はたして支払いをしたのかどうかも覚えていない始末。おそらくご馳走になったものと思われる。情けないなあ。いや本当に情けなかったのは、帰宅後の大失敗なのである。

酔っぱらって帰った僕は、トイレの中で前のめりに転んで、おでこをしこたま床にぶつけてしまったのだった。見事なたんこぶができてしまっている。右手の中指をすりむいてもいる。何をしているものやら…。そのうえ、台所の椅子に座ったまま、背もたれに首をあずけ、顎を上に突き出した姿勢で眠り込んでいたようだ。娘がその姿を見つけて声をかけたらしいのだが、反応がなく、やむなく彼女は僕を叩いて起こし、ベッドまで引っ張って行ってくれたとのこと。

おかげで今に至るも、首が痛くてならない。たんこぶと首痛、酒飲みの愚かな大失態の結果なのだ。久しぶりにこんなひどい愚かさを露呈してしまい、猛省しきりである。酔って転ぶということは実に危ない状況だ。老いを忘れた行状だ。歳を考えながら生きていかなくてはなるまい。今後は飲まずにデートをすることにしますかな?

●1月27日

来る三月二十一日に、路面電車の南北接続事業が完成し、南北市街地の一体化が実現する。この南北市街地の一体化の実現は、富山市復興のまちづくりの歴史や、先人の知恵の集積によるものであり、本市の近代化における三つのまちづくりのステージを経て、成し遂げられたものと言える。

第一のステージでは、神通川の馳越線という改修工事に加え、新たに富岩運河を開削し、その掘削土で廃川地を埋め立てるという大土木工事により、市街地の整備が進展した。第二のステージでは、戦災により焦土と化した市街地の復興に向けて、一丸となった市民の理解や不断の努力により、旧城下町地域の整備が進められ、昭和四十一年に戦災復興事業が完了して以来、各種都市機能が充実した、日本海側有数の中核都市として再生を遂げた。そして、第三のステージでは、公共交通を軸とした、拠点集中型のコンパクトなまちづくりに取り組み、日本初の公設民営方式による富山ライトレールの開業や、上下分離方式による市内電車環状線化を実現した。

このたび、南北接続事業が完成することで、これまでの取り組みが結実し、南北市街地の一体化という「富山市民一〇〇年の夢」が叶えられることになるのだ。そしてこの瞬間から次の新しい時代、ネクストステージが始まるのだ。

僕らは、令和元年八月以来、白井芳樹氏が最初に使ったものと思われることの「一〇〇年の夢」という言葉をキーワードとして借用しながら「富山市の近代化における三つのまちづくり―百年の夢の実現―」というタイトルで、富山市の近代化の歩みをまとめ、ネクストステージまでの営みを分かりやすく整理し、機会をとらえてアピールしてきた。市広報の二月号にも「一〇〇年の夢　叶う」と題してエッセイを書いたところであり、今後とも市民に対し、その意義を伝えていきたいと思っている。

さて、ある日、ある所で、ある人が突然のように、馳越線工事や富岩運河の開削のこと、廃川地の解消のことなどを口にされるのを聞いて、驚いてしまった。続けて戦災復興事業についても説明が続いて、さらに驚いてしまった。こういった事柄についての発言が過去にあったことを不明にも知らない。少なくとも僕は、一度も耳にしたことがない。

話を聞きながら、どういう意味が込められているのだろうかと考えてしまった。やがて次のようなことではないのかと思い、理解ができた。一部の者たちが、第一ステージだとか第二ステージだとか第三ステージだとか言っているようだが、それらの大工事はすべて県営でやってきたものだと強調したい、ということらしい。それぞれのステージの事業について触れていただくことは各事業の意義についての理解が広まることになるので、大変にありがたいと思う。県や県都を思う熱心さの証しであろう。その熱心さに頭が下がる。こういう熱心な人がいれば、僕らの未来は明るいに違いない。

ところで、僕らが語っているのは、富山市の近代化の歴史の延長線上にある南北接続事業の意義についてである。すべては多くのステークホルダーの、理解と献身的な協力があって実現したものだ。これからも多くの関係者のご支援とご協力を仰ぎながら、ネクストステージを、これまでにない視点や手法により、創造していこうと呼びかけているのである。
それぞれの事業が県営だったということは、そのとおりであり、どの時代にあっても、市民は県に対して大いに感謝してきたに違いない。いや、今も感謝しているのだ。お陰様である。僕らも心からそう思っている。これからも、県が積極的に県都の発展に取り組んでいただくことを期待している。大変に有難いことである。

●2月3日

今年も玄関に、お雛様の書かれた小さな衝立と、お雛様の木目込み人形を飾った。おかげで春の雰囲気があふれた玄関となった。季節の変わり目には、こうやって季節にあわせた飾り物を置き換えている。それが僕の中での風物詩なのである。雪のない暖かい冬だといっても寒い朝もある。気分が先行してしまったので「春よ来い!」との思いが強い。

過日、母が頼むので、母の足の爪を切った。どれくらいの間切っていなかったのかは分からないけれど、とても普通の爪切りでは切れないほどに延びているうえに、巻き爪状態なので本人で切ることができず、頼まれた父にも切ることが出来なかったようだ。僕が持っていたペンチ状の専用爪切りハサミで、丁寧に切った。本人は肉を切るなと叫んでいたが、両足ともにきれいになった。

親の足の爪を切るということは、さすがに初めてのこと。腰が痛いと言って、床に座ったままズボンをはき替えようとしていたのを見かね、両脇を支えて立たせ、ズボンをはかせてもやった。これからこういう機会が増えていくのだろうなあ。やっと、こうやってちょっとした孝行をできる状況になったのか。両親が九十代でありながら、なんとか在宅で暮らしていてくれることが有難い。なるべく毎日、顔を見るようにしたいと思っている。僕は六十七歳なので、既に老々介護状態ではあるけどね。

●2月11日

今日はのんびり過ごそうと思いながら、いつもより遅い時間に新聞を開いて、驚いてしまった。時どき掲載される故人の遺徳を偲ぶコーナーに、僕にとって忘れられない恩師の記事があったからである。この大恩ある方が、昨年の秋に逝去されていたことを全く知らなかった。不明を恥じるのみである。不義理を恥じるのみである。

遅ればせではあるものの、線香を求めて記憶にあるご自宅に向かったものの、転居されている風情でむなしく帰宅した。帰宅後、知人を介して記事の執筆者に動いてもらい、ご遺族である奥様に連絡することが叶い、何とかご自宅に足を運ぶことが出来た。高岡まで二往復した訳だが、その間、若き日の記憶を鮮明にたどることが出来た。奥様とお話しできたことが本当に良かった。

この小島俊彰先生は、富山県における考古学会の第一人者だったので、知る人も多いと思う。長く金沢美術工芸大学の教授をお勤めであった。そのうちにお目にかかり、若き日のお礼を申し上げ、これからのご指導も仰ぎたいと思いつつ、無為に日を重ねて叶わなかったことを悔いるのみである。

先生は、僕が高校二年生になった春に赴任され、日本史の授業を受けることとなった。若くて溌剌とした、まるで青春映画に出てくるような、兄貴然とした先生であった。この頃の僕は、不品行や不良という言葉を超える問題生であった。授業をさぼっては、ジャズ喫茶に深夜まで入りびたる放蕩高校生だったのだ。もう時効だとは思うものの、今の立場を離れた後じゃないと具体のエピソードを話すことに危険を感じるくらいである。五歳年下の弟が同じ高校に入学した際に、担任から「君は本当にあの森の弟なのか？」と訝しげに言われ、「兄ちゃんは何をしでかしたのか？」と親を問い詰めることがあったらしい。わが家の伝説である。僕は父兄召喚というペナルティーを受けたうえ、ほとんど退学か放校か、という瀬戸際の状況であった。

小島先生は、そんな僕に対してしきりに声をかけてくださり、「どうせ授業をさぼるのなら、俺とテニスをしよう」と誘われ、授業中なのに二人でテニスをしたり、神通川の河原で寝そべりながら歴史談義をしたり、という時間を持つことが出来た。先生はクラス担任を持っていなかったから、僕を指導してくれる時間があったのかも知れないけれど、おそらく職員会議で見放されそうになっていたであろう僕を指導していただいたことは、先生の立場を悪くしていたのではなかろうかと（この歳になってみると）、思う。

先生はやがて、休日や夏休みに、僕を遺跡の発掘現場に誘い出してくれた。大人の人たちや大学生に交じって黙々と働くことで、僕は高校生らしい生気あふれる時間を持つことが出来た。放校寸前であった僕は、首の皮一枚のところで学ぶことの楽しさに触れることが出来たのである。その後もジャズ喫茶通いは続いたものの、僕の読書量は飛躍的に増え、歴史や哲学や詩歌や音楽などへの興味を膨らませることとなった。僕の手あたり次第とも言うべき読書スタイルは、この時に始まったと思う。したがって、僕の人間力形成の基礎は、若き日の小島先生のご指導によってもたらされたと言えるのである。

僕が高校生の頃に先生のご自宅をお尋ねしたことがあると、今日奥様から言われて、その日のことをはっきりと思い出すことが出来た。これまでに何人の教師や指導者にお世話になったのかは分からないけれど、その方のお宅を訪ねたのは、おそらく小島先生宅しかないと思う。

にもかかわらず、先生ご逝去の報を知らずにいたことは、一生の不覚である。今日、奥様から「時どきあなたのご様子を新聞などで見て、目を輝かせていたのよ」などと言っていただいたことに、心を打たれた。わが身の不孝、不覚、不明を思いながら、ハンドルを握って帰宅したが、途中二度も停車せざるを得なかった。先生！　若き日の先生のお姿とご指導を忘れません。何よりも感謝に堪えません。今日あるのも、あの日の先生のおかげです。これからもしっかりと生きていきます。小島先生、やすらかにお眠りください。合掌。合掌。

●2月12日

数日前、中学生時代の仲良し同級生四人で、いつものように飲んだ。僕を入れた男三人と女性一人の四人組である。最近は三カ月に一度くらいのペースで会っているのだが、話題はいつも同級生の罹病(りびょう)のことになってしまう。同級生の誰それが入院したとか、手術したとかの類の話である。

そして、次に話題になるのが、それぞれの親の介護や看護のことなのだ。僕らが六十七か六十八歳という年齢なのだから、僕らの親は九十歳前後という世代だ。それぞれの家庭によって違いはあるものの、要介護認定を受けて施設にいるもの、通所しているもの、在宅で介護を受けているものなどと色々である。もっともわが家の父のように、九十六歳でありながら要介護認定を受けていない強者もいるけどね。いずれにしても、四人の老々介護者はそれなりに大変なのだ。

話題は弾み、過日僕がブログに書いた話題、僕の母親の足の爪を切ったというエピソードになり、いくら親でも身体介護は難しいという話に終始した。やがて僕が、かつてある公共施設の浴場で、同級生のT君が、彼の細君の父親の身体を熱心に洗っている場に出くわし、驚き、かつ感心したという話をすると、唯一の女性メンバーであるO嬢が、驚くべき話題を提供してくれた。

それは男性メンバー三人の中の一人であるロクさんの、奥さんのエピソードであった。驚くことにロクさんの奥さんは、姑であるロクさんの母親を、自分も裸になって抱いて、一緒にお風呂に入れていたというのである。姑を裸にして自分も裸になり、自宅の浴槽に抱いて浸かり、浴槽の外で姑の身体を洗い、自分は裸のまま、脱衣スペースで身体を拭いてやり、寝間着を着せ落ち着かせてから、あらためて自分が風呂に入る、ということを続けていたというのである。ロクさんは「そんなことを言うな!」と否定していたが、誰も知らない本当のことであるらしい。

僕は本当に驚いてしまった。僕は実の親を、抱き上げて椅子に座らせたり、ベッドに寝かせたり、父親と並んで身体を洗ったり、最近は母親の足の爪を切ったりしたけれど、身体的な接触は限られている。やがて終末期になれば、本当の意味での身体介助の必要が生じるのかも知れないが、今のところは着替えをさせるというくらいの経験しかない。

そんな僕にとって、ロクさんの奥さんの対応ぶりは、この世のこととは思えないくらいに驚愕であった。そんな嫁と姑の関係があるとは信じられない。それを口にした僕に、帰ってきたロクさんの返事は、「大したことでちゃないちゃ」というものであり、妻を思う彼の気持ちや、妻に対するあふれんばかりの感謝の思いが詰まった言葉だと感じさせられ、感動した。

僕は両親のどちらであれ、裸にして風呂に入れてやることはとてもできないけれど、せめて今まで以上に接触の機会を作り、会話を重ね、スキンシップを深めていきたいと思う。ロクさんの奥さんもロクさんも、本当に立派だと思う。O嬢もN男も、立派にそれぞれの親の介護をしている。みんなよくやっている。見上げたものだと思わされる。僕も負けてはいられない。産んでもらったこと、育ててもらったことに感謝だ!(竹内まりや風?)。毎日、少しづつでも話をしよう。スキンシップをしよう。長寿で元気な両親に感謝。感謝。いよいよわが家も、本格的な老々介護の時代に突入か? 頑張ります。

●2月13日

数日前に書き込んだロクさんの奥さんのエピソードを読んだ知人が、電話をしてきて、僕もよく知っている彼の友人であるIさんの奥さんも、お姑さんを抱いてお風呂に入れている、ということを伝えてくれた。またまた大いに驚かされてしまった。女性は強し。嫁はさらに強し。入浴介助を受けている姑もまた強し。おそらく、Iさんの奥さんがIさんのことを思っているからこそ、ロクさんの奥さんがロクさんのことを思っているからこそ、こういうことができるのだろうなあ。家族愛は強し!! というところか。圧倒されている。

●2月16日

今朝、大失敗をやらかしてしまった。昨夜、ワイングラスにひびが入っていることを認めながら、廃棄する前に洗おうかと思い立ち、スポンジに洗剤

2020年

を付けて、洗おうとした瞬間に、ビシッという音と一緒に割れてしまい、右手の人差し指の第二関節の部分を大きく切ってしまった。簡単には止血せず、ホワイトテープで指の根元をきつく締めて、ガーゼを巻いて車に飛び乗った。市民病院が救急の輪番の日だったので、直ぐに診てもらうことが出来た。

結果的に五針縫ってもらうこととなった。自分の指が縫われるのを見つめるという経験は初めてであったが、針の小ささや糸の細さに驚いた。ピンセット二本での細かいドクターの作業に見入ってしまった。今日からしばらくは、右手の人差し指を使わないように過ごさなくてはならない。箸もペンも使いにくい。パソコンの入力もやっと行っている次第。包帯姿が目に付くこととなるので、本稿で自白しておいた方がよかろうと思い、書き込んだ。今日は禁酒を命じられている。さっさと眠ることとします。

●2月24日

娘二人と、ペットショップに猫を見に出かけた。猫と犬のコーナーを巡った後で、娘たちがどうしてもと言うので、爬虫類の売り場に足を運んだ。蛇やトカゲが動いているガラスケースを目の当たりにして、思わず「こんなのを飼う人がいるのかね？」と口に出した。その瞬間に、娘たちが黙って目の前の張り紙を指さした。そこには、実際に飼っている人を不快にするので、「気持ち悪い！」とか「こんなのを飼う人がいるのかね？」などと言わないで欲しい旨が書かれていた。僕は、言わないでほしいと注意がされている言葉を、そのまま口にしていたということだ。娘たちの軽蔑光線を浴びることとなった次第。確かに、いろいろな趣味の人や嗜好の人がいるのだから、言葉選びに気を付けなくちゃね。反省。反省。

その直後に、場内アナウンスが流れ、次のような告知がなされた。いわく「ただいま、○○ノアさんという二才のお子さんが、お迷いになっていらっしゃいます」と。へえー、二歳の子どもがどのジェラートを買おうかと迷っているのか、と不思議な感じがした。それとも、二歳の子どもでも生きることに迷うことがあるのか、と不思議な感じがした。迷子の子どもがいるという告知をしたいのなら「お迷いになっている」じゃなくて「迷子になっている」じゃないのか。あるいは「迷子のお子さんがいる」だろう。そもそも二歳の子どもに対して「いらっしゃいます」という敬語はいらないだろう。僕の語感では、「二歳のお子さんがお迷いになっていらっしゃる」というのは、迷う日本語ということになるのだけれども…。いろんな感覚の人がいるから、こういう言葉選びもあるということか。まあ、いいけどね。

●3月4日

毎年のことだが、三月四日恒例の作業を今朝こなした。男雛・女雛の書かれた屏風と、木目込み人形の片づけである。どうということはないのだけれども、わが家の歳時記のようなもの。こうやって春がめぐり来る。替わりに満開の桜が書かれた絵を玄関に飾った。今年は暖冬であっただけに、実際のを待ちたいと思う。

桜の開花も早くなるのだろうか。今月は大きな行事が予定されていることもあって、おそらくあっという間に過ぎるに違いない。気を引き締めながら桜を待ちたいと思う。

●3月7日

数日前に、父が読みたい本を読み切って、手持ち無沙汰にしている風情に触れた。思いついて、僕の書斎にある吉川英治全集の中から『宮本武蔵』全四巻を選んで、父に読んでみることを勧めてみた。最初はさすがに取っつきにくそうにしていたが、二日目くらいから読み始め、六日目にあたる昨日、ついに第一巻を読み切ったと言ってくれた。

僕は大変に驚いてしまった。この全集は、発刊された昭和五十五年に、順番に買いそろえたものである。当時は当たり前だったのだが、一ページが二段組で、活字も最近のハードカバー本とは違い、とても小さい。今の僕では、音を上げてしまうに違いない難読本である。それを九十六歳の父が、いくら時間がたっぷりあるとは言え、五日間ほどで読み切るとはね。本当に驚かされた。この調子で読み進めると、一カ月のうちには全四巻を読み切るのではなかろうか。いやあ、参った、参った。

この『宮本武蔵』は、吉川英治が二十二年間にわたり書き続けた時代小説の中でも、最も読まれたと言われている名作である。そうは申せ、もともとが昭和十一年から十四年までの間、朝日新聞に連載されたものである。したがって作品の流れが、時にはダラダラしたり、背景描写が細かすぎたりする傾向があって、一言でいうと読みにくい作品であったと記憶している。さすがの父も、ちょっと細かすぎる小説だという読後感を口にしていた。はたして二巻目に手をつけるのかどうかが楽しみである。

この吉川英治全集は、全部で五十八巻ある。まさかこれを読み切ることは無いだろうけど…。旺盛な読書欲には圧倒されてしまう。恐るべし、九十六歳!!! 僕も負けないで頑張ろう。塩野七生さんの作品を全部読もうと決めてから、数年経つのに、まだ達成できていない我が身を恥じるのみ。

●3月16日

今月の一日から、吉川英治全集の『宮本武蔵』全四巻を読み始めていた九十六歳の父が、ついに読了した。数日前に、四巻目を読んでいる様子を目にしていたが、今日、僕が早めに帰宅して、父のもとに行ってみると「これ、全部読んだぞ!」とのこと。いやー、立派なもんだ。若い頃ならともかく、六十七歳の僕じゃとても読み切れないに違いない。まったく、見上げたものだ。真似ができない。次は、同じ吉川英治全集の中から『新書太閤記』全五巻を薦めてみますかな?

さて、昨年の十一月に、県立富山中部高校から「神通中学・富山中部高等学校 百年史」への寄稿の要請文が届いていた。そのことは時々思い出していた。そして提出期限が、令和二年三月二日とされていたことも頭の隅にあった。そのうちに書かなきゃな！　などと思いながら、忙しさに流されていたのだが、ついに締め切りの日を過ぎてしまい、このまま死んだ振りをしておこうかと開き直っていたところ、なんと、今月十一日付の督促状が届いてしまった。最早、言い逃れも死んだ振りもできないと腹をくくって一気に書き上げ、十四日にメールで送った。以前に他で使った自分の文章をたたき台にして、あっという間に書き上げた横着文である。

これが記念すべき百年史に掲載されるのかと思うと恥じ入るばかりだが、すべては身から出た錆。百年史が発刊される前に、その駄文をこのブログに掲載することで、やがて起きるであろう批判の調子を和らげていくこととしたい。百年史編集委員会の皆様、ご迷惑をお掛けし、申し訳ありませんでした。お詫びします。

（百年史への寄稿文です）

百年の夢の実現にあたって

中部二十三回卒　森　雅志

一八八九年（明治二十二年）の市制施行から一三〇年、さらに二〇〇五年（平成十七年）の市町村合併から十五年目を迎える二〇二〇年（令和二年）三月、路面電車の南北接続事業が完成した。まさに富山市民一〇〇年の夢であった南北市街地の一体化が実現したのである。人口減少と超高齢社会到来という社会構造の変化に立ち向かい、将来にわたり持続可能な都市構造へと大きく、かつ確実に転換を成し遂げたという意味において、富山市の歴史に新たな一ページを刻む大きな都市計画事業だと言えよう。

蛇行していた神通川の直線化に加え、富岩運河を開削し、その掘削土で神通川の廃川地を埋め、その地に県庁や電気ビルを建てるという大土木工事を富山市の都市計画事業の第一ステージ、空襲によって焦土と化した富山市街地の復興事業を第二ステージと位置付けることができよう。そして、今回の南北接続事業というまちづくりの大きな到達点は、第三ステージの実現なのである。富山市の近代史を考えるうえで、この三つのステージを知ることが欠かせないことになる。

第一のステージの神通川の直進化、いわゆる馳越水路の開削工事が完成した後、富山市の中心部に一二〇haもの廃川地が生じ、荒れ地となって市街地を南北に分断し、その処分や活用方法が大きな課題となった。そのため富山駅北から東岩瀬港までの五・一㎞の富岩運河を開削し、その掘削土を使い、廃川地を埋めたのである。その埋め立て地にいくつもの施設が誘致されたのだが、その西側に、一九二〇年(大正九年)に創設されていた我が母校の前身である県立神通中学校が移設されたのであった。神通中学校の北側には廃川地を使った神通グラウンドが設置され、一九三四年(昭和九年)十一月十三日には、この球場で「日米対抗野球大会」が開催されている。なんとベーブ・ルースを総帥とする大リーグ選抜チームが、母校の地でプレーをしているのである。現在のMLB(大リーグ)の選抜チームが来富し、富山中部高校のグラウンドで試合をするなどということは想像もできないことだと思えば、この試合は我が母校の歴史において刮目すべき出来事だったと言えよう。いずれにしても、富山市の近代史の中で、神通川の廃川地の開発において大きな役割を果たしてきた母校の位置づけを考えてみることは、意義あることだと思う。

さて、僕も卒業者の一人であることは間違いのないところだけれど、在学中の僕は、ここにその行状を記すことは決してできないような問題児であった。もしも母校に裏面史や裏記録というものがあるとしたら、間違いなくそこに記録されているに違いない異端児であった。しかしながら、そんな僕であっても社会人として生きてきた過程においては、多くの先輩や同輩、そして後輩たちにお世話になってきた。時には支えられても来た。何よりも母校の底力の大きさに助けられて、本人の実力以上の評価を頂いてきたことがしばしばであった。母校の力とは有り難いものであるとつくづくと思わされている。そのことを思うと、在学時のわが身の破廉恥ぶりを恥じるのみである。後輩たちに馬鹿な先輩の悪行状が記憶されないことを願うばかり。

一方では、世界のあちこちで大活躍している後輩たちに遭遇し、驚かされることもある。カナリア諸島で大先輩の女性に出会ったし、NYの美術館で学芸員の勉強中という若者にも会った。一昨年の十一月、チリの大統領府から招かれてサンチアゴで講演をした際には、講演後に僕を探して挨拶してくれた女性がいた。彼女は名刺を出しながら「中部の後輩です」と言って僕を驚かせた。世界は広し、されど中部は強し、か。後輩たちの活躍を願う。

●3月18日

今朝、父の顔を見に行き『宮本武蔵』に続いて何か読むかと尋ねると「何か読みたい」と言うので、『太閤記』と『三国志』のどちらが良いか?」と聞くと「『太閤記』がいい。」と即答。早速、吉川英治全集の中から『新書太閤記』全五巻を抜き出し、父のもとに届けておいた。夕飯後にのぞいてみると、第一巻目がテーブルの上に置かれていた。問わず語りに「まだぜんぜん読んどらんけど…」と言ってはいたが、やる気満々と見た。旺盛な読書欲に驚かされる。自分も負けてはいられない。頑張るぞ!

●3月21日

昨日、国土交通大臣のお出迎えのために、富山駅の新幹線ホームに行き、しばらく待機していた。その時にホーム上の案内放送がいつものように流れた。「かがやき号の車内では、お夕バコをお吸いいただけません」というものであった。僕はそれに気づき、驚くと同時に、うれしくなった。少しばかり感動したと言っても良い。以前からのコーナーで、新幹線ホームでの「お夕バコはお吸いになられません」というアナウンスは、僕の語感では、日本語の敬語としておかしいと指摘して来たのだが、是正されたということだろう。別に僕が指摘したから是正されたというわけじゃないだろうけど、JR西日本という企業は、あるいは富山駅という組織は、なんて柔軟で前向きな組織であろうか。素晴らしい。組織というものはこうじゃなきゃね。

●4月8日

今月の最初の書き込みが、こんなエピソードになるなんて…、とほほ、情けないなあ。今日、帯状疱疹で入院。一週間の入院になりそう。一日三度の点滴治療です。しっかりと治します。

二月の末頃から「なぜかお酒が美味しくない」と口に出すようになった。それはそのまま続いていて、今月の初めに友人と会食した際も、あまりお酒が進まなかった。きっと胃が悪いに違いない、と胃カメラの検査を予約したくらいである。そして三月の中旬からは、時折、左手の外側部分が、肩から左指の先の方まで鈍く痛んだ。痛いと言ってもちょっと違っていて、富山弁で言うところの「ヤメル」という感じである。お風呂で温めると気持ちがよいので、一日に何度もお風呂に入ったりしていた。

そして今月の三日の朝、左手の手のひらに火傷をしたような炎症をいくつか認めた。翌日には、その炎症が手のひら一面に拡大していた。これはきっと、二日の日中に柿の剪定枝を片付けた際に、何か菌が入ったに違いない、と勝手に判断して、薬局で求めた抗ヒスタミン薬を飲んだり、塗ったりしていた。

四日、五日には、左手の内側にも外側にも炎症が拡大し、恐る恐る皮膚科の先生に診てもらうと、即座に帯状疱疹だと診断され、点滴治療を勧められたという顛末である。もっとも酒が不味いこととは関係が無かろうということなので、胃カメラ検査も受けることとしている。はたしてどうなりますやら？

新型コロナウイルス問題で大変な時に、戦線を離脱したようで、情けなく感じていますが、メールと電話とで仕事はしっかりと努めていきます。まさに密接を避けてテレワークをしている状態です。克ち抜くぞ!! コロナに!! の気概で頑張りましょう。

●4月10日

コロナウイルス問題対応もあり、病室にいながら、終日せわしなし。朝九時過ぎから胃カメラの検査を受ける。前回検査時と変わるところなく、異常なし。もっとも、いつもの通り軽い逆流性食道炎の指摘あり。要注意か。

前回入院した時もそうだったが、今回も病室で夕飯を摂りながらも、アルコールを欲しいとは思わない。人間の感性とは不思議なものだと思う。毎日呑んでいる者が、病室に身を置くと呑みたいとは思わないとはね。状況に感応するということなのだろう。自宅の一室を病室風にしつらえたらどうだろう、などと馬鹿なことを思って笑ってしまった。

毎日八時間ごとに、一時間から一時間半かかる点滴を受けているが、就寝時間をうまく設定できず、なかなか大変である。点滴の開始時間がAM六時、

PM十四時、PM二十二時なので、ホノルル便かシンガポール便のフライトで眠るようなもの。改善してきていることを励みに、この後も頑張ることとしよう。

●5月5日

ブログの更新をしないまま、一カ月近く過ぎてしまった。コロナウイルス感染への対応に忙しく、それどころではなかった状況ではあったが、それよりも、帯状疱疹に起因する神経痛がひどくて、左手に激痛が走ったり痺れたりしていることが大きく影響した。なにせパソコンのキーボードを満足に叩けないのだから、ブログどころかメールの返信にも苦しんでいるような状況。

今も右手だけでなんとか文章を綴っている。生活全体に影響していて、料理をすることにも難渋しており、色んなお店からのテイクアウトで暮らしている毎日である。もう少し回復しないと、ブログの更新をする余裕が出てこないと思われるので、当分は開店休業状態かな？　ご理解願います。

●5月29日

相変わらず左手の神経痛に悩まされている。とてもキーボードを叩く気になれず、ブログの書き込みをさぼり続けている。「週刊ブログ」ではなく「月刊ブログ」になってしまいそう。情けない次第である。

そんな状況ではあるけれど、どうしても書き込みたい出来事が起きたので、頑張って書き始めることとした。

今、目の前に「アサヒグラフ」の昭和四十五年六月十九日発行のものがある。バックナンバーを探して取り寄せたのだが、昨日手元に届いたのだ。何に関心があったのか。この号は「特集・日本のジャズ」とされたもので、表紙には富山市内の喫茶店で演奏する、あの菊地雅章の写真が使われている。実はこの特集記事中に使われている一枚の写真の片隅に、若き日の僕が写っているのである。若き日のと書いたが、この時、僕は高校三年生であった。当時から既にこのアサヒグラフの特集記事の存在は知っていたが、先日突然このことを思い出し、何とかもう一度見てみたいと思い至り、バックナンバーを探してもらったという次第。

高校生の頃の僕は、ジャズ喫茶に入り浸っている典型的な不良であった。当時人気の高かったあの菊地の演奏を生で鑑賞できたのだから、きっと舞い上がっていたに違いない。まさかアサヒグラフの特集記事の中の写真に、自分が写り込むなどとは想定していない僕は、まったくの無防備な姿で、いかにも常連客然としてカウンターに腰かけて、水割りのようなものを手にしていたのであった。当時、仲の良かった同級生が、夏休みに入ったころに、この雑誌を持ってきてくれ、「この写真が高校の知るところとなれば、間違いなく退学になるであろう」と予言してくれた。結果として無事に卒業できているのだから、誰も気づかなかったということだろうなあ。モダンジャズをダンモと言っていた時代の懐かしい記憶である。生意気盛りのやんちゃ坊主の苦い記憶だとも言える。忘れがたい思い出である。両親と娘たちには見せられない写真ではあるけれど…。

●6月2日

僕はDVDなどのレンタル店の会員になっていない。また、ネット経由で映画やビデオを鑑賞するサービスの存在は知っているものの、その会員にもなっていない。やがて年金暮らしになった時に、日がな一日DVDの鑑賞で暮らせたらいいなと思い、基本的には見たいDVDを購入することとしている。今のところ、DVDは約五〇〇作品、今はだれも持っていないと思われるレーザーディスク(LD)を約一〇〇作品ほど持っているのだ。そうは言っても、時どき友人知人に貸し出したものが、返却してもらっているのかどうかわからない、という程度の管理体制なので、実際の保有作品数もあいまいだし、作品リストなどはあるはずがないという体たらくではあるのだけれど…。

そんなことを書きたかったのではない。やがて時間を持て余すような歳になる日のためにコレクションしているはずなのに、なんとこの二週間ほど、毎晩一作ずつ、赤ワインを飲みながら鑑賞しているという暮らしぶりだったことを伝えたかったのである。

コロナ禍の影響で、宴会も食事会も出張もない日々を過ごしてきたことから、毎日夕食を済ませると、ゆっくりと映画鑑賞ができるのである。実に至福の時間となっている。今までに何度も鑑賞した大好きな作品がある一方で、確かに見たことがある作品なのに、全く内容の記憶がなく、初めて見たかのような感覚で見終わる作品も多い。今もそうだけれど、かつて見た時も、よほど酔っぱらっていたに違いない。それでも、新作を見たかのような感動を覚えることができるのだから、素晴らしい拾い物をしたような思いで眠りに落ちていく毎日なのである。やっぱり映画はいいなあ。

●6月22日

書き込みをしないまま日が過ぎてしまい、反省しきりなのだが、今日はぜひとも紹介したいと思わされるエピソードに出会ったので、痺れて痛い左手を庇(かば)いながら、なんとか書き込みたい。今日、昼時間に読んでいた小説の中に見つけたエピソードである。

あの谷崎潤一郎大先生が、晩年、僕と同じ症状の神経痛になり苦しんでいたらしい。症状は改善することがなく、ゆっくりと悪化して行ったとのこと。文豪の場合は、僕と違い右手を患っていたので、晩年は口述筆記で小説を書いていたらしい。僕の症状も改善の兆しはないのだけれども、左手でまだ良かったと思うべきなのかもしれないなあ。谷崎文学は、極端に言うとエロスの世界だと思う。どの作品が晩年のものなのか、不明にも知らないけれど、あのエロチックな世界を口述筆記した人の苦労を思う。

文豪と違い、僕が右手で入力できる文章はこの程度。それにしても、これ以上悪化しないことを願うばかり。

2020年

●6月23日

自粛期間中はDVDを毎日鑑賞していた、とこのブログに書き込んで以来、何人もの人から、どんな作品を見たのか、という質問を受ける。思い出せる範囲で答えて来たのだが、自分でもこんなに集中して鑑賞したことが無いのだから、一度整理してみようという気分になり、DVDの保存棚から、この二カ月半程の間に見た作品を抜き出してみた。僕以外の人にとっては何の意味もないリストだけれど、いつか今回の集中鑑賞のことを思い出す日のために、記憶が鮮明なうちに記録してみることとしたい。以下の作品群を見て過ごしてきたのだ。中には誰も知らないようなマイナーな作品もあるけれど、全て僕のコレクションである。

『華麗なる賭け』『郵便配達は二度ベルを鳴らす』『カッコーの巣の上で』『ホテル・ルワンダ』『夜の大捜査線』『白いドレスの女』『大統領の陰謀』『ボディガード』『JFK』『ポストマン』『フィールド・オブ・ドリームス』『戦場のピアニスト』『プライベート・ライアン』『ミケランジェロ・プロジェクト』『コールドマウンテン』『リンカーン』『風と共に去りぬ』『ターミナル』『ユー・ガット・メール』『ザ・ファーム』『Mr.&Mrs. スミス』『運命の逆転』『許されざる者』『ミリオンダラー・ベイビー』『ワンス・アポン・ア・タイム・イン・アメリカ』『あの日 あの時 愛の記憶』

そして大好きなメリル・ストリープのコレクションの中からは『マディソ

ン郡の橋』『マーガレット・サッチャー』『心みだれて』『31年目の夫婦げんか』の四作。

ヨーロッパの国々の作品からは、『ニュー・シネマ・パラダイス』『リスボンに誘われて』『ウィークエンドはパリで』『カレンダー・ガールズ』『ウォリスとエドワード』『シンク・オア・スイム』『ソハの地下水道』。

最後は邦画。『復讐するは我にあり』『飢餓海峡』『鬼龍院花子の生涯』『心中天網島』『越後つついし親不知』以上。

鑑賞にあわせて飲んだ赤ワインの消費量も、調べてみたいものだ。作品の数を超えている気がするけれど…。

●6月30日

相変わらず左手が痛く、パソコンのキーボードを打つことに苦しんでいる。それを見かねてか、若手の職員が、音声入力の方法を教えてくれた。この文章はその音声入力で作成している。ゆっくりと、かつはっきりと話していくと、かなり正確に活字化してくれる。ある意味、優れものである。そうは言っても、慣れるのには時間がかかりそう。まあ、少しずつやっていくこととしよう。

ところで、左手の不自由さは、他にも影響を及ぼしてきた。毎年この時期になると、座敷などの襖・障子を、夏用の簀戸に取り替えるのが、我が家の

2020年

風物詩となっている。今年もやらなきゃと思いながらも、果たしてこの左手でできるだろうか、失敗するのじゃなかろうか、などと心配になってくる。一方では、この神経痛を理由に、今まで毎年続けてきた作業を中断させてしまうと、来年以降もやらなくなるのじゃないか、と案じてもいる。やるべきかやらざるべきか、思案中の昨日今日である。まことに悩ましい…。

●7月4日

今日は、梨畑の除草をしようと予定していたが、雨なので中止。午前中は入院中の母親の見舞いに行く。午後は、何の予定もなかったので、久しぶりに料理に挑戦。と言っても、不自由な左手を抱えているので、簡単なものしかできない。なんとか肉じゃがと野菜サラダを作った。ビールを飲みながら楽しい夕食としますか。気圧の関係なのか、左手の症状は悪くなっているような気がする。早く改善することを願うばかり…。

●7月29日

今日、驚くべき訃報がとどいた。二十五歳で事務所を始めた時から、仕事の面でもプライベート面においても、大変にお世話になった方の訃報である。まさに大恩人である人の訃報なのだ。ところが、すでに密葬が済んでいるうえに、手を合わせに行く場所も、お線香を持参すべき場所も、まったく分からない状況で、なすすべもなく、自らの不明と不義理を恥じながらうろたえている次第。

この方はお子さんがいなくて、奥さんと二人暮らしであった。これも知らなかったことだが、今年に入り奥様を亡くされていて、一人暮らしであったとのこと。ご自宅で一人でひっそりと亡くなっているところを、通いの家政婦さんが発見したということらしい。そんな状況なので、親戚が静かに葬儀を終えられ、新聞に死亡広告が出ることは無く、亡くなられたことも伏せられていたらしい。遅ればせながらも、お線香をあげに行こうにも、どこに行けばよいのか分からないという状況なのである。大恩人であるのに、長く連絡を取っていなかったわが身の体たらくを悔いるのみである。情けない。せめて大恩に改めて感謝しながら、胸中でご冥福を祈ることとしたい。合掌。合掌。

(不謹慎な物言いになるけれど、やがて一人暮らしになる可能性が高い僕としては、とても他人事とは思えない訃報であった)

●8月1日

昨日は大失敗をしてしまった。午後から良い天気だったので、暑い中だったけれど、四時間ばかり畑仕事をした。途中、草むしりに来てくれていたシルバー人材センターの人に「熱中症に気をつけてね」などと言いながら、夢中で作業をつづけていた。もちろん帽子をかぶっていたのだが、汗みどろになって作業をしていた。ひと段落したところで作業を終え、入浴し、ビールを飲みながら、夕ご飯の準備をした。朝乃山の取り組みが終わったところで、娘と食事を始めようとしたのだが、胃に不快感があり、箸を進めることができない。娘に悪いからと頑張ろうとしたのだが、不快感がおさまらない。娘に断って横になることとしたのだが、一向に回復しない。ビールを飲んでみたが、まったく寄せ付けなくなっていた。

無理に眠ろうとしたものの、二度も吐いてしまった。一晩中熟睡できないまま朝を迎えたが、不快感が消えないうえに、また吐くこととなった。病院事業管理者に電話すると、熱中症かもしれないから救急に来るように、との指示。何とかたどり着いて、担当の医師の診察を受ける。脱水症状がひどいので、入院して点滴治療を受けるように指示される。八月一日は市にとって大切な行事がある日である。午前中は点滴をして、午後の行事には出席したいのだ、と我がままを言って帰宅することとしたが、また吐いてしまい、止む無く入院することとなってしまった。お蔭で大変多くの人に迷惑を掛けることとなったし、何よりも大事な行事を欠席することになったことは情けない次第である。まことにもって不覚千万。猛省必至。

昨夜から何も食べず、胃腸を空っぽにしながら点滴を続けることで、明朝には回復していることを願っている。九十二歳の母や九十六歳の父に、口を酸っぱくして「熱中症に注意!」と言ってきた自分が、ビールでは水分補給にはならないと充分に認識していたはずの自分が、不覚にも熱中症になるなんて！　他人事意識でいたからであり、老いを忘れた振る舞いをしたからである。一生忘れられない薬になった。もう若くはないということだ。こんなことぐらいは出来るはずだという思い込みが、失敗のもととなる。今日は怖いくらいに思い知らされた。明日は日常に復帰できることを願いつつ、静かに眠ることとしよう。改めての猛省、猛省。

●8月2日

　昨夜アップした内容に不正確な点があったので、訂正します。体調を崩した原因は、熱中症ではなく、熱中症気味のウイルス性の胃腸炎というものでした。便の検査結果などからの診断です。いわゆる夏風邪だとのこと。いずれにしても体調管理が不十分だった訳で、すべては僕自身の責任です。ご迷惑をお掛けした皆様にお詫びします。この際と思い、新型コロナ抗原検査を受けたところ、陰性という結果でした。

●8月4日

　昨日の午後、ある病院に入院している父の見舞いに行った。しばらく忙しくて顔を出せずにいたので、元気にしているだろうか、と気にしながら赴いた。入り口で検温をするなどの手続きを済ませて、病室に行ってみると、ベッドががら空きであった。近くにいた看護師の方に「リハビリにでも行っているのですか?」と尋ねると、笑いながら違うと答えた。ほかの看護師の人も寄ってきて、楽し気に笑っている。僕が訝し気にしていると、隣に併設されている老人保健施設に入所している母に会いに行っている、と教えてくれた。実はこの病院に父が入院していて、併設の施設に母が入所させてもらっているという状況なのである。聞けば、毎週月曜日の午後三時に、まだ要介護認定を受けていない九十六歳の父が、病院のスタッフに同行してもらいながら、認知症の九十二歳の母のところに毎週楽し気に通っているのだと言う。

もっとも母は、先週も父とあっていたことをすっかり忘れていて、毎週久しぶりに会ったように嬉し気にしているとか。それでも父は、毎週楽しみにして会いに行っているらしい。このことを知らされた僕は、少しばかり感動してしまった。こんな幸せな夫婦はめったにいまい。九十六歳と九十二歳でありながら、週に一度デートができるなんて、それも毎週、久しぶりに会ったという思いをするという嬉しさも添えて。先週会ったことは忘れていても、お互いのことは分かっているのだから、家族のことや昔の思い出などの話は、普通にできるという程度の認知症なのだから、デートは楽しいものに違いない。本当に幸せな老夫婦だと思う。

そんなことを思っていると、大好きな作品の一つである映画を思い出した。ニコラス・スパークスのベストセラー小説を原作として製作された『きみに読む物語』である。詳細の説明は省くけれど、長い間寄り添った夫婦の一生の物語で、年老いて認知症を患い、施設に入所している妻に、なんとか二人の思い出を思い出さそうとして、夫も同じ施設に入り、毎日のように本を読んでやる時間を設けて、二人の若い頃からの日々を、小説を読むようにして語り続けるというストーリーである。わが父に小説風に語り掛ける術はないけれど、来し方のあれこれや、子どもたちや孫たちのこと、梨畑のことなどを語り合っているに違いない。施設の管理上、僕がそこに同席することはできないけれど、そんな風に想像している。二人の週一デートが、永く続くことを願うばかりである。昨日は僕にとっても大変良い一日であった。

●8月14日

テレビで面白いニュースをやっていた。ネット通販などでレジ袋が良く売れているというのだ。コンビニやスーパーなどで、レジ袋が有料化されたことにともない、マイバッグを持参して買い物する人が増えていくことは、容易に予想がつく。しかしマイバッグ代わりに、別途購入したレジ袋を持参して買い物する人が増えていることは、僕の予想の域を超えていた。有料化することで、レジ袋の消費量全体を下げることに意味があるのに、よそで手に入れたレジ袋をコンビニなどで使っているのでは、何の意味もなさない。いや、まことに滑稽だと言えよう。

そもそもレジ袋は、バージン・オイルで作られている訳では無く、既に世の中に存在する何らかの原油由来のオイルで作られているのだから、その使用を抑制したとしても、原油自体の使用量を削減することにつながらない。環境問題として捉えるなら、ゴミの総量を減らすことや、海洋プラスチックを抑制することにつなげることに意味があるのだろう。にもかかわらず、よそで手に入れたレジ袋を使うのでは、そのことの意味にもつながらない。まことに滑稽である。

やっぱり、サーマルリサイクルを評価して、プラスチックを燃やすことは熱エネルギーを得ることであり、それによって電気エネルギーの獲得にもつながることを評価すべきであろう。つまり、プラスチックは有効な助燃材であり、結果として重油などの使用量を減らすことになり、立派に環境問題に寄与することになる。レジ袋の有料化をするよりも、レジ袋は燃える家庭ごみとして収集し、他の可燃ごみと一緒に焼却されることを奨励すべきであると思うのだが。

●9月3日

コロナ禍の影響で、まったく出張がなくなって数カ月が経つが、数日前に久しぶりに東京に出かけた。東京駅の自由通路の人の流れが少ないことに驚き、丸の内北口のタクシー乗り場に、客待ちのタクシーがたくさんいることにも驚いた。驚きながらも、予定通り、財務省などに地方のインフラ整備が停滞しないようにお願いする要望に赴いた。財務省で要望書を手交させてもらった際に、もっと驚くことが起きた。

早速内容の説明をしようとしたところ、相手の方から「写真を撮らなくていいんですか?」と聞かれたからである。要望活動の都度、写真を撮って記録として残したり、新聞社などに提供して、要望活動の記事を掲載してもらったりしている要望者が如何に多いか、ということを物語っている。

僕の場合、全国市長会や北信越市長会などの要望団の一員として要望した場合に、写真を撮ったことはあるものの、富山市としての要望活動で、要望先の方と写真を撮るということをして来なかったので、驚いたという次第。パフォーマンスに走らず、粛々と要望活動をしてきたけれど、それでいいのだと思っている。それが僕らのスタイルなのだから。

●9月11日

今、ある事情があって、土日も平日の夜も、県内のあちこちを飛び回ってミニ集会でミニ演説を続けている。もともとこういう運動が嫌いじゃないので、楽しみながら、かつ、真情こめて、熱く富山県のありようを訴えている日々である。そんな中で、過日、次の会場に移動しようと慌てて車に乗ろうとした僕を、つかまえて離さない人がいた。彼曰く、「富山県民の歌を復活させんな駄目だ！　あんないい歌を、大好きな歌を、何故にないがしろにしているのだ！　まったく許せない」まあ、こんな主張なのである。

内心、僕も同感なので、我が意を得たりと大満足な心地だった。しばし二人で「富山県民の歌」で盛り上がっていた。ときどき、こういう人に出会うが、その都度、心の中でひとり密かに歌っているのである。正直に言うと、今の「ふるさとの空」だったかな、よく知らないのである。もちろん、歌詞もメロディーもまったくうろ覚えで、宴会の終わりなどにみんなで歌う状況になると、小さな声で取り繕っている次第。申し訳ありません。

久しぶりに「富山県民の歌」のことが話題になって、何年か前のプサンの夜の出来事を思い出した。このエピソードを改めて記述するよりも、以前に書いたエッセイの一部をコピーして披露する方が良かろう。

『釜山の夜の出来事であった。説明会や関係者を招いてのレセプションを終えたあと、随行の職員とともに、ホテル近くの屋台に繰り出した。そこで偶然に出会ったのが六十歳前後のご夫婦であり、楽しく時間をともにした。驚いたことに、二人は福島県に暮らしていて、震災の被災者であった。奥さんが韓国の人なので、しばらくは釜山にいるのだと話してくれた。やがて彼らは、親しい友人が富山県出身者であり、しばしば富山自慢を聞かされている、と話してくれた。富山は良いところなのでぜひ訪ねてみたい、と言いながら、(本当にビックリしたのだが)なんと「仰ぎ見る立山連峰。朝空に輝くところ…」と、「富山県民の歌」を歌い始めたのであった。いくら親しい友人同士でも、僕の周りには、例えば山口県民の歌を教えてくれる者はいない。あのご夫婦の友人である県人の郷土愛には、脱帽せざるを得ない。何よりも「富山県民の歌」の威力はすごい。あとはご想像の通り。夜の釜山の一隅に、しばし歌声は続いたのであった』

●9月16日

夏の盛りに一度だけ着た短パンと開襟のシャツを、クリーニングに出そうとして、念のためにとポケットを探ってみたところ、何と一八〇〇〇円の現金が入っていた。この夏に一度しか着なかったのだから、その日にポケットに入れて、そのまま忘れてしまっていたのだ。情けない話だけど、老化現象の一つだろう。これから、こんなことが時々起こるのだろうなぁ…。僕より年長で頑張っている人たちには、こんなことは無いんだろうなあ。羨ましい。

●9月21日

先ほど、コンビニに行こうと軽四で農道を走っていたところ、道路上に大量の梨が転がっていて、二人の人が慌てて拾っているところに出くわした。農道とは言え、幅員の広い直線の道なので、農家だけじゃなく一般の人の通過交通も多い道路だ（ひょっとすると既に市道認定を受けているのかもしれない）。いずれにしても、僕の対向車線には、既に五、六台の車が通行できずに止まっていた。僕は車を左端に止めて、転がった梨を拾おうと走って行き、手伝うことができた。周囲に迷惑を掛けてしまって、急いで片付けなきゃといった風情で黙々と拾っている人は、近所の人であった。少しでも、失敗したという気持ちで緊張している近所の人を和らげようと、「僕も若い頃に満杯の箱をひっくり返したことがありました…」と言いつつ仕事を急いだ。車から気が付くと、若者男女三名が一緒になって作業をしてくれていた。車から道路にひっくり返ってしまった梨なので、ほとんど全てが割れて、果汁が浸みだしているので、手がべた付いてしまうのに、嫌がらずに手伝ってくれる若者の姿にほっとさせられた。それ以外の車も、クラクションを鳴らす人もいず、静かに作業が終わるのを、黙って待ってくれていた。まだまだ助け合いの心が生きていることに触れて、嬉しくなった。作業が終わって動き出すことができるようになっても、お互いに譲り合っている様子も、また嬉しく感じた。ちなみに、僕が若い頃にひっくり返したときは、道路上ではなく、自宅の敷地内であったものの、両親が一年間丹精込めて栽培してきた成果品を台無しにしてしまった、という後ろめたさで、小さくなっていた僕に対して、父が「まあ、大なり小なりそんなことをみんなやってるんだよ」と慰めてくれた。これもまた忘れられない記憶である。

●10月6日

今朝の新聞の記事を見て、驚いてしまった。過日の大集会における僕の発言に対する、某首長の批判的な反応のことだ。おそらく、短絡的な反応を誘う記者の質問に答えての発言だと思うが、はたしてどうなのかと思う。誰かの発言に対して、批判したり異論を言うのであれば、その発言を一定程度確認してからにすべきであろう。僕は、外に対するアナウンスとしての発言において、富山県市長会の同志を直接的にも間接的にも批判したり揶揄したりする態度はとらない。

僕は、かつては市町村が、忠犬ハチ公のように県の方を見て仕事をしていた時代があったと言い、そういう時代は終わったと語ったのであり、今の首長にそういうスタンスの人がいるとは発言していない。また思ってもいない。何を「看過できない」と言うのであろうか。僕も記者の短絡的な反応を誘うような質問の罠(わな)にはまりそうになることがあるが、注意している。他山の石としたい。

●11月30日

長い間、ブログの書き込みを出来ずにいた。何故か？　いつも使っているパソコンが壊れてしまったからである。電源が入らないのである。何年か前に、購入した店に持ち込んで修理を依頼したのだが、うまくいかず、ついにはメーカーの工場に送ることとなってしまった。今は群馬県だったか栃木県だったかにある工場で、分解されているに違いない。せめてパソコンが壊れてブログの更新ができないでいることを、ブログに書き込めないだろうか、と思いながらも、いたずらに時間が経過していった次第。

知人が、昔使っていたものを廃棄していないのなら、それを使ってみたらどうだ、と提案してくれた。それだ！と思いながら、書類や本の中に埋没していたものを発掘してきた。作動スピードは遅いものの、何とか使えそうだと分かり、本稿を書いている。はたして我がホームページにアップすることができるだろうか？　挑戦してみましょう。

2020年

●12月8日

パソコンの修理をお願いしている販売店からの着信履歴が、携帯に残されていた。やったー！と思って電話をすると、メーカーの方から連絡があり、修理できそうだとのこと。修理できそうなのだが、二四〇〇〇円程度の費用が発生することの了解を求める電話であった。やっと修復できたのだな！と思って勢い込んで電話した僕としては、ガッカリさせられてしまった。とほほ…。まあ、仕方がない。予想以上に重症だったということか。回復できることが確認できたことだけでも良しとしよう。愛用のパソコンが無いまま年越しということになりそう。来月発行予定の市広報のエッセイを書くという宿題は、この旧式パソコンでこなすしかないか。締め切りまであと一週間となってしまった。そろそろ稿をねることとしようか。

●12月13日

八日の書き込みで、エッセイを書くかのように言いながら、昨日まで何も書かずにいた。さすがにそろそろ取り掛からなきゃな、と思っていた昨日の夕方、修理を頼んでいた販売店から電話があり、工場から届いたとのこと。これは天の計らいか監視かに違いないと思い、昨夜頑張って書き上げた。今日改めて校正して、執務室のパソコンにメールすることができた。なにせ明日が締め切りなのだから、滑り込みセーフ！といったところ。偶然とは言え、人は何かのタイミングで動き出すものなのだなあ、と改めて思い知らされた。

人ではなくて、僕はと言った方が正しいか。いつものことである。

●12月20日

ずっと前に買いながら、畑作業に追われて読んでいなかった小説を読む時間を、この数日間の雪模様が与えてくれた。第一六三回の直木賞受賞作品の馳星周『少年と犬』もその中の一つである。読みだしてみると、作中に山田地区の牛岳が出てきて驚いた。時どき小説の中に、富山の地名が出てきたり、富山が舞台になったりして驚くことがあるが、今回の旧山田村の登場は、全く予想していなかったので面白かった。絲山秋子さんの作品中に突然、富山市問屋センターが出てきた時以来の新鮮さであった。『少年と犬』は期待以上に良い作品であった。最終の部分では涙を禁じえなかった。おすすめです。

●12月31日

波乱万丈の一年が終わろうとしている。考えれば考えるほど、思い出せば思い出すほど、大変な年であった。もちろん最大の問題は、新型コロナウイルスという世界的なパンデミックがもたらしたものである。六十八年間の我が人生でも、こんな暮らしにくい期間はなかった。戦争を知らない僕らの世代にとって、初めて直面した国難と言っても過言ではないと思う。海外渡航ができないことから、国際会議に参加することができず、国内の会議やシンポジウムでさえも、その多くがリモート開催となってしまった。

2020年

高校を卒業して以来の半生において、こんなに移動の少ない年は記憶にない。それでも社会は動いていくのだから、僕らは随分と無駄な移動をしてきたのかも知れないなあ。いろいろと考えさせられる。コロナ禍については、いつかゆっくりと考えてみたいものだ。

今日は、この一年にわが身に起きたあれこれを、箇条書き的に拾ってみたいと思う。まず一月、右手の親指を切って、五針も縫うという大怪我をした。転んで前頭部を激しく床にぶつける、ということもあった。すべては老化のせいであろう。三月には、念願であった路面電車の南北接続事業が完成し、大きな達成感に浸ることができた。コロナ禍の中での、三月二十一日の記念式典とイベントの実施については、僕自身の中でも知らずに緊張感があったのだろうなあ、三月の末から違和感のあった左手が、四月に入って異常を来たし、診察の結果、帯状疱疹だと判明した。入院して治療を開始したのだが、四日目に市民病院内にコロナのクラスターが発生。ベッドを空けるために、僕が真っ先に退院することとなり、完治しないまま点滴治療を終了。以降、左手のひらの痺れと神経痛に悩まされている。

一方では、九十七歳の父の入院によって、梨畑での作業を一人で担うこととなった。防除作業は近所の方に全面的に依頼したものの、交配、摘果、収穫、剪定と一連の作業を、多くの人に支えられながら、なんとか終えることができた。改めて若い頃からの両親の苦労を思い、農の心に触れることができたと思う。これからの僕の、後半生の一つの指針を得たと思っている。

夏以降はチーム新田の運動に力を注いだ。市長としての公務をこなしながら、知事選挙に向けてのキャンペーンに取り組む。そして知事選挙本番。その間も農作業は待ってくれない。朝は四時半か五時には起きて、六時半から八時までは農作業、という日が続いた。神経痛に苦しめられながらも、必死に頑張る日々であり、充実した日々であったと思う。

そんなこともあり、今年は一度も登山をしなかった、一度もヨットで海に出なかった。左手が思うにまかせないので、一度もゴルフをしなかった。そういう寂しさを感じているものの、それ以上の体験を重ねる一年であった。

ここにきて、さらに新しいことに取り組んでいる。雪が解けたら始めなければならない梨の枝の結束作業のための、男結びの習得のための練習である。思えばそんなことも知らずに馬齢を重ねてきた梨専業農家の長男なのだ。情けない限りである。いろんなことを考えさせられる一年であったなあ。来る年も良い年にしたいものだ。四月には大きな節目が来る。僕にとって新しい時代が始まるとも言える。まとまりのない駄文となってしまったが、一年の結びとしよう。

二〇二一年（令和三年）

一月

キーワードの効果は？

僕は旧富山市の市長に就任以来、毎年の執務初め式において、その年のキーワードを披露してきた。年初にあたり、自分自身の心の芯棒を確認するという意味と、職員に対して仕事に取り組む際のヒントとしてほしい、という思いを込めてのキーワードなのである。

市長に就任したのが平成十四年一月二十六日なので、最初の執務初め式は平成十五年ということになり、令和二年まで合計十八回の式で十八のキーワードを発表してきたことになる。令和三年四月に退任するというこの機会に、振り返ってみることとしたい。紙面の都合上、すべてを紹介することができないけれど、いくつかを拾って、言葉に込めた思いをおさらいしてみたい。

まずは平成十五年、「シンク・ビッグ」「スピード」というもの。文字通りに大きく大胆に考えて、スピード感を持って働こうという意味。平成十七年のものはユニーク。「他とはちがっているか　新しい刺激にみちているか　時の試練に耐えうるか」というもの。知り合いの会社で見かけて気に入り、使わせてもらった。自分としては気に入っている。平成二十一年は「ネクストステージ」。一段落しそうになった時には、もう次のステージの準備ができていなくてはならない。この頃からこのワードを使い始めたのだな。平成二十四年のものは「イマジネーション」。社会がどのように変化するのかを予測し、一歩先を読む力が大切だと言いたかったのだが、失敗作だったと感じている。平成二十五年は「機は熟すると言うが、そのことを待っていると腐敗する」。機が熟するのを待つという姿勢よりも、機を自ら作り出す姿勢が肝要だという意味。重い言葉だと思う。平成二十九年は「GO BOLD（大胆に行こう）GO BEYOND（遠くを見据えて超えて行こう）」。将来を見据えて、縮こまることなく、大胆に思い切り職務に取り組み、自身の既成概念を超えていこうという思い。平成三十年のものは「音叉の共鳴そして共鳴の連鎖」というもの。組織が同じ意識や理解を共有することができれば、音叉のように共鳴できると言いたかったのだが、誰もこのキーワードには共鳴してくれなかった。そして令和二年、「新・とやま新時代」というものを掲げた。路面電車の南北接続後の新しい時代の創造に向けて、大胆な発想と行動力を持って頑張ろうと訴えたのだが、まさかコロナ禍という新時代になるとはね…。

この十九年の間に、富山市役所という組織は確実に変化してきたと思う。それがキーワードの効果だとは言わないけれど、時代の変化を見据えて、自らを変えていこうとする姿勢は、広がったと確信している。もとより、大きな組織、集団なのだから、いろいろな個性の集合体だ。中には僕の呼びかけに反発した人もいるだろう。逆の意見の人もいただろう。無視した人もいるだろう。でも共感してくれた人もいたに違いない。そんな人が一人でもいてくれたとしたら満足だ。おかしなキーワードに付き合ってくれた職員に感謝したい。

さて、アメリカには「ハネムーン期間」という言葉がある。何かの運動のキーワードとは違うけれど、一月二十日にバイデン新大統領の任期が始まるというタイミングなので、本稿で紹介したい。「ハネムーン期間」とは、政権交代後の最初の一〇〇日間のことを指す。アメリカでは報道機関も野党も、この一〇〇日間は新政権に対する批判や性急な評価を避ける、という紳士協定がある。良い文化だと思う。

僕の任期はあと一〇〇日余りとなった。集中して仕事に邁進したいと思っている。「ハネムーン期間」の逆の時期、最後の一〇〇日間にあたることから、温かく支援していただきたい。（はたしてハネムーンの対義語は何て言うのだろうか？）

ところで、今年のキーワードは？

「立つ鳥跡を濁さず」とでもしますかな。

二月

何故に仕事は楽しいか？

この稿が市広報に掲載されるのは、二月初旬である。僕が任期満了退任する日が視野に入ってきた時期だ。そして市広報に書く機会は、二月号と三月号との二回しかないという現実もある。もうすぐ退任するという時期に、あと二回しか書けないという時期に、いったいどんなエッセイを書くべきなのかと悩んでしまった。あと二回しかないのだから、真面目にテーマを探さなくてはならないな、と考え込んでしまった。最終回は就任時から退任時までを振り返りつつ、市民の皆さんに対する感謝の思いを綴れば良いとして、はたして今回は何をテーマに書けば良いのか…。悩んだ果てに思いついたのが、「仕事は楽しい」ということであった。辞めていく者が後輩や若者に残していく、言わば送る言葉としての仕事感を述べることで、今月号のエッセイとしたい。

ずいぶん前のことだが、「朝、仕事に出かける時に今日は嫌だなと思ったことは無い」と言ったら、「幸せな人ですね」と言われた記憶がある。そのとおり、幸せだと思う。いつも楽しく仕事をしてきた。若い頃に個人事務所を開業して以来、いつも楽しんで仕事をしてきた。県議会議員をしていた時も、その仕事に没頭し、誰よりも真剣に、かつ楽しく議員活動をしてきたと思う。そして十九年間にわたる今の仕事も、本当に毎日、楽しく働くことができた。「今日は嫌な日だな」と思って家を出た朝は一度もないと思う。毎日毎日、仕事が楽しいと思って過ごしてきた。仕事が楽しいのだから、楽しい人生を送ることができた。幸せな人生であったと思う。もちろんこれからもそんな人生を続けていきたいと思っている。

はたして、どうしたら毎日の仕事を楽しいと感じ続けることができるのか。参考にしてもらえるかどうかは疑問だが、僕なりの仕事を楽しむヒントを紹介してみたい。

まず、仕事に積極的に、前向きに取り組むことが大切だと思う。仕事から逃げれば仕事は苦役となるが、前向きに臨めば歓びとなる。極端に言えば、仕事に愛情を持つこと。そして仕事以外にも夢中になれるものを持つこと。この二つを両立させることが、前向きに生きるためには重要だと思う。

次に、ピンチの時にもユーモアを忘れないこと。困難な時にも、余裕をもって笑い飛ばすような太っ腹が求められるということだ。笑いは力だと思う。

そして、愚痴や悪口を言わないこと。人は自らに愚痴を言ったり、他者に対して悪口や罵詈雑言を言いたい生き物である。しかしそんな後ろ向きの思考からは、何も生まれてこないものだ。他者から罵詈雑言を浴びせられても、変わった人に出会えるから人生は面白いなあ、などと楽天的に受け止める。そう考えれば、他人に対して悪口を言うことのバカバカしさに気付くはずだ。

また、日常の些細な変化にも感動する感性を持っていることが大切。アンテナを高くして暮らしていると、毎日は発見の連続である。心動かされる事柄に満ちている。些細なことにも心を躍らせることが、楽しさにつながると思う。

自分に似合う身なりをいつも求めていることも、大切だと思う。お洒落ごころを持つということだ。お洒落は心を豊かにし、満足感を与えてくれる。今日は大勝負だという日には、お気に入りのシャツを着るとか、取って置きの靴下を履くとかすることで、心に余裕が生まれる。お洒落は最高の戦力だと思っている。

人はある種の気分で生きている。ネガティブな気分で暮らすよりもポジティブな気分で暮らす方が、いいに決まっている。仕事も遊びも気分に左右されるものだ。だったら強力ポジティブ気分で生きていこうじゃないか。仕事も遊びも楽しんでいこうじゃないか。

真面目に言います。楽しむことが一番。

充実の日々　三月

市広報に掲載するエッセイは、本稿が最後になる。長く市長職を続けさせてもらったことに対する感謝の思いを込めたエッセイにしなければ、と思うものの、なかなか筆が進まないので、いっそ、最後だと意識せずに、いつものように思いつくままに書くこととしたい。

僕が市長に就任した時は、四十九歳であった。その時の助役が六十三歳、収入役は六十七歳の方であり、部局長は、全て干支が一回り以上違う年長者であった。それが今では、富山市役所の中で自分が一番の年長者になっている。鮮度が落ちるのは当然のことだ。僕は若い頃から、一日に百回以上は「有難う」を口にしてきた。そして、年長者に対しては「有難うございます」と言ってきた。それが最近は「有難う」としか言わないことに気付いて、ショックを受けた。たいがい、年下の人と接しているからではあるものの、謙虚さに欠けているのではと反省している。

在任中、絶えず現場主義で対応してきた。嫌なことから逃げずに、現場の声を聞いてきた。職員を責めることはしないように努めてきた。責任は自分がとるから伸び伸びと仕事をするように、と推奨してきた。手柄は部下に、責任は自分に、ということを意識してきた。例外があったかもしれないけれど、思いは今も変わらない。

そして五十歳を過ぎてから、毎年、新しいことに挑戦してきた。外から見ると遊び惚けているように映ったかもしれないが、すべては市政に生かしたいとの思いからである。

五十一歳から始めた登山は、市町村合併後の山小屋巡りに役立った。水上ラインのきっかけにしようと、二泊三日で山中湖に行き、小型船舶の免許を取得してきたこともある。全国から集まってくれたチンドンマンに喜んでもらいたいという思いから、アルトサックスを始めた。外国からのお客様を交えたパーティーで、職員と一緒にスタンダードジャズの演奏もした。太郎平小屋までソプラノサックスを担いで登り、「見上げてごらん夜の星を」を演奏したこともあった。あまりに重かったので、翌年はオカリナを持参してごまかした。ＯＥＣＤやロックフェラー財団や国連本部などからシンポジウムへの参加を要請されることが多くなってからは、着物の着付けを学んだ。会議終了後に催される懇親の場で、着物姿を披露するためである。国連本部で開催された日本政府主催のパーティーに、一重の着物で参加した際には、大きな拍手をもらったが、僕の後からキティちゃんが現れると、会場内の全ての関心がそちらに移ってしまったという経験もした。

国際会議でのスピーチのために、韓国語やイタリア語も学んできた。国内外の多くの会議に参加することは、市役所に自分がいない時間が増えるということになる。それでも、参加した会議において、富山市の取り組みを披露することの意義が大きいと思い、わがままを通させてもらってきた。議会や職員の、何よりも市民の皆さんの温かい理解があればこそのことだ。感謝に堪えない次第である。不在の時間を少なくしようとの思いから、滅茶苦茶（めちゃくちゃ）にハードなスケジュールの出張もしてきた。朝五時にバンコクに着き、同日の夜八時に帰国便に乗るということもあった。一泊三日でパリやミラノに赴いたこともある。褒められたものではないけれど…。

市長在任中、絶えず都市経営という視点を忘れず、努力してきました。はたして市に貢献できたのか、市政の進展があったのかは心もとない次第ではありますが、多くの市民の皆様のご理解とお支えのお陰で、充実した日々を持つことができました。言い尽くせないほどの、感謝の思いでいっぱいです。有難うございました。これからの四分の一半生は〝農の心〟を大切に生きていこうと思います。果樹手伝い（見習い）ではありますが…。

今週の一言

●1月7日

明けましておめでとうございます。コロナ禍が続く中での新年の幕開け。はたしてどんな年になるのやら。不安と期待が入り混じる。とにかく自分ができることに集中することしかない。気合を入れていこう。

三が日はダラダラとワインを飲みながら、テレビをみて過ごした。そのうちに、どの局だったのかは分からないけれど、新番組の紹介に触れた。その番組のタイトルは「その女、ジルバ」というもの。そのタイトルを耳にして、えーっと声に出して驚いてしまった。どう考えてもギリシャの作家、ニコス・カザンザキスの作品『その男ゾルバ』のパロディか引用じゃないか。どうも内容に類似性はなく、単にタイトルが似ているだけのことらしいが、プロデューサーか放送作家かが『その男ゾルバ』を知っていて引用したものと思われる。『その男ゾルバ』を知っている人に出会ったことのない僕としては、意味もなく嬉しい。へぇー『その男ゾルバ』をもじって「その女、ジルバ」とはねえ。すごく上質でお洒落な遊びごころだと思う。やられたなあ！という感じ。こんな感性を無くさないようにしなくちゃ。（『その男ゾルバ』を知らない人には「その女、ジルバ」の遊びごころが通じないことが残念ではあるけれど…）

今年もよろしくお願いします。

2021年

●1月11日

記録的な大雪に社会は大混乱。毎日、除雪をした後から降雪するので、放っておくと、どんどん降り積もる。自宅の大屋根のうえには、見たことがないような深さの積雪があり、驚かされている。一昨年購入した除雪機、二年間一度も出動しなかったのに、今年は毎日フル稼働。除雪機は意外にガソリンを消費するので、三連休の間に二度、ガソリンスタンドで補給。こんなことは初めてだ。さすがにそろそろ身体が悲鳴をあげ始めている。報道によれば、富山市では三十五年ぶりの積雪深らしい。おかげで昔の冬の日のあれこれが思い出された。

長い間、これほどの積雪がなかったので、若い世代は雪道の運転経験が少なく、あちこちの路上で右往左往している。基幹道のあちこちに、動かなくなって放置された車があるので、渋滞に拍車をかけている状態だ。この二日間で、スリップして動けなくなっている車の脱出の手伝いを、四件した。踏み固められてアイスバーンとなってしまった雪道では、ローギアに入れてゆっくりと走り、なるべく窪みや穴にタイヤを入れないようにして、でこぼこ道で停車するときは、低いところにタイヤを入れて止まるのではなく、高いポイントに停車をするようにすることが大事。

そして前の車との車間距離を十分にとって、ノロノロと走る。前方の信号が赤の場合には、青に変わるタイミングを計りながらノロノロと動いて、なるべく停車しないようにすることもポイントだ。若い頃に何度も痛い目にあいながら、身に着けた雪国の高齢者の知恵である。ところどころ狭くなっているのだから、お互いに譲り合うことが大切だ。今日は食料品の補充のためにスーパーまで運転したが、多くの人が譲り合っているのを感じ、安心した。

一昨日に、ある校区の成人式に出席したが、いつもなら三十分ほどで行ける行程を、行きは一時間、帰りは一時間半かかってしまった。とにかくどこもかしこも大渋滞。そのせいか、出席予定の新成人の席に、空席が目立つことが気になった。おそらく、晴れ着の着付けを終えて会場に向かったものの、間に合わなかった人がいたのだろう。かわいそうな思いでいっぱいになった。人生にはいろんなことが起きる。成人式は青春のワンシーンに過ぎない。堂々と未来を切り開いていって欲しい。僕は成人式のために帰省することもせず、結婚披露宴もしていない。負けるな。

●1月30日

長女が「面白かったから見たらどう?」と言ってアメリカの新作映画を勧めてくれた。『黒い司法 0%からの奇跡』というもの。娘が僕の映画嗜好(こんな言葉使いは正しいのかな?)を理解していることに驚きはしたが、確かに面白かった。DVDの裏面の表記を借用して、内容を紹介してみたい。

「ハーバード・ロースクールを卒業したばかりの新人弁護士ブライアンは金になる仕事を蹴り、アラバマ州で黒人たちの冤罪を晴らすために奔走する。(中略)複雑怪奇な司法や政治の世界、あからさまな人種差別に直面しながら、ブライアンは闘う。実話に基づく重厚なストーリー」である。面白さだけでなく、映画のステージがアカデミー賞三部門に輝いた不朽の名作『アラバマ物語』の舞台の街であることに驚かされた。人種差別と闘いながら、真の正義を貫いた弁護士と家族の絆を描いた名作が作られてから、数十年後に、同じ街で同じような事件が発生し、正義の実現のために闘う裁判が実際に起きたという偶然に、大いに驚かされた。これは不朽の名作も久しぶりに見なくてはなるまい、という思いになり、翌日に『アラバマ物語』を鑑賞した。六十年ほど前の映画でありながら、まったく色あせていない。それならということで、次の日に『十二人の怒れる男』を鑑賞した。こちらの映画はもっと古い。僕が生まれた頃の作品である。久しぶりに見たが、こちらもまったく色あせていない。

三つの作品の底流にあるものは、正義の実現ということだ。僕が初めて市長に就任した時に、この言葉を口にしたことを思い出した。これからも意識していかなくてはならない言葉である。人は生を終えるまで、心の奥底に正義の実現を秘めていなくてはならない、と改めて思わされた。さて、今夜は三谷幸喜の『12人の優しい日本人』を観ることにしますかな?

2021年

●1月31日

昨日付のブログで、秀作アメリカ映画三本を紹介し、正義の実現の大切さを語ったうえで、三谷幸喜さんの『12人の優しい日本人』を観ることにしたいと書いたのだが、僕のＤＶＤストックにこの作品が無く、やむなくテレビ鑑賞の夜となってしまった。ワインをチビチビとやりながらＢＳ－ＴＢＳで観た作品が、なんと『極道の妻たち』であった。なんというギャップ。正義の実現はどこに行ったのか。今日は『火口のふたり』という邦画ＤＶＤが届くこととなっている。これもまた、正義の実現とは大きなギャップのある内容。あまりお勧めはできない。コロナ禍の在宅時間の過ごし方は、こんなものなのだろうなあ。いつまで続くのやら。

●２月２日

二月に入ったので、早朝から玄関にお雛様の描かれた小さな衝立と、お雛様の木目込み人形を飾った。毎年のことであるが、一瞬に玄関が明るくなる。春だなあと思わされる。僕が一人で悦に入っている風物詩である。まだまだ寒い日があるのだろうけれど、こうやって季節は移ろっていくのだ。六十八歳の老人の心をも和ませるのだから、お雛様の秘めているものはすごいなあと思う。娘たちと仲良く日々を紡いでいこう。ところで、ラオスに送った七段飾りのお雛様はどうしているのだろうか。まあ、よその国にあげたものだからいいけどね。今日も頑張って行こう。

●２月17日

またまた寒波がやってきた。今日から明日にかけて、まとまった積雪があるらしい。数日前までが暖かかったせいで、昨日あたりから寒さに悩まされている。左手の神経痛が痛い。左手の中指、薬指、小指の三本が痛んだり、痺れたりしている。無意識に使わないようにしているせいか、手首まで細くなったような気がする。長く付き合っていくしかない。

梨畑の剪定と枝の誘引作業に追われているので、晴れ間を見つけては畑に出ている。何とか男結びで枝を鉄線に縛り付けているのだ。集中していると、痛みも痺れも感じないのが不思議である。この寒波がすぎたら作業再開だ。頑張るぞ。

ところで、ふと気づいた。ズボン下や股引、ヒートテックなどを着用すべき歳になっているのだということに。若い頃からステテコも履いたことがない。思えば僕も六十八歳だ。そろそろラクダの股引なるものを買ってみますかな。どういうお店に行けば買えるのだろうか。デパート？　ユニクロ？

●2月25日

今日は久しぶりに、国土交通省まで要望に行ってきた。国道八号線の、中島〜本郷間の新規事業採択についての要望である。市としては、何年も前からこの事業の必要性を訴えてきているが、僕が直接審議官等に面談の上、この事業の要望をするのは初めてのこと。四月には退任するので、おそらくこの要望活動が最後のものになると思う。前向きに要望を聞いてもらったことは、良かったと思っている。

実は、要望路線の国道八号線に面した農地を、わが家族が保有していた。数年前からこのことが引っかかっていて、直接本省に要望することをためらっていた。自己や家族が所有する土地が対象となると予想される案件で、自ら要望するのは我田引水であり、インサイダー取引みたいなものだと考えていたからである。

最近は、水田を購入しようとする人はなかなか見つからない時代であり、二年前に、知人に無理を言って一坪一〇〇〇円で買ってもらうことができ、昨年の申告で譲渡税の納付も済ますことができた。それから一年を経過した今年なら、正々堂々と要望ができると考えての今回の活動となった次第。

わが家の田があったことで、要望活動に遅れがあったかもしれないと考えると、申し訳ない気持ちになるものの、誰からもそしりを受けない環境を作ってから動き出すことが大切だと思った結果である。このうえは、この要望が新規採択され、一日も早く事業化されることを願うばかりである。

●3月4日

過日、石原慎太郎著の『男の業の物語』を読んでいて、古い記憶を呼び覚まされるエピソードに出合って驚いた。数十年も前の出来事のようではあるものの、同じような体験を持つ僕には、実に新鮮な話であった。

相模湾で行われている初島レースというヨットレースにおいて、学習院大学のヨットが悪天候の中で遭難し、乗っていた五人のクルーが全員死亡するという事故があった。その際に、結婚したての艇長の妻のもとに艇長から電話があり、夜遅くの帰宅となるが、翌朝早くに家を出て、二日目のレースに出場すると告げたとのこと。しかしながら、彼女が電話を受けた時間は、遭難事故の直前であり、まだ携帯電話の無かった時代ではありえない話だったのだ。ありえない状況の中で電話がかかってくるというエピソードである。

　実は僕も、二十数年前にありえない電話を受けたという経験があるので、大いに驚かされた。僕が初めて県会議員になった時の後援会長を、仮にＡさんとしよう。このＡさんには、言葉で言い表せない程にお世話になった。僕が今日あるのも、その出発点において、このＡさんに支えていただいたからであり、いくら感謝してもし足りないほどの恩人であった。

　高齢のうえに一人暮らしであったＡさんが、重篤な病に臥(ふ)し、やむなくご子息の住む神奈川の病院に入院ということとなった。僕はこの病院にも足を運び、見舞わさせてもらったが、寂しそうな入院暮らしに同情を禁じえなかった。やがてある日の深夜に、Ａさんがなくなる前日のことなのだが、Ａさんから電話があり、かなりかすれて聞き取りにくい声で「森さん、頑張られ」と告げられた。そして、体調を気遣う僕の問いに答えることもなく、静かに電話は切られていったのだ。

　葬儀の際に初めてお会いしたご子息に、このことを話すと、「そんなことはありえない！　亡くなる直前はベッドから降りれない病状だったのだから」と告げられた。

もちろん、Aさんのような高齢者が携帯を持っていなかった時代のことである。あまり他人に話したことのないエピソードではあるが、石原慎太郎さんの著述に触れて披露したくなった次第。夢でも見ていたのだろうと言われそうではあるけれど、「森さん、頑張られ」というAさんの声は、今も鮮明に思い出すことができる。

頑張ってきたつもりではあるものの、はたしてAさんの期待に応えられたのだろうか。反省しきりである。毎年、お盆にはAさんのお墓にお参りし、手を合わせている。合掌。

●3月6日

今日、わが家に新車が納車された。新車がやってくるなんてことは久しぶりである。ちなみにナンバーは富山市31ら2598、型式はJB13XDSA5。メーカーは、トヨタでもホンダでもスズキでもない。クボタである。そう、新車は乗用車ではなく、トラクターなのである。

去年まで使っていたトラクターは、十数年前に父が購入した古いもの。使えない訳じゃないのだけれども、今年からは僕が一人で梨栽培をしていく意欲を高めるために、思い切って買い替えることとした次第。雪が解けるのを待って今日納車された。まずは台車を牽引して、バック走行の練習から始めなくては。頑張ります。

●3月19日

富山大学名誉教授の鏡森先生から、興味深い資料をもらった。オランダ・ワーヘニンゲン大学のLinda M Oude Griep博士らが「リンゴやナシには脳卒中の予防効果がある」とする研究結果を米医学誌「Stroke」に発表したという資料である。リンゴとナシには、食物繊維の他にケルセチンと呼ばれるフラボノイドが多く含まれ、抗酸化作用があり、炎症を抑える働きがあるのだそうだ。

博士らは、成人二万六十九人を対象とした住民研究で、色別の果物・野菜の消費量と脳卒中の十年発症率の関連を検討。その結果、リンゴやナシなどの白色の果物・野菜を多く取る人は、摂取量の少ない人と比べて脳卒中リスクが五十二%低いという結果が出た。リンゴやナシの摂取量が一日当たり二十五g増えるごとに、脳卒中リスクが九%ずつ減少するという結果も出ている。博士らの研究が絶対的に正しいかは今後の検証が必要ではあるけれども、リンゴやナシを栽培する農家には、励みになる研究結果だと思う。梨栽培の見習いである僕としても、やる気の出る資料だ。頑張るぞという気にさせられた。

博士らは一方で「他の果物・野菜にも別の慢性疾患を予防する効果があると考えられることから、リンゴやナシだけではなく、野菜と果物を多く取ることは依然として重要である」とも述べているとのこと。やっぱり野菜を食べなきゃね。

せっかくの機会なので、僕がこの十年ほどの間、飽きもせず、ほとんど毎日取っている朝食を披露したい。まず、リンゴを半分、セロリを半分、小松菜一株に蜂蜜とエゴマオイルを入れた特製ジュースを四〇〇ccほど飲む。次にレタスと豆腐のサラダを食す。最後にノンシュガーのヨーグルトをワンカップ。これが僕の標準的な朝食。博士に褒めてもらえるような朝食じゃないか。偉い、偉い。これからも飽きずに、この朝食を続けていくこととしよう。それは良いのだけれど、毎晩飲んでいるアルコールの方はどうなんだ！と鏡森先生から叱られそうではあるが…。

森　雅志プロフィール

昭和27年８月13日　富山市生まれ
富山中部高校・中央大学法学部卒
昭和52年　司法書士・行政書士事務所を開設
平成７年　富山県議会議員に初当選
平成11年　再選
平成14年　旧富山市長に初当選
平成17年　新富山市長に初当選、以後4期務める
令和3年4月23日　任期満了につき富山市長を退任

さいごの森のひとりごと

2021年６月25日第１刷発行
著　　者　森　雅志
発 行 所　北日本新聞社
〒930-0094　富山市安住町２番14号
電話（076）445－3352
振替口座　00780（6）450
編集・制作　㈱北日本新聞開発センター
装　　丁　橋本　利久
挿　　画　金子　健治
印 刷 所　とうざわ印刷工芸㈱